目 录

孙大雨译文集

III

上海译文出版社

暴风雨

冬日故事

· 暴风雨 ·

Shakespeare

THE TEMPEST

本书根据 H. H. Furness 新集注本译出

译 序

《暴风雨》(*The Tempest*)这出无比优美的诗剧是英格兰、也可说是西欧乃至举世最伟大的戏剧诗人威廉·莎士比亚(William Shakespeare,1564—1616)在他一系列辉煌的创作中,晚年殿后的一部喜剧杰构。自一五八八年他廿四岁时开始创辟他的诗剧作品,直到一六一三年结束他写作生涯两年前的一六一一年,当时他四十七岁,这《暴风雨》剧作是全部经他所手写的末了一出诗剧。一六一二到一六一三年出版的《亨利八世》(*Henry Ⅷ*)内有大概六景也出自他的手笔,其余则或许为较晚而次要的戏剧诗人约翰·弗莱丘(John Fletcher,1579—1625)所作。在莎氏当年,《暴风雨》跟他别的剧本一样,并未经他自己设法去印刷成书、出版问世,因为他是戏院的合伙所有人之一;把剧本付印出版,向公众发行,当会被认为对于他所入股的戏院的权益构成相当大的损害。

剧本内主要角色的性格极为显著精彩:合法而被篡夺权位的米兰城邦公爵泊洛斯潘如(Prospero,Duke of Millaine)秉性明智而茂于品德,他的独生爱女蜜亮达(Miranda)十分纯洁优美,荒岛上的女巫锡考腊克司(Sycorax)的儿子喀力奔(Caliban)则很卑鄙顽劣,篡权者、公爵的兄弟安托尼奥(Antonio)凶狠而恶毒,霭俐儿(Ariel)乃为一个出神入妙的精灵。

莎氏写作《暴风雨》的时日大概在一六一一年秋季,随即在英王詹姆士一世(James Ⅰ,1566—1625)宫廷内初次上演,又于一六一二至一六一三年之交的冬天,当伊丽莎白(Elizabeth)公主与选举侯潘莱泰恩(Elector Palatine)结婚喜庆时,再度演出。莎氏两位多年的同事好友约翰·海明(John Heming or Heminges,1630 年卒)和亨利·康兑尔（Henry Condell，1627 年卒）于他过世后六年多为他在一六二三年出版的初版对开本《戏剧全集》[*the first folio of Shakespeare's Complete Works*，其中缺漏《判列格理斯》（*Pericles*）一剧] 内，将《暴风雨》排居全书第一篇。

被兄弟安托尼奥篡夺了公爵权位的剧中主角米兰城邦公爵泊洛斯潘如，带领着他和已故夫人的独生小女儿蜜亮达在一只独木小舟内漂流在海滨，并没有遭遇到他兄弟所指望的意外，幸运地到了一个荒岛上定居下来。这小岛是巫婆锡考腊克司被驱逐的所在。由于泊洛斯潘如擅长于魔术，他解救释放了岛上被那个巫婆所拘禁的一些精灵，其中有一个最机敏的名叫霭俐儿，他们如今因感恩图报，都顺从而听命于他，受他的驱使；他也差遣着巫婆的儿子喀力奔，那可是个魔鬼和巫婆所生的一头畸形怪物，少一点像人，多一点像畜生，或是一半像海里一半像陆上的野兽。泊洛斯潘如和他的小女儿离群索居在岛上生活了十二年后，有一条船，上面乘着那篡权者安托尼奥、他的同伙奈不尔斯国王和王子斐迪南，他们被泊洛斯潘如施魔法破船而滞留在岛上。船上的乘客都幸运得救了，但他们以为斐迪南已遇难，而斐迪南则以为他们都已淹死。斐迪南与蜜亮达相遇，他英年喜逢她芳龄，彼此发生了爱情而缔结了佳缡。在泊洛斯潘如指挥之下，霭俐儿使安托尼奥和奈不尔斯国王受到几番恐怖和困厄的遭遇。安托尼奥被吓唬得丧魂落魄而服帖了；国王则愧悔他自己的不仁不义，与泊洛斯潘如归于和好，王子斐迪南也回到他的跟前。随后，泊洛斯潘如自行解除、放弃了他的魔法，准备回归他的公国米兰城邦去复位；一切都归于平静与欢宁。末了，除掉锡考腊克司单独淹留在岛上外，其他角色都欢欣愉快地回到了米兰城邦去安度时日。以上所简述的就是《暴风雨》这篇优美诗剧的梗概。

《暴风雨》与《冬日故事》等一些喜剧，为莎氏晚年的作品，剧本演化的结局都有一种和解妥协的气氛，这大概与莎氏渐入老境、阅世已深、性格归于和淡有关。

《暴风雨》是一部充满人文主义情怀、诗意盎然的作品，它给人们带来和平、宁静、恬谧氛围的美好感受。

孙大雨

一九九一年六月

（孙近仁　记录整理）

暴 风 雨

剧中人物

阿朗梭　奈不尔斯国王

西巴司兴　阿朗梭之弟

泊洛斯潘如　合法的米兰公爵

安托尼奥　公爵之弟，篡位的米兰公爵

斐迪南　奈不尔斯王太子

冈才罗　一位诚实的老枢密大臣

亚特列安　大臣

茀朗昔司谷　大臣

喀力奔　一个野蛮的畸形的恶奴

屈林居乐　弄臣

史戴法诺　一个喝醉的酒膳司

船主

水手长

水手们

蜜亮达　泊洛斯潘如之女

霭俐儿　一个飘逸倏忽的精灵

雅丽施　（虹女神）精灵

西吕姒　（谷女神）精灵

朱诺　（天后）精灵

宁敷　（溪流曲水之女神仙）精灵

刈禾者　精灵

其他随侍泊洛斯潘如的精灵们

剧景：海上一只船上；后来在一个无人居住的荒岛上

第 一 幕

第 一 景

［在海上一只船上。雷电交作的暴风雨声可闻。］

［船主与水手长分别上场。

船　主　头儿！

水手长　有，船主。有甚吩咐？

船　主　好伙伴，去跟水手们打话！要他们加把劲，马上动手，不然就要搁浅了。赶快，赶快！　［下。

［水手们上。

水手长　嗨，弟兄们！上紧，上紧，弟兄们！马上，马上！把顶帆收起！听船主的哨子！——尽你去刮得喘不过气来也罢，只要船儿能掉头。

［阿朗梭、西巴司兴、安托尼奥、斐迪南、冈才罗等同上。

阿朗梭　好头儿，小心着意。船主在哪儿？使劲儿干！

水手长　请务必待在下面。

安托尼奥　水手长，船主在哪里？

水手长　你没有听见他说吗？你们来了碍事，去待在舱里；你们在这儿助长了风势。

冈才罗　　别那样，好人儿，耐烦些。

水手长　　等海水先耐烦。走开！这些呼啸的浪涛可理会一个国王的称号吗？舱里去！莫闹！别跟我们找麻烦！

冈才罗　　好人儿，可要记得谁在你船上。

水手长　　我除掉自个儿之外，不关心别人。您是位枢密大臣；您若是能叫这风雨和海浪莫做声，现在就平静下来，我们便不用掌这些绳儿索儿了。摆出您的权势来。您若是不能，只好去感谢上帝使您活了这么久，到舱里去迎接一时的不测吧，如果那个真要发生的话。——上紧，弟兄们！——我说，别待在我们跟前。　　[下。

冈才罗　　我从这家伙身上得到了偌大的安慰。我看他没有要淹死的模样；他脸上倒满是要给绞死的神情。好命运女神，把稳了让他给绞死吧！将他的毕命索子做我们的缆绳吧，因为我们自己的缆绳眼前不中用了！如果他不是生就了要给绞死，我们这处境可惨了。

[同下。

[水手长重上。

水手长　　把顶桅落下来！马上！收下，收下！把它打住，用主帆来试试看。①[幕后一声叫喊。]他妈的，这狼嗥狗叫！比风雨声，比我们的发号施令还响。——

[西巴司兴、安托尼奥与冈才罗同上。

又来了？你们来这儿干吗？我们可要撒手不干，大伙儿都淹死？你们想沉在海里吗？

西巴司兴　　要你脖子上长天花，你这乱叫乱嚷、赌神罚咒、心肠恶毒的狗！

水手长　　那么，你们来干吧。

安托尼奥 绞死你，狗！绞死你，你这婊子养、欺侮人的嚷嚷的东西！我们倒不如你那样怕淹死。

冈才罗 我保证他不会淹死，虽然这条船还不及一个栗子壳结实，倒像个浪不完的娘们老是漏水。

水手长 顶住风，顶住风！两张帆一起用！重新出海去！向外边倒退！②

［水手们上，浑身淋漓。

水手们 全完了！求上帝，求上帝！全完了！ ［同下。

水手长 什么，我们非得淹死不可？

冈才罗 王上同太子在祷告！让我们帮他们，
我们和他们一个样。

西巴司兴 我耐不下来了。

安托尼奥 我们干脆给酒鬼们骗掉了性命。——
这个阔嘴巴的坏蛋，——但愿你淹死了，
有十回潮水冲洗你！

冈才罗 他还会给绞死，
虽然每一颗水珠在打赌不让绞，
它们张大嘴要吞掉他。

［内人声杂乱，——“可怜我们吧！”“船破了，裂开了！”——“再见吧，妻子，孩子们！”——“别了，弟兄！”——“船破了，裂开了，裂开了！”——］

安托尼奥 让我们都跟王上一同沉下去吧。 ［下。

西巴司兴 让我们向他告别。 ［下。

冈才罗 如今我但愿把这千顷的洪涛，换来一亩干旱的荒地；长干的石南丛，棕色的金雀枝，什么都行。天意毕竟得完成，可是我但愿能死在干旱中！ ［下。

第 二 景

［岛上。泊洛斯潘如的窑洞前。］

［泊洛斯潘如与蜜亮达上。

蜜亮达　若是您施行了法术，至亲的爹爹，
叫这些狂涛咆哮，请安抚它们吧。
若不是海水，升到了穹隆的脸上，
把天火扑灭掉，上天仿佛要倒下
恶臭的地沥青。啊！见他们遭苦难，
我一同在受苦！一艘绝好的海船
（它准是载得有高贵的生灵在内）
撞击成千百片！唉，那声声的叫喊
打上我心头！可怜的人们，全死了！
假如我是个有权力的天神，我准会
叫海洋先沉到地里去，当它这么样
淹没掉这船儿和船上搭载的生灵们
之前。

泊洛斯潘如　　　你安心：不用多惶恐。告诉
你那颗怜悯的心儿，祸害未肇成。

蜜亮达　唉，天可怜见！

泊洛斯潘如　　　　　　并没有祸害。
我什么也没有做，只除了为的你，
只为你，宝贝，为了你，女儿！你自己
却还不明白你是谁，也不知我来自

何处；茫然于我岂止是泊洛斯潘如，
一个怪可怜的窑洞的主人，只仅仅
是你的父亲。

蜜亮达　　　　　　要想多晓得一些，
从没有搅扰过我的思想。

泊洛斯潘如　　　　　　　　　　这时间
已到来，我该多告诉你一些。帮我来
扯掉这件魔法袍。——行。［放下法袍］躺在那里，
我的法术。——抹一下眼睛，宽心吧。
那船破人亡的惨景，牵动了你胸中
这哀矜的至性，我在作法中护卫
频施地事先布置得如此安全，
所以并无一个人——没有，船中
任何人都未曾受到过哪怕是一根
头发的损伤，虽然你曾经听到了
他们的呼喊，见到船儿在沉没。
坐下；因为你如今需多多知道些。

蜜亮达　　您曾经屡次开始告诉我我是谁；
但忽然中断，只使我徒然怀抱着
疑问，而您终于说，“且等着，时间
还未到。”

泊洛斯潘如　　　　这时间现在可到了；正是
目今这瞬刻，命令你倾耳来谛听。
听从我，注意着。你可能记起我们
来到这窑洞以前的那一段时候？
我不信你能，因为那时节你三岁

还没有足透。

蜜亮达 我肯定记得，爹爹。

泊洛斯潘如 凭什么？另外有房子，或者人，帮你
记起来，可有什么东西的想念，
告诉我，在你记忆里还有所存在。

蜜亮达 那可远得很；我记忆所保证的仿如
一场梦，而不像是一片灼见真知。
是否有四、五个女人曾经侍候我？

泊洛斯潘如 你有过，而且还不止，蜜亮达。这件事
怎么会还在你心中？在时间的黑暗
背景里和无底深渊中，你见到些什么？
如果你记得来这里以前的事，
或许你还能记起是怎样来到的。

蜜亮达 可是那个我再也不能记起来。

泊洛斯潘如 十二年以前，蜜亮达，十二年之前，
你父亲是米兰的公爵，权重的一邦
之主。

蜜亮达 爹爹，您是我父亲不是？

泊洛斯潘如 你母亲是一片贤淑和清贞，她说你
是我的女儿；你父亲是米兰城公爵；
他唯一的承继人和公主，——乃系出同门。

蜜亮达 啊，天呀！我们可遭遇到什么
肮脏的勾当，所以会从那里来此？
或者还许是幸运，能来到这里？

泊洛斯潘如 都对，都对，女儿！因肮脏的勾当，
正如你所说，我们从那里给轰走；

但还算幸运，被救助来到了此间。

蜜亮达 啊！想到我给您的那悲伤和困窘，
我的心殷殷作痛，但那可记不得了！
请您讲下去。

泊洛斯潘如 我兄弟，他是你叔父，
他名叫安托尼奥，——你仔细听我讲，——
一个兄弟竟能这么样险恶
而奸诈！——除了你，我爱他甚于整个
人世间，我把国家委托他去掌管；
当时在众多的君侯邦国中，要推
米兰城邦为第一，而泊洛斯潘如，
公爵班中居魁首；望重又德高，
声名鹊起，在文艺领域里臻无双
之妙。我既在那中间探索研求，
邦政的治理便付托给与我兄弟，
我自已对于大权倒成了生客，
尤其是神往于玄秘的追寻，因而
心情为它所吸引。你阴诈的叔父——
你注意听我吗？

蜜亮达 非常注意，爹爹。

泊洛斯潘如 他学到了怎样去允诺恳请，
怎样去不加准许，晋升什么人，
或者贬抑谁，因为那人升迁得太快；
他新任命我的旧人作他的僚属，
我说，或调用了他们，再不然
赋他们以新的身份：执掌了官吏

和吏治的关键，把邦国人心拨弄出
他爱听的曲调；于是他成了掩蔽
我君侯主干的藤萝，吮吸我的精华。——
你没有注意倾听？

蜜亮达 啊，好爹爹！
我听着。

泊洛斯潘如 你仔细听我说。我这样疏忽了
邦政时，完全幽居独处，倾注于
自己内心的修能，岂知我那么样
超群而拔俗，退隐优游，引得我
无良的兄弟恶性起；我恺悌的信任，
倒像是一个洵良博大的父亲，
竟生出那么样刁顽的逆子——他那
无信义不忠诚的滥贱卑污；对于
我对他的信任，那真是阔大得没有
止境，穷无边际。他这般不光是
主宰了我赋税的收入，而且我权力
所及也一起归他掌管，于是，——
像一个把自己的记忆变成了对真实
犯下罪过的人那样，撒了谎而且
以谎为真，——他果真相信他自己
的确是公爵；由于权责的委代，
拥有了君侯外表上一应的尊荣：——
他野心勃发，——你可在听吗？

蜜亮达 爹爹，
您讲的故事会医治耳聋。

泊洛斯潘如　　　　　　　　　　为了使

他演的那角色同角色本人之间
没有间隔，他一定得成为名实
相符，独一无二的米兰城公爵。
我呢，可怜的人儿，——我的藏书楼
是够大的公国；占世间的君侯权位，
他认为我如今已不配；他急于握政柄，
如饥似渴，他勾结奈不尔斯国王，
答允他年年去纳贡，矢敬称臣；
把他的冠冕朝觐他那顶王冠，
使从未伛偻过的公国我邦，——唉，
可怜的米兰！——卑躬屈节得不像样。

蜜亮达　啊，天呀！

泊洛斯潘如　　　　听我讲他那密约，

和事情的结局；然后告诉我这可是
一个兄弟的行径。

蜜亮达　　　　　　　　我如果不以为

祖母是块无疵的琼瑶，那便是
罪孽；贤德的母亲也生过劣子。

泊洛斯潘如　再说那密约。奈不尔斯国王原对我

有深仇宿恨，听信了我兄弟的陈请；
那便是，为报偿他称臣与不知多少
贡税的条件，国王应立即将我
和我的亲人从公国里连根拔掉，
而将锦绣的米兰与全部荣誉
赐给我兄弟。于是，招募好一支

欺诈的队伍，有一天午夜，命定了
干这个阴谋，安托尼奥把米兰城
城门打开；而在黑夜无声中，
干这勾当的人手们，把我连同你，
啼哭着，从那里轰走。

蜜亮达 哎呀，可怜！
记不起我当时怎样悲啼，我如今
要重新哀哭：这是个绞眼泪的因由。

泊洛斯潘如 再听我讲下去，然后我引你到目前
这件事；没有它，这故事便漫无标的。

蜜亮达 为何他们那时候不弄死我们？

泊洛斯潘如 问得好，小妮子。我的故事引起了
这问话。宝贝，他们可不敢，老百姓
爱我得这么样真切；他们才不便
在这件事上打这么个血印，却只好
用光彩的颜色，描绘那肮脏的罪行。
总之，他们将我们快架上了小艇，
载我们几海里到海上，那去处
他们备得有一条朽烂的舴艋，
船上既没有绳索，也没有辘轳，
没有帆，也没有桅杆；即使是老鼠，
凭它们的天性，也都已离开。他们
把你我丢在上面，让我们面对着
大海去哭泣，大海报我们以咆哮；
面对着海风去叹息，海风对我们
表示怜恤，以叹息相还报，却给了

我们以好心的伤害。

蜜亮达 唉呀，那时节

我使您可多么烦累！

泊洛斯潘如 啊，你是个

留存我命脉的小天使！当我向海上

挥洒了咸咸的泪水，在重负之下

呻吟的当儿，你一腔天赋的临危

不拔之勇，却对我微微一笑；

这就振作了我忍辱负重的坚毅，

去肩负未来的遭际。

蜜亮达 我们是怎样

上得岸来的？

泊洛斯潘如 多蒙天赐的宏恩。

我们有一点食物，有少许淡水，

一个奈不尔斯贵人，名叫冈才罗，——

被任命主干这件事，——出于慈悲，

给与了我们；还有富丽的袍衫、

衬衣、杂物材料和必需的用品，

这些随后都很有用处；同样，

也出于对我的眷顾，知道我爱书，

他从我藏书的楼阁中供应了一些，

我宝爱它们胜过我失去的公国。

蜜亮达 我但愿能见到那人！

泊洛斯潘如 现在我起立。——

[重新穿上法袍。

安静地坐下来，听完我们的海上

伤心事。我们来到了这岛上；这里，
我当了你的老师，叫你比别家
公主们能更多获益，她们花不少
时间于无聊的消遣，而没有着意
关心的师傅。

蜜亮达 上天感谢您老人家！
现在我求您，爹爹，告诉我您兴起
这海上风暴的原由，因为这事情
还在我胸中搅扰。

泊洛斯潘如 知道这么点。
出于最奇怪的意外，宽厚的气数神
(如今是我至亲的护卫女神仙)
将我的冤家仇敌引上了这岸滩；
凭我的预感，我知道我气运的极顶
依靠着一颗祥瑞的吉星来照耀，
它那阵影响我如今若不去追求
而加以藐忽，我从此的气运将永远——
憔悴不堪。到这里却莫再问下去。
你正待蒙眬入睡昏沉得正好，
就此睡着吧。我知道你一定得这样。

[蜜亮达睡去。

这里来，使者，过来！我已经准备好。
上前来，我的霭俐儿；过来！

[霭俐儿上。

霭俐儿 祝您万福，大主公！可敬的道君，
万福！我来应对你至上的心愿；

不论是去飞，去泅水，去投入火焰，
去骑在松卷的云朵上。只要你一声
隆重的吩咐，命令霭俐儿带同他
全班的小伙伴。

泊洛斯潘如　　精灵，你可曾如我所
嘱咐，一桩桩搬演了那场风暴？

霭俐儿　　一件件全做到。
我上了国王的大船。一会儿登上
船首楼，一会儿在船身半中腰，甲板上，
每一间船舱，我纷纷点燃起惊骇。
有时我分身四散，好多处都一同
着火；顶桅上，帆桁、牙樯上，我分别
焚烧，然后合并成一大团火焰。
天王乔旷的霹雳火，替可怕的雷鸣
打先锋，不比我更短促，更其比目力
还急疾。我喷爆硫磺的硝烟，冒烈焰，
发砰磷郁律的訇啸，仿佛在围剿
力大无穷的海神奈泼钧，迫得他
轻举妄动的波浪全发抖；嗳也，
且使他那可怕的三叉王戟也打颤。

泊洛斯潘如　我的好精灵！可有谁安详静定，
这一阵骚扰未曾搅乱他的灵机？

霭俐儿　　没有一个人不感到发疯的狂躁，
不来些失心癫痫的把戏。只除掉
水手他们，全都跳下了整个儿
着了我的火的船儿，投入那飞溅

白沫的大海中。王子斐迪南，头发
一根根直竖，——像芦苇，倒不像头发，——
第一个跳下海；他一声大叫，“地狱
已空了，所有的魔鬼全都在这里！”

泊洛斯潘如 哎哟，我的好精灵！这不在岸边吗？

霭俐儿 很近，主公。

泊洛斯潘如 但他们安全否，霭俐儿？

霭俐儿 没有一根头发丧失掉；他们那
浮水的衣袍上未曾沾一点污斑，
反而比先前更鲜艳；而且按照
您早先对我的吩咐，我还把他们
三五成群地在岛上东分又西散。
国王的儿子我让他独自登了岸；
我留他在岛上一个冷僻的犄角上，
唉声叹气，嘘唏着空气独坐着，
两臂打着这么个伤心的结儿。 [作出一姿态

泊洛斯潘如 告诉我你怎样处置国王的大船，
连同水手们，以及其余的船队。

霭俐儿 王舟在海港里很安全；在一个深谷间，
那里有一回你曾在深夜时将我
叫起来，往长年风暴的百慕大采露，
那船就隐匿在里边，水手们都安置
在甲板下面，我略施魔法，加上了
他们遭受的辛苦，使他们都睡着。
至于我分散开来的其余的船队，
它们都已汇拢在一起，重新在

地中海海上，伤心地扬帆驶回
奈不尔斯，满以为他们眼看到王舟
遭覆灭，国王已驾崩。

泊洛斯潘如 霭俐儿，你已把
授命完全都做到；但还有点事情：
现在是什么时候？

霭俐儿 已过了中午。

泊洛斯潘如 至少两管子沙漏玻璃钟。③ 从此刻
到六点，我们都得珍惜些使用。

霭俐儿 还有劳役吗？自从你给我难事做，
让我提醒你，你曾答应我什么事，
到如今还没有给实行。

泊洛斯潘如 怎么了？不满意？
你可是要求些什么？

霭俐儿 我的自由。

泊洛斯潘如 在时限届满以前？别再那么样！

霭俐儿 请你要记得我替你服务有功劳；
不曾撒过谎，没有做错事，服务得
既未曾埋怨，又没有牢骚。你曾经
答应过减掉我一整年。

泊洛斯潘如 你可忘记了
我从多大的苦难中释放你出来？

霭俐儿 我没有忘记。

泊洛斯潘如 你是忘记了；所以
认为要脚踩海底的泥巴了不起，
要在北方来的尖飙上方去奔驰

吃不消，要在霜封地面时替我
在地脉中间干事受不了。

霭俐儿 我没有，
主公。

泊洛斯潘如 你撒谎，恶意的东西！你可曾
忘掉了那邪恶的巫婆锡考腊克司，
她老丑而毒辣，驼背弯腰成了个
圆环儿？你忘掉她了吗？

霭俐儿 没有，主公。

泊洛斯潘如 你忘了。她出生在哪里？讲啊；告诉我。

霭俐儿 主公，在阿尔及尔。

泊洛斯潘如 啊！是这样？
一个月我定得讲一遍你过去怎样，
你总是忘掉。那打入地狱的巫婆
锡考腊克司，因为她作恶多端，
兴妖作怪得骇怕人，你知道，所以
给人赶出了阿尔及尔城。只因她
做过一件事，他们饶了她的命。
这可不是真的吗？

霭俐儿 不错，主公。

泊洛斯潘如 这个蓝眼睛的女怪身怀着胎孕，
给带到了这里，水手们把她留下来。
你啊，我的奴才，你自己禀报我，
那时节是她的仆人。你是个过于
娇弱的精灵，不胜任她那粗蛮
可恶的支使，拒绝了她主要的指挥，

所以在她猖狂得没阻拦的盛怒下，
加上她更有力的鬼使们一起动手，
你被关进一棵破裂的松树树身中；
在那裂缝里，被苦苦囚禁了十二年；
那期间她死了，留你在里边，呻吟
叫苦像磨坊里轮子响。当时这岛上，
除了那丑妖婆落的种，一只斑斑
点点的野狗獾，不见个人影儿。

霭俐儿 是的；
她儿子喀力奔。

泊洛斯潘如 笨东西，我说过！那家伙，
喀力奔，我现在用来供使唤。你自己
最清楚，我看见你时你在受什么罪；
你呼痛的呻吟使得狼子也悲号，
穿透怒熊的铜胸铁石心。那苦楚
是折磨地狱鬼魂的凶残酷虐刑，
锡考腊克司自己也无法给你解脱。
是我的法术，当我到来听见时，
使那棵松树张开裂缝放了你。

霭俐儿 多谢你，主公。

泊洛斯潘如 你再要抱怨的话，
我定要裂开一棵橡树再把你
用木钉钉在它盘缠结节的肚腹间，
待你去哀号十二年。

霭俐儿 请原谅，主公；
我情愿被指挥如意，安心顺遂地

做一个精灵的事。

泊洛斯潘如 照那样去办；

两天之后我自会解除你这差遣。

霭俐儿 那真是我宽仁的主公！我要做什么？

说什么？我要做什么？

泊洛斯潘如 去将你自己

化身成海里的女仙姑。要只给你我

两人看得到，旁人不能见。去装成

这模样，然后到这里来。去殷勤从事！

［霭俐儿下。

醒来吧，心肝，醒来！你睡得很熟。

醒来！

蜜亮达 ［醒来。］您那个故事的离奇古怪

给了我蒙眬的睡意。

泊洛斯潘如 拂掉它。同我来；

我们来看看那奴才喀力奔，他从不

跟我们好好答话。

蜜亮达 这是个坏家伙，

爹爹，我不爱看到他。

泊洛斯潘如 但事势如此，

我们可少不了他呀。他帮着生火，

搬木柴进来；打杂差，对我们有益。——

什么，喂！奴才！喀力奔！鬼泥巴，

你！讲话！

喀力奔 ［在内］里边木柴已够用。

泊洛斯潘如 跑出来，我说！还有别的事叫你做。

跑来，你这只乌龟！什么时候来？

［霭俐儿重上，像一个宁敷。

美妙的精灵！我的姣好的霭俐儿，
耳朵凑过来。 ［耳语。

霭俐儿 主公，准定去这么做。 ［下。

泊洛斯潘如 你这恶毒的奴才，魔鬼同你那
邪恶的老娘生出来的东西，跑出来！

［喀力奔上。

喀力奔 我的娘用乌鸦毛羽从百毒泥潭里
蘸来的最毒的露水滴在你们
两个人头上！西南风吹上你们俩，
叫你们满身长脓疱！

泊洛斯潘如 就为这一桩，
今夜你一定会抽筋，半身撕裂痛，
痛得你不敢去呼吸。刺猬将成群
结队，在深沉的夜间通宵把你刺；
你要被刺得蜂窠般密密麻麻，
每一处刺伤比蜂螫更隐隐作痛。

喀力奔 我一定得吃饭。这个岛是我的，我的娘
锡考腊克司传给我，你从我手中
抢了去。当初你来时，你用手摩抚我，
宝贝我；给我喝水、水里放浆果；
教我怎么样称呼白天和夜晚，
照着的阳光和月光；于是我爱你
而领你看了这岛上一切的功能，
新鲜的泉眼和盐水坑，荒土和肥土。

那样做我真是该死！——锡考腊克司
所有的灵蛊，蛤蟆、甲虫、蝙蝠，
降落到你身上！我是你唯一的臣民，
当初我却自己在称王；在这里
石窟中用圈栏围住我，你把整个岛
同我隔离开。

泊洛斯潘如　　　　最会撒谎的奴才，
和善不能感动你，只有用鞭子！
你原是垃圾，我待你以仁慈的关切；
叫你在我自己的窑洞里安身，
直到你企图对我的孩子施横暴。

喀力奔　啊呵，啊呵！——但愿那件事已做到！
你不让我干；否则我已在这岛上
布满了好多喀力奔。

泊洛斯潘如　　　　　　可恶的奴才，
任何美德的印记不会去接受，
一切邪恶能兼容并包！可怜你，
我费力使你能说话，每一个小时里
教你学这个，学那个：当时，生番，
你不懂你自己的意思，咕噜个不清，
像只野畜生，我将你的用意赋与了
言辞，让人听得懂：但你那劣根性，
虽然也学了些，有那坏底子在内，
优良的情性受不了与之相共处；
所以你合该关在这石窟里边，
其实你岂止该当只闭进牢狱。

喀力奔　你教我学了言语；我得到的好处是
我懂得怎样去诅咒。因为你教了我
你的言语，赤死病送掉你的终！

泊洛斯潘如　滚开，丑妖婆的坏种！把木柴扛进来，
最好你还是赶快，还有旁的事。
你耸什么肩膀，恶毒的坏东西？
你要是不做或不愿照我的嘱咐，
我准会叫你抽老筋，根根骨头
痛得凶；痛得你狂号穷叫，那喧闹
野兽听了要发抖。

喀力奔　别那样，请你！——
［旁白］我一定得服从。他的法术好厉害，
能控制我娘的神道珊太薄，叫他
从顺做下属。

泊洛斯潘如　就这样，奴才；去吧！［喀力奔下。

［斐迪南上；霭俐儿重上，隐着身形，弄着乐器唱着歌：

霭俐儿　［唱］来到这一片黄沙滩，
大家手儿搀。
低过头，弯过膝，吻儿接，
波浪已静寂，
这里那里舞步爽；
众仙灵，大家来和唱。
听啊，听啊！
［和唱声，散乱地］汪，汪！
看家狗在吠叫。
［和唱声，散乱地］汪，汪！

听啊，听啊！我听见
雄视阔步的鸡公在报晓，
一声声朗朗清清唱得高。

[内有鸡啼声：鸡喔喔、啼得儿、多。

斐迪南 这乐调歌声在哪里？在空中，在地上？
没有了；它准是侍候着岛上什么神。
我坐在岸滩上，一再哭父王遭灭顶，
这乐声在水上挨近我身边，将它那
甜蜜的调子镇静了水波的狂暴，
缓和了我心中的怆痛。从那里我跟了
它来，——更或许它引我到此。没有了。
不然，它又在开始。

霭俐儿 [唱]
足五寻深处躺着你父亲；
　他一副骸骨化成了珊瑚；
明珠两颗是他的双睛；
　他什么也没有凋残损破，
只不过经受了一度海变，
变得富丽、奇特又新鲜。
海上的女仙时时敲丧钟。④

[和唱声：亭镗。

听啊！此刻我听见，——亭镗，那钟声。

斐迪南 这支短歌悼念我淹死的父亲。
这不是人间的凡俗事，世上也没有
这样的声音：——我听见在我头上边。

泊洛斯潘如 将你垂流苏的眼幕向上边升起，

告诉我你前方何所见。

蜜亮达 这是什么？

是一个精灵？天啊，它怎样在左顾

又右盼！信我说，爹爹，它那模样儿

好不美妙：——不过这是个精灵。

泊洛斯潘如 不是，小妮子；它吃饭，睡觉，跟我们

一样有五官，一般无二。你现在

见到的这漂亮人物刚才覆了舟；

他若不是沾上了悲哀，——美貌的钻心虫，——

你可以称他是个美少年。失去了

他的同伴，他所以徘徊流浪着

去寻找他们。

蜜亮达 我可以称呼他是个

神灵的东西；因为自然的东西，

我所见过的，从没有这般英俊。

泊洛斯潘如 ［*旁白*］眼见得事态的进行正如我灵魂

所示意的那样。——精灵，美妙的精灵！

为了这，我会在两天内给与你自由。

斐迪南 这准是个女神，这些曲调陪从着！——

请赐准我的求祷，给得知您是否

住在这岛上；您可能好好指示我

怎样在此间行动，我首先的请求

在最后才说到，——啊，惊人的神灵！——

您可是女孩儿不成？

蜜亮达 并不是神灵，

使君；但确是女孩儿。

斐迪南 讲我的语言？

天啊！——说这言语的人们中间

我最好，如果我身在讲这话的国土上。

泊洛斯潘如 怎么说？最好？奈不尔斯国王听到时，

你可将成了什么样的人？

斐迪南 孤零零

一个人，我如今，听到你讲起奈不尔斯，

好不令我惊奇。国王在听我说；

他听着叫我悲泣。我自己如今是

奈不尔斯君王，用这双眼睛，——它们

还在流着泪，——亲自见到我父亲

舟破而人亡。

蜜亮达 唉呀，天可怜见！

斐迪南 是的，果真，还有他全部的公卿；

米兰公爵连同他英俊的儿子

是其中两个人。

泊洛斯潘如 ［*旁白*］米兰公爵连同他

好俊俏的姑娘能将你驳斥，假使

如今这么做合适。——［*旁白*］他们初次见面

就眉目传情。——机灵的霭俐儿，为这事

我要释放你！——［*对斐迪南*］说句话，亲爱的少君；

我怕你弄错了自己的高低：说句话！

蜜亮达 ［*旁白*］为什么爹爹说话这么不温存？

这是我见到的第三个男子；我中意

而为他嗟叹的第一人；让怜爱打动

我父亲，跟我有一般的意向！

斐迪南　［旁白］　啊！

若是个闺女，而你的眷爱还未曾

外向，我要娶你为奈不尔斯王后。

泊洛斯潘如　且慢，少君！再跟你说句话。——［旁白］他们

都互相着了迷。但这件正经太迅速，

我须得叫它艰难多磨砺，只怕

得来太轻易，会使彩头太轻微。——

［对斐］再跟你说句话！我叫你听我说。你在

这里窃据你没有的名号；你登上

这岛来当一个奸细，要从我这岛主

手上将岛儿偷盗去。

斐迪南　没有的事儿；

我是个堂堂的男子汉！

蜜亮达　不会有不祥

之物，寄居在这样一座神庙里。

倘邪恶的灵魂有这样美好的居处，

优良的东西会争着栖止在里边。

泊洛斯潘如　［对斐］跟我来。——［对蜜］别替他讲话；他是个奸贼。——

［对斐］跑来！我要用铁镣把你的脖子

跟腿一同锁起来；你得喝海水；

吃淡水河蚌，枯草根，橡实的壳斗。

跟我来！

斐迪南　不行。我拒绝这样的待遇，

除非我敌人有更大权威的时节。

［拔剑，但为泊的法术所制，不能动。

蜜亮达 啊，亲爱的父亲，且莫给他
太急切的考验，因为他高华不懦怯。

泊洛斯潘如 什么，你要我卑躬屈辱？⑤［对斐］收起
你的剑，逆贼；你装模作样，可不敢
出击，原来你心里充满了罪恶！
放下你那套打闹的姿势，因为
我能使这棍儿解除掉你的武装，
叫你的剑把跌落。

蜜亮达 恳求您，父亲！

泊洛斯潘如 走开！莫挂在我袍上。

蜜亮达 爹爹，可怜他；
我替他作保人。

泊洛斯潘如 莫做声！再说一句话，
我会呵斥你，如若不是憎恨你。
什么！替一个冒名的骗子作辩护人？
静悄些！只见过他和喀力奔，你以为
再没有他这般模样的人了。傻丫头！
比起绝大多数的人，这是个喀力奔，
而他们与他相比便都是天使。

蜜亮达 我的爱
那就很谦卑。我没有野心想见到
一个更英俊的人物。

泊洛斯潘如 ［对斐迪南］跟我来，服从！
你一身的筋肉回复了童稚的时代，
已不再有劲。

斐迪南 果真是如此。好似在

梦里那样，我全身的精力已瘫痪。
我父亲亡失掉，我自己浑身都乏力，
朋友们覆舟而灭顶，制服我的这人
对我的威胁，这些都对我不重要，
只要我每天从狱中能一见这姑娘。
让自由去运用人世间其他的犄角。
我在这狱内却感到海阔天空。

泊洛斯潘如 ［旁白］这件事有功效。——［对斐］走来。
［对霭］你做得很好，美妙的霭俐儿!
——［对斐］跟我来。——［对霭］听着，你还得
替我做什么。

蜜亮达 放心。我父亲的性情，
使君，要比他讲话所显示的外貌
好得多。他如今这番话极不寻常。

泊洛斯潘如 你将会自由自在得跟山风一般；
但可要确实做到我全部的指令。

霭俐儿 要做到细关末节。

泊洛斯潘如 ［对斐］ 来吧，跟我来。——
［对蜜］莫替他说话。 ［同下。

第一幕　注释

① 译文综合 Mulgrave, Grant White, Halliwell, Schmidt 等各家注。
② 从 Galvert 与 Holt 注。
③ 莎氏在这里以及其他剧本里的用法是，每一管玻璃沙漏为一小时。按照航海的习惯用法，应为半小时。
④ 原文这首短歌非常轻灵可喜，它和前面“来到这一片黄沙滩”及后面第五幕里的“蜜蜂啊，吮吸那百花精，我也吮”，都是莎氏剧作中短歌的绝唱。在 Furnivall 所作“引言”的新莎士比亚学会版《谱成乐曲的莎士比亚作品中全部短歌与片段目

录》(1884)里,《暴风雨》一剧有十三个片段被谱成乐曲。据 H. H. Furness 说,对于我们,“足五㖊深处躺着你父亲”与“蜜蜂啊,吸吮那百花精,我也吮”有特殊的,而且非常的兴趣,因为莎氏当时在舞台上歌唱的曲谱如今还留存着,如 R. Johnson 于 1612 年所作 Wilson 之《欢愉的曲调与歌谣》(1660,牛津)。这两支曲谱照相影印于新集注本 352—353 页上。霭俐儿这三支玲珑曼妙的短歌的唱腔,和以现代音乐的伴奏,在英国、美国有现成的留声机唱片可购。

⑤ 原文“What I say, My foot my tutor?”(现代通行本子都作“What, I say, My foot my tutor?”),用意不够清楚,Walker, Dyce, Hudson 将“foot”校改为“fool”,Kinnear 将“my”校改为“thy”,我认为都不很妥帖。我建议“I say”应校改为“mak'st thou”,直译为“你叫我的脚做我的老师?”意即“你叫我拔脚逃走吗?”极可能用来排印初版对开本《暴风雨》的手抄本,在“mak'st thou”这两个字上有墨糊,或者纸张残破,因而看不出是哪两个字,虽然这里分明缺少了一两个字;手民因为在手抄本上别处遇到过好几次“What, I say,”故随便将“I say”填上,以补空缺,而多数注释家们见“What, I say”似与莎氏面目并无不合,且在音步上不多不少,正好完成五音步之数,故遂不疑有问题。Malone, Br. Nicholson, W. A. Wright 的引证与解释,我觉得都未免牵强,与这里的文义不相吻合。

第二幕

第一景

［岛上另一部分］

［阿朗梭、西巴司兴、安托尼奥、冈才罗、亚特列安、弗朗昔司谷与其他人等上。

冈才罗 请吾王欢乐。您有因由去兴高，
我们大家都采烈；为的是我们
这逃生的幸运远远超过了损失。
我们悲伤的场合正相同；每天
总有些水手的妻子、总有些出海
商船的首脑，还有些外贸商人们，
也正有我们这悲伤的主旨。但关于
这奇迹，我是说我们能保有安全，
几百万人中只几个能像我们
这么样来作证。所以，亲爱的主上，
请明智地权衡我们的忧愁对安慰，
使得失相偿。

阿朗梭 不必再讲了，请你。

西巴司兴 ［对安托尼奥的旁白］他接受安慰①好像喝凉了的羹汤。

安托尼奥　［对西巴司兴的旁白］精神上的安慰者不会就这样轻松地放过他。

西巴司兴　瞧，他正在把他那玲珑心智的时计上发条；等一下就要鸣响了。②

冈才罗　吾王——

西巴司兴　［对安托尼奥的旁白］一下，计数着。

冈才罗　每逢遭受到一回伤心事，便会使
怀念者蒙受到一次怀念于心——

西巴司兴　一次背瘾。③

冈才罗　不错，他要蒙受到悲哀。你说得比你想说的还要合适。

西巴司兴　你了解得比我指望于你的还要聪明。

冈才罗　所以，吾王——

安托尼奥　呸，他真是好一个浪费口舌的家伙！

阿朗梭　请你免说了吧。

冈才罗　好的，我说完了。但还有——

西巴司兴　他还要说下去。

安托尼奥　打个好赌看，他跟亚特列安，是哪一个首先鸣叫的？

西巴司兴　是那只老公鸡。

安托尼奥　是那只小公鸡。

西巴司兴　算数！赌注呢？

安托尼奥　一笑。④

西巴司兴　下定了！

亚特列安　虽然这个岛好像是个荒岛，——

安托尼奥　哈，哈，哈！

西巴司兴　这样就赔了你了。

亚特列安　住不得了，而且几乎是无法到达的，——

西巴司兴　可是，——

亚特列安　可是，——

安托尼奥　他少不掉要这么说。

亚特列安　它准是有美妙、温和，而且愉快的气候的。

安托尼奥　温和姑娘⑤是个绝美的姣娘。

西巴司兴　不错，而且绝妙；他说得很有讲究。

亚特列安　这空气吹拂着我们，极为和煦宜人。

西巴司兴　好像它有肺头似的，而且是两只烂肺。

安托尼奥　或许好像含有泥沼的芳香似的。

冈才罗　这里每一件东西有利于生命。

安托尼奥　的确；只是生存无道。

西巴司兴　生存的方法没有，或者很少。

冈才罗　草长得多么鲜嫩又茂盛！多么绿！

安托尼奥　这土地的确是黄褐色的。

西巴司兴　有一丁点儿绿。

安托尼奥　他说错得不多。

西巴司兴　不；他却是完全弄错了。

冈才罗　可是事情怪就怪在，——那真是几乎难于置信的——

西巴司兴　正好像许多公认是稀奇古怪的东西那样。

冈才罗　我们的衣袍，眼见得浸了海水，可是还保存着它们的鲜艳和色泽，仿佛是新染上的颜色，而不像是沾了咸水似的。

安托尼奥　假使他那些口袋里边只要有一只能说话，那会不会说他是在撒谎？

西巴司兴　唔，或许会虚妄地把他的说辞放进口袋。

冈才罗　据我看来，我们的衣袍，现在跟我们在非洲初穿上时——那时王上的漂亮公主克拉丽贝尔同突尼斯国王大婚，——一样地新鲜。

西巴司兴　那是场可爱的婚礼，而我们回程时都福体康宁。

亚特列安　突尼斯从来没有过像这样文鸾降世的王后。

冈才罗　自从寡孀丹陀⑥以后还不曾有过呢。

安托尼奥　寡孀！给长上天花！怎么谈得到那“寡孀”？寡孀丹陀！

西巴司兴　假使他还要说“鳏夫意尼亚斯”呢，又怎么样？老天爷，你瞧你怎样暴跳！

亚特列安　你说起“寡孀丹陀”吗？你让我仔细考量一下。她是迦太基人，不是突尼斯人。

冈才罗　这突尼斯，大人，从前就是迦太基。

亚特列安　迦太基？

冈才罗　我对您保证，就是迦太基。

安托尼奥　他的话比那神奇不可思议的竖琴还要灵异。

西巴司兴　他起了城墙，还起了房屋呢。⑦

安托尼奥　什么不可能做的事，他要下一步把它变成很容易？

西巴司兴　我想他会把这个岛放在口袋里带回家，当作一只苹果给他的儿子。

安托尼奥　并且把种子播在海里，种出更多的岛来。

冈才罗　呃？

安托尼奥　哦，正好是时候了。⑧

冈才罗　［对阿朗梭］吾王，我们在说起我们的衣袍，现在同公主在突尼斯结婚时，——她如今是王后了，——一样的色彩鲜明。

安托尼奥　那是到那里的最绝世无双的王后。

西巴司兴　请你原谅，只除掉寡孀丹陀。

安托尼奥　啊，寡孀丹陀？是的，寡孀丹陀！

冈才罗 是不是，王上，我这紧身外褂跟我第一天穿上时同样的鲜明？我是说，差不多。

安托尼奥 那差不多倒讲得差不多，还好。

冈才罗 当我在公主结婚时穿着它的时候。

阿朗梭 你把这话硬塞进我耳朵，违反了
我心情的意向。但愿我从未在那里
嫁过我女儿！因为，从那边回来，
我儿子失掉了；而且据我看来，
我女儿也完了，她离意大利那么远，
我从此不再会见到她。啊，我儿，
奈不尔斯与米兰、我邦与我郡的嗣君！
什么怪异的巨鱼吞噬你作餐饭？

茀朗昔司谷 吾王，他可能还活着。我见他搏击着
身下的浪涛，骑跨在它们背上。
他踏着水波，排开了它们的顽抗，
挺胸膛顶过了迎面来的骇浪惊涛，
他将他那颗勇敢的头颅保持在
汹涌的浪涛之上，用他的两只
好臂膀作双桨，劲儿十足地一下下
划上岸，而岸滩，俯临着浪打的基础，
好像在伛身对他施援助。我确信
他活着上了岸。

阿朗梭 不会，不会，他死了。

西巴司兴 吾王，您许要感谢您自己蒙受这大损失，
使欧洲不复有您女儿为它祝福，
王兄宁愿遣嫁她给一个非洲人；

在那边她至少远离您眼前，她如今
有原因为此而哭泣。

阿朗梭 请您，莫讲了。

西巴司兴 我们都对您下过跪，恳请莫那样；
公主她自己踌躇难决于不愿
和顺从之间，究应使天平哪一头
低垂。我恐怕我们已永远失掉了
王子；这件事使米兰、奈不尔斯频添了
寡妇多人，我们没足够的男子
去安慰她们：这是您自己的过失。

阿朗梭 损失的最最伤心处就是这么样。

冈才罗 西巴司兴殿下，
您说的实情欠缺了一点温柔
和说话的机宜；当您该敷上止痛
软膏的时候，您却在磨擦着伤口。

西巴司兴 很好。

安托尼奥 极像是一位外科医生。

冈才罗 ［对阿朗梭］当我们风雨终日的时候，好殿下，
您只是云雾满天。

西巴司兴 风雨终日？

安托尼奥 风雨满天。

冈才罗 假使由我来在岛上垦殖，吾王，——

安托尼奥 他要种荨麻籽。

西巴司兴 或者种酸模、锦葵。

冈才罗 假使我是岛上的王，我将做什么？

西巴司兴 避免喝醉，为了没有酒喝。

冈才罗　在那个政体里，我要实行一切
东西的矛盾的大团圆。我要禁止
做买卖；没有地方官的名称；学问
不被人知晓；财富、贫穷、雇仆役
服务，都没有；契约、继承、地界、
土地的围墙、耕作、葡萄种植园，
整个儿没有；用不到五金或五谷，
不酿酒，不榨油；没有职业；人们
尽闲散，无所事事；女人也这样，
但天真而纯洁；没有王位，——

西巴司兴　可是
他要在岛上当国王。

安托尼奥　他那政体的结尾忘记了开头处。

冈才罗　一切自然之所产都应产生得
用不到流汗，不必费劳瘁。叛逆、
盗劫、刀剑、长矛、匕首、火枪，
或攻打城池的器械的使用，我都将
不加容许；但自然应生生不息，
使百物蕃滋，供一切收获；一切
丰饶的所得，将养朴质的吾民。

西巴司兴　在他臣民中没有婚姻吗？

安托尼奥　没有，老兄；都懒散；窑姐儿和坏蛋也没有。

冈才罗　我愿治理得那么样尽善尽美，
吾王，可胜过太古的黄金时代。

西巴司兴　［大声］上帝永葆他陛下！

安托尼奥　［大声］冈才罗万岁！

冈才罗　还有，——您听到我吗，吾王？——

阿朗梭　请你别讲了。您等于没跟我说什么。

冈才罗　我相信御驾讲得对；我说来无非给这两位贵人提供机会取笑，他们的秉性敏感而轻捷，所以时常无缘无故地发笑。

安托尼奥　我们嬉笑的是你。

冈才罗　我在这样逗乐的玩笑里对你们说来是空无所有，没有名堂；所以你们可以继续对没有名堂发笑。

安托尼奥　这下子揍得好凶！

西巴司兴　好像是使刀背，并没有能发生作用。

冈才罗　你们是两位生性豪迈的贵人；假使月亮接连五个礼拜在轨道里没有变动，你们会把它从那里拉出来。

［霭俐儿上，隐着身形，奏着庄严的音乐。

西巴司兴　我们是要这样做，再去"夜晚打野鸟"。⑨

安托尼奥　且莫，好大人，请莫要生气。

冈才罗　不会，我向你们保证；我不会叫我的慎重这样愚蠢地去冒险。你们可能把我嬉笑得睡着吗，我困倦得厉害？

安托尼奥　去睡吧，听我们笑。

［除阿朗梭、西巴司兴、安托尼奥外，都睡去了。

阿朗梭　怎么，都睡得这样快？我但愿我这双
眼睛闭，也闭住我的思想。我觉得它们
正有了这倾向。

西巴司兴　请您，王兄，莫忽视
它们沉重的提供。这重滞难得
来与眼睁睁的忧愁相会；它来时，
便来充慰抚者。

安托尼奥 我们两人，吾王，
将在您休眠中保卫御体，守护着
您安全。

阿朗梭 多谢你们。疲乏得惊人。

［阿朗梭睡去。霭俐儿下。

西巴司兴 好一阵怪异的沉酣渗透着他们！

安托尼奥 这是这气候的特性使然。

西巴司兴 那么，
它为何不使我们的眼皮也下垂？
我并无睡意。

安托尼奥 我也没；却神清气爽。
他们一同都睡着，如彼此相协和。
他们扑倒在地上，好像被雷殛。什么
也许会，可敬的西巴司兴？——啊！
什么也许会？——不再多说了！可是，
据我看来，我从你脸上能看到
你该是怎样的人物。这机缘对你说，
而我这强烈的想象便瞧见一顶
王冠落在你头上。

西巴司兴 什么？你醒着？

安托尼奥 你没有听见我说话吗？

西巴司兴 我听到；必然
这是梦中的言语，而你在睡梦中
说出来，你刚才讲了些什么？这真是
奇怪的休眠，睁大了眼睛入睡；
站着，说着话，行动着，但这样熟睡。

安托尼奥　尊贵的西巴司兴，你让你的好运
睡觉——更或许死掉；你醒着，却闭眼
不见。

西巴司兴　　你分明在打鼾；你那鼾声里
有意义。

安托尼奥　　我比我素常时要更加严肃。
你也得这样，如果你注意我的话；
这样做会增加你身价三倍。

西巴司兴　　　　很好；
我好比涨潮和退潮之间的静海。

安托尼奥　我将会教你怎样去涨潮。

西巴司兴　　　　请吧：
遗传的迟钝在教我退潮。

安托尼奥　　　　啊！
假如你只要知道，你怎样胸怀
意图，却这般峻拒！怎样在剥夺
之中，你却格外地授予！退避者
其实往往在衷心恐惧或迟钝里，
因而退落到碰底时，孟晋得最勇。

西巴司兴　请你说下去。你目光和脸色的神情
宣告有要事满腔，这宣告表露出
你饱经痛苦的酝酿。

安托尼奥　　　　这样，王弟：
虽然这记忆衰退的贵老儿，入土后
他将不为人所记忆，正如他如今
记不起什么事，但在此他几乎说服了

国王，说王子还活着（原来他是个
说服人的人儿，他吃的是说服的饭），
可是王子未淹死简直不可能，
正好比他睡在这里并非真睡着，
而是在游泳。

西巴司兴 我不存希望他未曾
淹死。

安托尼奥 啊！从那“没有希望”里，
你却有多大的希望！那方面没有了
希望，而另一方面的希望这样大，
以至当野心极目往前瞅去处，
再不必搜寻，就心仪而目驻。你是否
同意我看法，斐迪南已经淹死？

西巴司兴 他已经去了。

安托尼奥 那么，告诉我谁将是
奈不尔斯王位的继承人？

西巴司兴 克拉丽贝尔。

安托尼奥 她乃是突尼斯王后；她住在人们
生命的彼方十哼处；她从奈不尔斯
得不到通报，除非太阳去送信——
月亮里的人儿太慢了——要等到新生
婴儿的腮边于思于思待剃除；
况且又有谁给他送通报？我们
都被海水所吞噬，虽然有几个
被重抛上了岸，而由于那命运就得去
做件事，过往的都是这事的前奏，

以后的便得你和我一同去进行。

西巴司兴　这是什么东西？——你怎样说法？
不错，我王兄的女儿是突尼斯王后；
她是奈不尔斯王位的承袭人；这两地
之间不太近。

安托尼奥　　　　　　　这远近的每一个呎六[⑩]
似乎在叫喊，"怎样将我们量回到
奈不尔斯？——那克拉丽贝尔待在突尼斯，
让西巴司兴醒来！"——我说呀，假定
死亡如今已经把他们擒拿住；
那么，他们不会比这处境更坏些。
有人能主宰奈不尔斯，跟这睡着的
一般好；也有显贵能信口开河，
跟这冈才罗一般絮絮又叨叨；
我本人便能充一只八哥儿，同样
多饶舌。啊，但愿你和我一条心！
这沉睡对你的升迁好不有利！
你懂得我吗？

西巴司兴　　　　　　　我以为，我懂得。

安托尼奥　　　　　　　　　　　　　　　　那么，
你心头的意愿怎样看待那幸运？

西巴司兴　我记得你取代你老兄泊洛斯潘如。

安托尼奥　果真。请看这衣袍对我多相称，
比往常更齐楚。我哥哥的随从们以前
都是我僚友；如今全成了我下属。

西巴司兴　可是，为你的良心，——

安托尼奥 哎呀，尊驾；

那可在哪里？假使它是个脚跟上

伤裂的冻疮，我便将鞋子来穿上；

可是我不觉得胸中有这位神道。

二十个良心，站在我与米兰城之间，

是冻结也好，是溶化也罢，它们

可休想引起我心头的烦恼！你哥哥

在这里躺着，比他身下的泥土

不见得高明，假使他成为他身下

那相似的死东西；我用这听命的精钢，——

只须三英寸，——便能促使他去长眠；

而你，这时节，就可叫这块老残，

这位谨慎的爵爷，永睡而不醒，

于是他不可能谴责我们的行径。

其余的众人，他们将接受暗示，

像猫儿舐牛奶；他们会计数钟鸣声，

总使它契合我们所定时的事故。

西巴司兴 你开启前型，亲爱的朋友，我将会

步你的后尘。正如你取得米兰城，

我将会获得奈不尔斯。拔出你的剑：

一击之下将消除你岁岁的朝贡，

而我这君王将对你施恩宠。

安托尼奥 一同来；

当我举手时，你也就行动，去结束

冈才罗。 ［他们拔剑。

西巴司兴 啊！且再说一句话！ ［二人退至一旁交谈。

［音乐声，霭俐儿重上，隐着身形。

霭俐儿 我主人，经过他的法术，先已预见你，
他朋友，处在危难中；他差我前来——
否则他那宗策划会失败——救他们。

［在冈才罗耳旁歌唱。

当你在这里打着鼾
沉睡时，阴谋睁大眼，
在这里正利用时机。
你若是对生命还关心，
就莫再沉睡，要警醒：
醒来啊，醒来，速速起！

安托尼奥 那么，我们俩都赶快。

冈才罗 ［醒来］如今，天使们，
请护卫吾王！［其他多人都醒来］

阿朗梭 喂，现在怎么样？嗨，醒来！
为什么你们剑出鞘？为什么你们
脸色这么惊惶？

冈才罗 ［醒来］有什么事情？[11]

西巴司兴 当我们在这里站着护卫你们
安睡时，刚正是此刻，听到了一阵
沉雄的咆哮迸发声，好像是牛哞，
更或许是狮吼；是否把你们惊醒了？
我听来真可怕。

阿朗梭 我没有听到。

安托尼奥 啊！
这响声把妖怪也吓倒，好像地震！

这定必是整整一群狮子在吼叫。

阿朗梭 你听到没有，冈才罗？

冈才罗 凭我的荣誉，
吾王，我听到一阵嗡嗡响，而且
那响很奇怪，这就使我醒过来。
我推您，吾王，且叫嚷。他们的武器
都出鞘，我分明眼睁睁见到。有一阵
声响，一点不错。最好我们要
警戒防卫着，不然就离开这地方。
让我们剑出鞘。

阿朗梭 引导着离开这块地，
让我们再寻寻我可怜的儿子。

冈才罗 上天
保佑他莫受野兽的伤害！因为
他一定在岛上。

阿朗梭 引导着离开。 ［下。

霭俐儿 我主公泊洛斯潘如将得悉我做的事，
您且去，君王，安全地去寻找您太子。 ［同下。

第 二 景

［岛上另一处］

［喀力奔上，负着一捆柴火木。一阵雷鸣可闻。

喀力奔 让太阳从泥坑、沼泽以及洼地里
吸引起的诸般疫疠全都降落到

泊洛斯潘如身上去，使他一寸寸
满身尽是病！他的精灵们听到我，
可是我还得诅咒他。但除非他叫
他们这样做，否则他们不会来
拧痛我，跳鬼怪舞蹈吓唬我，扔我
进泥巴，也不会变成了火把将我从
黑暗里引离我的路。可是为每一件
小事情，他们总被支使来捉弄我；
有时像猴子，对我做鬼脸，牙牙
学人语，在背后张口将我咬；有时
像刺猬，滚在我赤脚的当路上，耸起了
锋芒对着我踩下的脚板儿尽触刺；
有时候毒蛇缠满我全身，它们
双叉着红舌，嗞嗞地嘘得我发疯。——

[屈林居乐上。

现在，且瞧吧，瞧吧！这里来了个
他派的鬼精灵，来给我苦头吃，只为我
搬慢了柴火。我来倒下去。也许他
不会注意我。 [躺倒。

屈林居乐 这儿既没有灌木林，也不见矮树丛可以遮挡什么风雨，而又一阵暴风雨却在酝酿了；我听到风声里有消息，就是那边那块黑云，那一大块看来像一只臭烘烘装酒的大皮袋，只差一点儿要把酒倒出来。假使和刚才那样打起雷来，我可不知道怎样去躲我的脑袋。那边那块云不能不成桶成桶地倒下来。这儿有个什么玩意儿？是个人还是条鱼？死的还是活的？一条鱼！嗅起来他倒像是条鱼；一股很陈的鱼腥味；像一条不是挺新鲜的咸鳕鱼干。一条奇怪的鱼！假使我此刻在英格兰，——我曾经到过那里，——只要把这条鱼画上，没有个节日的傻瓜不会花一块银币去看它。在那儿，这怪物能叫一个人发财；不拘哪一只奇怪的野兽，在那儿都能叫一个人发财。他们不会花一个小钱去救济一个跛脚的活[12]叫花子，可是会给十个钱去看一个死了的印度人。好像是个人，有腿！他的鱼翅活像是手臂！当真，是暖的！我现在要发泄议论了，不再持而不发。这不是条鱼，是个岛上的居民，最近遭到了雷殛。［雷鸣。］唉！风暴又来了！我最好的办法是爬到他那大氅下面去；这附近没有别的隐蔽处。苦难使一个人跟奇怪的伙伴相熟。我要在这儿躲雨，等这风暴把最后的雨点下完。

［爬在喀力奔大氅下。

［史戴法诺上，唱着歌，手持酒瓶。

史戴法诺 我将不再往海上，往海上；
我要在岸上归天。

这是支十分讨厌的调子，有人丧葬时唱。很好，这儿是我的安慰。 ［喝酒，唱。

船主、甲板洗扫夫、水手长和咱，
还有司炮长跟他的副手，
爱上了玛儿、曼格、和玛玲、马葛兰，
但我们不理会凯脱丫头；
她那尖嗓子像弓弦在弹，
会对个水手喝道，“滚蛋！”
她讨厌焦油，也不爱沥青的味道；

可是她身上痒痒，裁缝却能替她搔；

所以海上去，弟兄们，滚他妈的蛋！

这也是支讨厌的调子；但这儿是我的安慰。

［喝酒。

喀力奔 不要给我吃苦头！唉！

史戴法诺 什么事？这儿有魔鬼吗？你们可是用蛮子和印度人来跟我们耍把戏吗，吓？我没有淹死，逃得了命，难道还怕你们的四条腿不成？有句话说得好，“再漂亮不过的四条腿走路的人儿，也不能叫他让步”；只要史戴法诺鼻子里有一口气，这句话还可以说上一遍。

喀力奔 鬼精灵给我吃苦头。唉！

史戴法诺 这是岛上一头四条腿的妖怪，想来他在打冷颤。他妈的，他打哪儿学来的我们这言语？假使就为这件事，我就要来减轻他一点儿痛苦。如果我能治好他的病，把他养驯服，带他到奈不尔斯去，可以把他去送给不论哪一位脚踩牛皮底的皇帝作礼品。

喀力奔 莫给我吃苦头了，请你；我会快些扛柴火到家。

史戴法诺 他现在正在发作，所以讲话不是最有条理。他得尝一下我瓶里的东西；假使他从来没有喝过酒，那会差不多治好他这阵子的发作。我倘若能治好他，把他养驯服了，我可以尽量要足价。要买他的得付足身价，那样才成。

喀力奔 你还没有怎样伤害我，你就要狠狠地来了；你在发抖，所以我知道。泊洛斯潘如现在在对你作法。

史戴法诺 来吧，张开嘴巴，把这个喝了，你会讲话，猫儿。张开嘴巴。这东西会赶走你的惊慌，我可以告诉你，而且很安全［灌喀力奔饮酒］。你不懂得谁是你的朋友。再张开嘴巴。

屈林居乐 我该熟悉那声音。那该是——但他已经淹死了；而这些都是魔鬼。啊！上帝保佑我。

史戴法诺 四条腿，两个声音——真是头有趣的妖怪！他前面的声音现在是讲他朋友的好话；他后面的声音讲的是坏话，把人糟蹋。如果我瓶里所有的酒会治好他，我要治好他的冷颤。来吧！阿门！我要倒一点在你那另一只嘴里。

屈林居乐 史戴法诺！

史戴法诺 可是你的那一只嘴巴在叫我吗？上帝可怜我！可怜我！这是个魔鬼，不是头妖怪：我要离开他；我不跟魔鬼交往。

屈林居乐 史戴法诺！——假使你是史戴法诺，就摸我一下，对我说话；我就是屈林居乐：——别害怕——你的好朋友屈林居乐。

史戴法诺 假使你是屈林居乐，走出来。我来拉你的小腿。如果屈林居乐有腿的话，这两条就是。你果真是屈林居乐本人！你怎么会变成这怪胎的大便的？他出恭能拉出屈林居乐来吗？

屈林居乐 我以为他被一个响雷打死了。可是你不是淹死了，史戴法诺？我现在希望你没有淹死。风暴已经刮过了吗？我躲在这死怪胎的大氅下面，为的是害怕这风暴。你还活着吗，史戴法诺？啊，史戴法诺！两个奈不尔斯人逃得了命！

史戴法诺 莫把我转来转去，请你；我的胃里在作呕。

喀力奔 ［*旁白*］如果他们不是鬼精灵，那他们
倒是好东西。那是个奇妙的神道，

他有玉露琼浆。我对他要下跪。

史戴法诺 你怎么样逃生的？你怎么样到这儿来的？凭这瓶儿赌咒，你怎么样到这儿来的？我在一只大酒桶上面逃得的命，那酒桶给水手们扔下了船。这瓶儿是我被海水抛上了岸后，我自己亲手用树皮做成的。

喀力奔 凭着那瓶儿赌咒，我要当你忠心的治下，因为那酒浆不是人间有的。

史戴法诺 这儿！赌咒吧，说你是怎么样逃生的。

屈林居乐 泅水上的岸，人儿，跟鸭子一般。我能跟一只鸭子那样游泳，我赌咒。

史戴法诺 这儿，就当作《圣经》亲这瓶子吧［给屈林居乐酒喝］。虽然你能像鸭子似的游泳，可是你是生成的一只笨鹅。

屈林居乐 啊，史戴法诺，你还有更多这样的东西吗？

史戴法诺 一整桶，人儿。我的地窖在海边一块大石头里边，我的酒就藏在那里。怎么样，怪胎！你的寒颤怎样了？

喀力奔 你莫非是从天上掉下来的吗？

史戴法诺 从月亮里掉出来的，我告你说。曾经有那么一个时候，我是月亮里的人儿。

喀力奔 我看见过你在里边，我现在崇拜你。我的女主人将你指给我看，还有你那头狗，那矮树丛。

史戴法诺 来，当那件事起誓；亲这《圣经》。［给他饮酒。］我马上来装进新酒。起誓。［喀力奔饮酒。］

屈林居乐 凭这阳光起誓，这是头很傻的妖怪！我会怕他？一头很大的妖怪！月亮里的人儿？可怜见，容易上当的妖怪！——喝干得好，妖怪，说实话。

喀力奔 我要给你看岛上每一寸肥土壤；

我要亲你的脚。请你当我的神道。

屈林居乐　我凭这阳光起誓，一头最没有信义的醉妖怪！他的神道睡着时，他会抢掉他的瓶子。

喀力奔　我要亲你的脚。我起誓我是你治下。

史戴法诺　那么，过来。跪下，起誓！

屈林居乐　这头傻妖怪要把我笑死。一头顶卑鄙的妖怪！我恨不得打他，——

史戴法诺　来，亲吻。

屈林居乐　要不是这可怜的妖怪喝醉了酒，那就是一头可恶的妖怪！

喀力奔　我将领你看最好的泉水；我要
替你摘浆果；我会替你去捕鱼，
为你打足够的柴火。让一阵瘟疫
降临我侍候的暴君！我将不再
为他搬树柴，而要追随你，你这位
神奇可敬的人儿。

屈林居乐　一头最荒唐可笑的妖怪，把一个可怜的醉汉当成了不起！

喀力奔　让我带你到野苹果生长的去处，
我请你；我将用长指甲替你掘落花生；⑬
给你看一个樫鸟的窠，且教你
怎样去诱捕轻捷的金线狨。我将要
领你到榛子树丛深处，而有时我会
替你去海滨岩石上采稚嫩的蠘贝。⑭
你会同我去吗？

史戴法诺　请你领路，不用再多说。——屈林居乐，国王和我们这一伙别的人都已经淹死，我们就占有了此地。——这儿，拿着这瓶儿。——伙伴屈林居乐，我们等一会再灌他喝。

［喀力奔醉中唱着歌。

喀力奔 再会，主人；再会，再会！

屈林居乐 一头破嗓子的妖怪，一头醉妖怪。

喀力奔
我将不再筑拦鱼的坝；
也不再听使唤，
扛柴火，驮重担，
不再洗盘擦碟刮焦巴；
奔，奔，喀——喀力奔，
得了个新主子——做了个新人。⑮
自由，放假！放假，自由！自由！放假，自由！

史戴法诺 啊，奇妙的妖怪！领着路。 ［同下。

第二幕 注释

① Johnson：在有些新教（Protestant）教会里，有一种职员专司对病人安慰之责。

② W. A. Wright：发明会鸣响的时计的是彼得·海勒（Peter Hele），纽伦堡［Nuremberg，德意志北中部巴伐利亚（Bavaria）州］人氏，约在 1510 年。

③ 原文第二幕第一景二十二行的"dollor"，在英文里没有这个字，应为"dollar"（银元），与二十三行的"dolour"（悲哀），译成"背癌"与"悲哀"，都是没有什么意义的音同字异的重覆逗趣。

④ 据 Ingleby 注，"一笑"可能说当时一个通常用来打赌的小钱的切口或隐语。等一下"小公鸡"亚特列安先叫，西巴司兴输给了安托尼奥，他当即付与他"哈，哈，哈！"一笑，作为已赔了钱。

⑤ "温和姑娘"（Temperance）大概是当时某一妓院里一个红姑娘的花名。

⑥ Dido，古时非洲北部迦太基（Carthage）的女王，以绝色闻名，在罗马史诗阜杰尔的《意尼亚特》（Virgil: *The Æneid*）里，和诗中的英雄、破舟在迦太基海边上的意尼亚斯（Æneas）相恋。后来意尼亚斯奉天神之命离开了她，她自尽而亡。

⑦ Phillpotts 注：如果冈才罗能把迦太基和突尼斯都变成了一个城的话，那么，他的话比安法宏（Amphion）的竖琴（harp）还神奇灵效，那竖琴造成了底比斯（Thebes）的城墙。W. A. Wright 谓，这里提到的也许是太阳神阿波罗（Apollo）的竖琴，筑起了特罗亚（Troy）的城墙。按，希腊神话中安法宏弹奏的是一柄七弦

琴（lyre），不是竖琴，故以 Wright 的说法为是。

⑧ 听到冈才罗重新断言他关于突尼斯和迦太基的胡说时，安托尼奥表示冈才罗会当真尽早把这个岛放在口袋里带回去。

⑨ bat-fowling（“夜晚打野鸟”），据 Staunton 引 Markham：“Hunger’s Prevention”（马克汉：《防饿术》）所述，是用长火把与长竿子，有时也用网，在夜晚到多野鸟栖止的树丛所在去扑打野鸟的一种游戏。W. A. Wright 引 Thornbury 之《莎士比亚之英伦》谓，“夜晚打野鸟”是盗窃社会里的一句切口：一个棍徒天黑后假装在一家备货充足的店家门口掉了一只戒指或一件珠宝，他进去向学徒借用蜡烛照亮，在门口寻找时他故意把蜡烛掉在地下弄灭，请学徒重点蜡烛，学徒去找火的当儿，那家伙就乘机偷了尽量多的货物逃走。

⑩ “cubit”，古长度名，约十八英寸，无现成的译名，姑作此。

⑪ 这里，从“醒来”开始，初版对开本原文大概有印误，把从“如今”起的几行都作为阿朗梭的话，把“什么事情?”作为冈才罗所说。译文根据 Staunton 的改正，用 Dyce 的导演辞：这校改正如 Furness 所说，令人赞佩。一经校改，好比画龙点睛，顿时神态飞动。

⑫ 原文为“lame”（跛脚的）。译文从 E. A. Meredith 之校改“live”，作“活着的”。

⑬ 原文“pig-nuts”，据 Grindon 说，是植物学家们名为“Bunium flexuosum”的一种在土里结实的坚果的英文名。是否为“一种落花生”？抑或可译为“地果”？

⑭ 原文“scamels”，非但声音好听，而且因为不知道究竟是什么样的生物，在我们想象里引起一阵阵浪漫的遐想。大概是又好看又好吃的一种名称失传了的稀有贝类；译文姑从 J. D 之说。

⑮ 从 Furness 说，原文“get”作“become”解。

第 三 幕

第 一 景

［泊洛斯潘如的窑洞前。］

［斐迪南上，扛着一大段木头。

斐迪南　世上有一些游戏很劳累，但喜爱
它们能使它们变得轻松；
有些微贱事被承受得豪迈，鄙陋
不堪的事情便指向华贵的目标。
我这微贱的劳役艰苦而可恶；
但我侍候的女主人能化死以为生，
她把我的辛劳变成了欢乐。啊！
她跟她父亲的暴躁相比要十倍
温柔，而他乃严酷所造成。在一个
苛刻的命令下，我定要搬好，且堆叠
起来这木柴几千根；我可爱的女主人
看见我工作便不免要流泪，如此
贱役，她说，从没有同样的执行人。
我忘了这劳累：但可喜的想念抚慰着
我这阵辛勤，于是我心头最忙时

手上却显得最空闲。①

[蜜亮达上；泊洛斯潘如在后，

蜜亮达　哎呀，请你，
如今，工作得莫这样卖力！我但愿
电火烧掉了你被命令来把它们
堆叠起来的这些柴火木！放下吧，
且休息一阵。这柴火烧时会哭泣，
因它们使得你疲劳。我父亲在专心
研读；所以你如今正好来休息；
三小时之内他不会来将你难为。

斐迪南　啊，最可爱的女主人，太阳将下去，
在我把必须努力去从事的工作
做完之前。

蜜亮达　若是你能坐下来，
我会来替你搬。给我那一段，请你；
我把它搬上柴堆。

斐迪南　珍贵的人儿，
不要；我宁愿压断我的筋，压折
我的背，也不能让你承受这耻辱，
我却在一旁闲坐。

蜜亮达　这件事对你，
也对我合适；我做来更要轻松；
因为我愿意，而你却不愿。

泊洛斯潘如　[*在旁*]可怜虫！
你给传染了！这病变显示了出来。

蜜亮达　你看来很疲乏。

斐迪南 不，尊贵的女主人；
在夜晚有你在旁边，对我便成了
新鲜的早晨。请你告诉我——主要为
我可在祈祷时用它——你名叫什么？

蜜亮达 蜜亮达。——啊，爹爹，我这样一说，
可破了你的训戒！

斐迪南 钦慕的蜜亮达！
果真是，赞赏的顶巅，对人间的价值
最珍奇宝贵！好几位闺秀我见过，
曾不禁向往而注目，许多次她们
莺声的和悦使我太殷勤的两耳
为之倾倒。为不同的优长，我曾
合意过不同的女郎；但从未像这般
神驰而心醉，总有点欠缺跟那
至上的优雅为敌，从而使之
逊色。可是你，啊你！这么样美妙
无比，这么样无双独绝，真不愧
是造化所创万物的菁英。

蜜亮达 我不知
我同性的另一人；记不起女子的面貌，
只除了镜中的自己；也不曾见过
可称为男子的人儿，除了你，好友，
以及我亲爱的父亲。外边人体形
怎么样，我一无所知；但凭我的贞洁——
我妆奁之中的珍宝——除了你我不愿
有任何伴侣；想象不可能造一个

形象去仿佛，只除了你的风貌。
可是我乱说得简直太愚妄，而把
父亲对这事的教训全忘了。

斐迪南 我身份
乃是个王子，蜜亮达；是国王，我想
(我但愿不是)，我不能忍受这整天
搬木柴的奴役，犹如我不能忍受
叮肉撒子的苍蝇弄脏我的嘴。
听我的心音！我初见你时的顷刻，
我的心就飞来为你效殷勤；留连
到现在，我甘愿当奴才；只因为了你，
我当了这耐苦的搬柴人。

蜜亮达 你可爱我吗？

斐迪南 啊，皇天啊，后土，请务必为我
这番话作证，如果我所说是真，
将幸运的后果圆满我现今的申诉！
如果我空谈虚构，最吉利的兆头，
请把它转变为不祥！我啊，超过了
这世上一切东西的制限，眷爱你，
珍重你，对你心怀着尊敬与光荣。

蜜亮达 我成了个傻子，对我所喜爱的倒反
要哭泣。

泊洛斯潘如 [*旁白*] 无双美妙的两情欢爱，
遭逢到天成巧合！让天降福泽于
他们两情间那萌生的缱绻！

斐迪南 你为何

要哭泣？

蜜亮达　　我哭我的不配，我不敢奉献

我情愿给与的赠礼，更不敢领受我梦魂

所萦绕的冀求。但这话不够庄重；

它暴露愈多，愈是想遮盖它自己。

去吧，含羞的假装，振奋我，朴素

纯洁的天真！我是你的妻，假如你

愿和我结婚；不然就是死我也要

做你的婢女。跟你相对等，你也许

不允；但我要当你的女仆，不管你

肯或者不肯。

斐迪南　　我的女主人，心爱的，

我永远这般从顺。

蜜亮达　　那么，你要我？

斐迪南　哎也，我衷心情愿，好比奴役者

心愿得自由。请同我握手。

蜜亮达　　我的手，

我的心就在这一握中；如今祝你好，

半小时以后再见。

斐迪南　　祝福你千千次！

［斐迪南与蜜亮达分别下。

泊洛斯潘如　这一场惊诧震荡我太过了，可是我

不能像他们同样地欢快；但没有

任何事能使我欢庆得更大些。我要

致力于我的宝卷；因在晚饭前，

我还得完成许多应作的事情。　［下。

第二景

［岛上另一处。］

［喀力奔手持酒瓶，与史戴法诺及屈林居乐上。

史戴法诺 不用告诉我！——桶里空了，我们才喝水；空桶前不喝一滴水。所以，就喝干了吧！[②]——当差的妖怪，跟我祝酒。

屈林居乐 当差的妖怪？这海岛的蠢鳖蛋！他们说这岛上只有五个人儿；咱们就是三个了。假使还有两个跟我们一般头脑，国家大事可在动荡了。

史戴法诺 当差的妖怪，我叫你喝你就喝；你的眼睛差不多就装在你脑袋里。

屈林居乐 不装在那里却装在什么别的去处？假使它们装在他尾巴里，他倒真成了头奇妙的妖怪了。

史戴法诺 我的公妖怪曾把他的舌头淹在白葡萄酒里。至于我，海水可淹不了我。我能爬上岸滩来之前，一下子就泅了三十五海里的水，凭这阳光我起誓。妖怪，你将做我的副官，或者我的旗[③]。

屈林居乐 要是你乐意，他可以做你的副官；他可不是一面旗。

史戴法诺 我们不要跑，阿里阿笃妖怪生。[④]

屈林居乐 也不要慢慢地走；但你得躺着，跟狗一样；可也不要讲话。

史戴法诺 怪胎，假使你是个好怪胎的话，这世里只讲这么一次话吧。

喀力奔 你尊驾怎样了？让我舔你的鞋子。我不会侍候他；他不勇敢。

屈林居乐　你撒谎，最无知的妖怪；我能跟个警察兵打架。吓，你这条卑鄙的鱼，可有像我今天这么样喝上这么多酒的人儿，是个胆小鬼的吗？你一半是条鱼儿，一半是个怪，你可要撒上个荒唐的大谎吗？

喀力奔　瞧，他怎样侮蔑我！我的主公，你让他去吗？

屈林居乐　他说“主公”？——一头妖怪竟然会是这样个白痴！

喀力奔　瞧，瞧，又来了！咬死他，我请你。

史戴法诺　屈林居乐，在你脑袋里留下个干净些的舌头吧。假使你果真要叛变的话，那一棵树上就能把你来吊！这可怜的妖怪是我的子民，他不能忍受侮辱。

喀力奔　感谢我尊贵的主公。你是否高兴
再一次倾听我对你做过的陈请？

史戴法诺　他妈的，我可高兴。跪着，重复一遍；我站着，屈林居乐也站着。

［霭俐儿上，隐着身形。

喀力奔　我告诉过你，我是个暴君的子民、一个妖巫的治下，他使用法术把这个岛从我手上骗了去。

霭俐儿　你撒谎。

喀力奔　你撒谎，你这打哈哈的猴子！我但愿我勇敢的主人会干掉你。我没有撒谎。

史戴法诺　屈林居乐，你若是在他讲完那话儿以前还跟他麻烦，凭我这只手，我来敲掉你几颗牙齿。

屈林居乐　哎，我不曾说什么呀。

史戴法诺　那么，噤口，别再说了。——［对喀力奔］讲下去。

喀力奔　我说，他使用魔法得到这个岛；

他是从我手里拿走的。你大驾若愿意，
请对他报复，——因为，我知道，你敢；
可是这东西不敢，——

史戴法诺 那一点不错。

喀力奔 你将是这一岛之主，而我将侍候你。

史戴法诺 这事情将怎么来办？你能领我到
那地方去吗？

喀力奔 唔，唔，主公！我趁他睡梦里献给你，
你可以敲一只钉子进他的脑袋。

霭俐儿 你撒谎；你不能。

喀力奔 真是个花衫小丑角！⑤卑鄙的东西！
我恳求你大驾，揎拳把他揍，夺掉
他的瓶。那个没有了，他只能喝咸水，
因为我不领他去看哪儿有清泉。

史戴法诺 屈林居乐，再不要冒险了！再打断这妖怪的话头的话，凭这只手，我要把宽恕赶出门，像打鳕鱼干那样揍你。

屈林居乐 吓，我做了什么？我什么也没有干。我要走得远些。

史戴法诺 你没有说他撒谎吗？

霭俐儿 你撒谎。

史戴法诺 我撒谎？你挨上这一下。［打屈林居乐。］你喜欢这个的话，下次再说我撒谎。

屈林居乐 我没有说你撒谎。你失了灵性，聋了耳朵不成？天花长上你的瓶！灌酒灌成了这模样。——叫你这妖怪染上猪瘟，魔鬼砍掉你的手指！

喀力奔 哈，哈，哈！

史戴法诺 现在你再往下讲。——［对屈林居乐］请你站远一点。

喀力奔　　揍够了他。等一会我也来揍他。

史戴法诺　　站远些。来，讲下去。

喀力奔　　哦，我对你说过，他惯常在下午
要睡觉。先把他的法书宝卷都拿走，
你可以打得他脑浆迸裂；或许
你用一段粗木棍敲破他脑壳，
或者用一根粗木桩开膛破肚，
再或许用一柄尖刀割断他咽喉。
要记得先缴了他那些宝卷法书；
因为没有了它们，他跟我一样，
只是个呆木头，没有一个精灵
可供他鬼使神差。他们都恨他，
跟我同样地坚决。只要烧掉了
他那些书卷。他还有漂亮的器皿，——
他这样叫它们，——他有了一所房屋后，
要把它们来装饰。最值得深深
考虑的是他那女儿，他自己称她是
无双独绝。我从未见过女人，
只除了锡考腊克司我的娘和她；
但是她远远超过锡考腊克司，
正好比最大的超过最最小。

史戴法诺　　　　　　　　　　是那样
绝色的一个姑娘？

喀力奔　　　　　　　　嗳，主公。
我担保她会很合适你的床席，
且会替你生一窠极漂亮的儿女。

史戴法诺 妖怪，我会弄死这人儿。他女儿和我将做国王和王后——天保佑我们两位陛下！——屈林居乐和你将做总督。屈林居乐，你喜欢这计谋吗？

屈林居乐 好极了。

史戴法诺 把手伸过来。对不起，我打了你；可是，你过日子还是嘴里干净些好。

喀力奔 在这半点钟以内他会睡着。
那么，你是否弄死他？

史戴法诺 嗳，凭我的荣誉。

霭俐儿 这个我要告诉我主人。

喀力奔 你使我快乐；我满心欢喜。让我们
乐一阵。你可能高声歌唱你刚才
教我的小曲？

史戴法诺 准你所请，妖怪，我会给你满足，满足一切。来吧，屈林居乐，让我们唱吧。[唱道]

嘲弄他们，讥诮他们；
讥诮他们，嘲弄他们！
思想很自由。

喀力奔 不是那调子。

[霭俐儿用小鼓与箫管奏着曲调。

史戴法诺 这是什么？

屈林居乐 这是我们的小曲调子，无形之人在吹打。

史戴法诺 假使你是个人儿，显你自己的形象出来。假使你是个魔鬼，对我的话随你的便。

屈林居乐 啊，饶恕我的罪孽！

史戴法诺 去世的人把一切俗债都还清。我藐视你。——天可怜见

我们！

喀力奔　你害怕吗？

史戴法诺　不，妖怪，我不怕。

喀力奔　不用害怕；这岛上满都是响声，
声音和甜蜜的曲调，听来愉快，
但不伤害人。有时候一千支高鸣
齐奏的乐器在我耳边闹盈盈：
有时候我在久睡之后醒来时，
唱歌声使我再睡去；还有，在梦中，
我望见云层开启处，显示着盈富
累累正要倾泻到我身上来；那时节
醒回来，我哭着要重新再入梦。

史戴法诺　看来这对我将是个极妙的王国，我可以听音乐不花钱。

喀力奔　要等把泊洛斯潘如弄死以后。

史戴法诺　过不久就会去干；我记得那件事。

屈林居乐　这乐声在离开了；让我们跟着它，然后干我们的事。

史戴法诺　领路，妖怪；我们跟着。我但愿能看到这敲小鼓的；他吹打得好。

屈林居乐　［对喀力奔］你来吗？我跟着，史戴法诺。［同下。

第 三 景

［岛上又一处。］

［阿朗梭、西巴司兴、安托尼奥、冈才罗、亚特列安、茀朗昔司谷与其他人上。

冈才罗 圣处女在上，我不能再走了，吾王；
我的老骨头在痛。简直踩进了
迷园，穿过直路，也经过曲径！
经您的恩准，我一定得休息了。

阿朗梭 老卿家，
我不能责备你，我自己已经疲劳得
精神迟钝。坐下来，休息吧。就在此，
我要放弃掉希望，不再保留它，
欺蒙我自己。我们迷失了方向
去找他，可是他已经淹死；大海
在嘲笑我们循陆路徒然去搜寻。
算了，让他去。

安托尼奥 ［旁白，对西］我非常高兴他这般
失望。请莫为一次失利，就放弃
你决意实行的志向。

西巴司兴 ［旁白，对安］下一次良机
我们要完全取得。

安托尼奥 ［旁白，对西］就定在今夜；
因为多走了路途，太劳累，他们
不会，且不能，像平时那样警惕。

西巴司兴 ［旁白，对安］准定在今夜。莫再说。

［庄严奇异的音乐；泊洛斯潘如在高处，隐着身形。下面有几个奇怪的身形上场，搬进一席筵宴；他们围着它以温和、致敬的动作舞蹈着；随即请国王与其他人物入席，他们自己便离去。

阿朗梭 是什么音乐？列位卿家，听啊！

冈才罗 好听得惊人的音乐！

阿朗梭 天啊，仁蔼的

神仙们保佑！这些是什么？

西巴司兴 是一曲

活人滑稽戏。⑥ 我现在相信这世上

的确有麒麟；也相信阿剌伯有棵树，

是凤凰 ⑦ 的宝座；只一头凤凰此刻

在那里称王而垂治。

安托尼奥 两件事我都信；

什么别的难信的奇闻碰上我，

我都能发誓确而真。漂洋的远游人

从来不谎报，虽然在家的蠢家伙

责他们胡言。

冈才罗 如今假使在奈不尔斯

我要报告这件事，他们会相信吗，

假使我说我见过这样的岛民们？——

因为，当然，这些是岛上的居民，——

他们虽然形态很怪样，可是，

请注意，他们的行动却更加温良，

比你能在我们人类里找到的许多，

不，不论哪一个，要远为仁蔼。

泊洛斯潘如 ［*旁白*］诚实的贵卿，你说得不错；因为

你们中间有几个比魔鬼还要坏。

阿朗梭 我不禁惊奇赞叹个不停，如此

形状，如此姿态，如此音响，

表现着，——虽然他们不曾用唇舌，——

一种极妙的无声的言语。

泊洛斯潘如　　［*旁白*］停止了

称赞，且看这一场筵宴如何完。⑧

茀朗昔司谷　他们消隐得很奇怪。

西巴司兴　　不关紧要，

既然他们把食品留了下来；

因为我们全都有肠胃。——您高兴

品尝一下这里的东西吗？

阿朗梭　　我不尝。

冈才罗　说实话，吾王，您不用害怕。我们在

孩童时，谁会相信天下有山里人，

脖子像公牛，鼓隆东，吊朗当，挂着，

一团皮肉？或者有这样的人儿，

他们的脑袋打从胸膛长出来？

这个，如今我们碰见的每一个

五对一⑨的漂洋远客都会对我们

作确证。

阿朗梭　　我要开始来进餐，即令

这是我最后一餐饭；无关重要了，

既然我觉得最好的日子已过去。——

王弟，公爵吾卿，开始跟我们

一同进。

［*雷电交作。霭俐儿上，像一只女人头面鹰隼身的鸟怪；用它的翅膀拍击着桌子；开动一个精巧的机关，筵席不见了。*

霭俐儿　你们是三名罪孽深重的人儿，

主宰这尘世与世间万物的命运神
使永远无餍的大海呕吐出你们，
抛上这无人居住的荒岛来；要知道，
你们是人中间最不配活着的人。
我叫你们发了疯；

［阿朗梭、西巴司兴等剑出鞘。

使得你们
鼓起勇气去上吊或者去投水。
你们这些蠢东西！我和我的众同伴
都是命运的随从者：你们铸炼的
剑刃损伤不得喧响的风儿，
使尽被嘲的刺戳杀不死永远会
合拢来的水，它同样也休想伤害我
一根毫毛；我同伴的神使也同样
伤不得分毫。且即令你们能伤害，
如今你们的臂膀已没有力量
举起沉重的剑把。可是，要记起，——
那是我如今所要对你们说的，——
你们三个人把好好的泊洛斯潘如
打从米兰城撵走；将他放入海，
海却补报了他和他天真的孩子；
为了这肮脏的勾当，神力只延缓，
但并未忘掉，激起了海里和岸上，
哦，一切的有生之伦，不让
你们有安宁。你儿子，阿朗梭，他们
夺去了；且要我对你们正式宣告，

凌迟的毁灭，——比任何马上死更惨，——
将步步紧跟你们和你们的前程；
能回护你们、隔离这天谴的——否则
它在这穷荒的岛上会降临你们，——
唯有内心的忏悔和悔过自新。

［他在雷鸣中消失：然后细乐声中那些身形重新上场，跳着舞、做着嘲弄与装鬼脸的姿态，并将摆筵席的空桌子搬出去。

泊洛斯潘如 ［旁白］我的霭俐儿，你装出这女人头面
鹰隼身的鸟怪形象，确是非常妙；
它具有吸引人的奇趣；在你的话里，
你并未减少我对你的指示：这么样，
栩栩如生，异常真实而自然，
我的较次的从者们也都搬演出
他们各自的角色。我高玄的法术
灵效如神，我这些仇人们都魄散
而魂消：他们如今尽在我手掌内；
且放下他们在这神魂解体中，
让我来看看年轻的斐迪南，——他们
满以为他已经淹死，——以及他、也是我
心爱的宝贝。 ［在高处退场。

冈才罗 凭某些圣洁东西的名义来讲话，
吾王，您为何这样惊人地呆瞪着？

阿朗梭 啊，可怕！可怕！我以为海浪
在说话，告诉我这事；风声在对我
唱他，雷鸣，那沉雄可怕的巨喉，

在叫唤泊洛斯潘如这名字；它用着
隆重的低音控诉我的罪行。为此，
我的儿埋进了泥污；要找他我须到
比量深的锤线更深的去处，且跟他
要同在泥污里沉埋。

西巴司兴 一次打一个，
我要同他们魔鬼大军战斗。

安托尼奥 我当你的副手。 ［西与安同下。

冈才罗 他们三个都没有了希望；他们
那重罪，好比许久后才毒发，如今
正开始咬他们的灵魂。——我恳请诸位，
行动轻捷的，迅速跟随着他们，
拦阻他们莫采取因狂暴而激发
的举动，惹起祸端。

亚特列安 跟我来，请诸君。

［余众同下。

第三幕　注释

① 初版对开本上这最后的两行多，在 Furness 的新集注本上有各家的注解密排小字将近十二页之多。译文从 S. Hickson 与 Furness 的诠释。

② 原文“Therefore beare up, and board'em！”, Furness 解“beare up”为“拿着瓶”，跟第二幕第二景一八四行之“beare my bottle”同样意义，而对于“board'em”则无诠注。Schmidt 之 *Shakespeare-Lexicon* 引 Boas 之 *Warwick Shakespeare* 云，这是一句航海的成语，意即如译文。这讲法也不很令人满意，因奈不尔斯王的酒膳司不是个水手。

③ 集注本的 Furness，史戴法诺本想说“旗手”或“掌旗官”（standard-bearer），但因他醉得太厉害，记不得或讲不清楚，所以只说了“my standard”（我的旗）。

④ 原文这里戏用法文称呼妖怪。

⑤ 初版对开本上这一行是喀力奔说的，一般近代版本上也一仍其旧。Johnson 认为这一行应当是史戴法诺的话，因为“斑驳的”或“杂色的”（pied）是指弄臣穿的条

子衣裳，喀力奔不会懂得。

⑥ Steevens：莎氏当时名叫滑稽戏（drolleries）的表演，一般是用傀儡演出的。Malone："活人滑稽戏"是不用装机关的木偶，而由活人演出的。

⑦ 公元一世纪时的罗马博物学者与著述家老普林尼（Pliny，23—79，全名为Gaius Plinius Secundus）关于神话中的这百鸟之王是这样记载的："这只阿剌伯国的凤凰远超过一切其他的鸟。我不知道这是否只是个故事，说世界上只有这一只，而且这一只是不常见得到的。据说它大小有大鹫那样：颜色又黄又亮，跟黄金一般（整个颈上）；身体其他部分作深色的红紫；尾巴天蓝，夹杂着石竹红的羽毛；头上有一丛好看的冠毛美妙地装饰着；有那一簇冠毛在上面，煞是美观而气概。曼业留斯（Manilius），那位罗马元老院议官……是长袍宗党里记述这只鸟的第一人，他写得又完备，又细致。他报告说，从没有人看见它吃东西……它一生活上六百六十年，到老来开始衰颓时，它把白桂或肉桂和乳香的枝杪堆积起来；它在这香木堆里积满了各种各样的香料之后，就在那上面自焚。他又说，它的骨髓残烬中，初时好像有一条小虫，后来变成一只美丽的小鸟。这只年轻的新凤凰做的第一件事是为那只先前死掉的凤凰举行丧葬，把它的窠搬到太阳城去，近潘岂亚那里，很虔诚地安放在圣坛上……这只鸟曾被带到罗马都城来……在一所满座的大会堂里公开地展出，这事在都城大事记录里有；可是，没有人怀疑过，那不过是一只假凤凰而已。"Malone指出，比莎士比亚大约大十岁的莎氏同代人约翰·列莱（John Lyly，1554?—1606）的《优斐莰斯和他的英伦》（1580）里有这样一句："——正如世界上只有一只凤凰，阿剌伯就只有一棵树，它在上面营巢"，还有，莎氏另一较早的同时代人约翰·弗劳留（John Florio，1553?—1625，法国论说文大作家蒙旦的《论说文集》Michel de Montaigne：*Essais*的名翻译家）在他那有名的意大利文-英文字典《字底世界》（*Worlde of Wordes* 1598）里说："拉秦（rasin），为阿剌伯国的一棵树，那里只有这一棵，凤凰就在上面栖止。"极可能莎士比亚于写《暴风雨》（1610—1611）之前是看过这两本书的。

⑧ 据Capell注。

⑨ 这是下赌注的意思。各家解说很多，以Br. Nicholson的说法为最切当。漂洋远客的生命在当时是没有把握的，他出海之前先同人家打下了赌，押下一笔钱，说他一定会安然回来，如果不回来那笔钱就归他的对手赢去，如果平安回来，他将从对手那里赢得五倍的钱。

第四幕

第一景

［泊洛斯潘如的窑洞前。］

［泊洛斯潘如、斐迪南与蜜亮达上。

泊洛斯潘如 如果我将你惩罚得过于严峻，
你得来的报酬已作了补偿；为的是，
我在此给了你我自己生命的一部分，
或将我为之而活着的奇珍给了你；
我将她再一次付与你，你所受的苦恼
都只是为测试你的爱情，而你却
出奇地经受了考验。这里，对着天，
我证实这宏富的赠礼。啊，斐迪南，
莫要讪笑我将她如此夸耀，
因你会眼见到她超越所有的赞美，
使之远落在她后边。

斐迪南 我相信这话，
虽悖逆神谕。

泊洛斯潘如 那么，娶我的女儿吧，
作为我对你的授与，也是你自身

所应有的获致。但假使在一切表征
圣洁的礼法施行神圣的仪式
之前，你先就破坏了她贞操之结，
上天将不降甘露来繁荣这婚姻；
而无子的仇恨、乖张愠怒的轻蔑
与不和，将在你们那姻缘的结合间
撒满毒草，叫你们双双去痛恨；
所以要当心，先听任婚神的喜灯
照你们。

斐迪南 既然我希望有安宁的日子、
美好的后嗣和长寿，如今又真诚
相眷爱，所以即令是最阴暗的洞窟、
最方便的处所、我们的劣性所施
最强烈的引诱，也休想把我的光荣
恶化成肉欲，将燕尔新婚日的欢庆
损毁掉，使我在那一天以为太阳神
龙驹蹄抽了筋，或黑夜把它们闭锁
在阴曹。

泊洛斯潘如 说得好。那么，坐下来，跟她
去谈话；她是你的了。——喂，霭俐儿！
我的勤勉的使从，霭俐儿！

［霭俐儿上。

霭俐儿 我的权重的主公要什么？我在此。

泊洛斯潘如 上一件差使你同你的小伙伴做得好；
我还得要你们另做件这样的手法。
去把我授权你指挥的那伙精灵们

带到此地来：要促使他们行动快；
因为我须得给这双青年去目睹
我法术的玄虚。我答应他们这样做，
他们也指望能如此。

霭俐儿 马上吗?

泊洛斯潘如 唔，
一霎眼之间。

霭俐儿 你能说“来”和“去”，呼吸上两遍，
再说声“是这般，是这般”之前，
他们每一个，跳点着脚趾尖，
会到这里来，装怪相，做鬼脸。
你爱我不爱呀，主公，嗯嗯? ①

泊洛斯潘如 爱得很，我的美妙的霭俐儿。听到我
叫你前，且莫来。

霭俐儿 很好，我懂得。 [下。

泊洛斯潘如 注意，
你可要忠实。不要无限地放任
调笑，血液里的火焰一旦燃烧，
信誓也不过是干草。约束些自己，
否则跟你的誓言道别!

斐迪南 父亲，
我向你保证。她盖着我心头的那洁白
冰冷的贞雪，减弱了我胸中的热情。

泊洛斯潘如 很好。——现在，就来吧，我的霭俐儿；
宁可多带些伙伴，却不可缺少
一个精灵。就出现，而且要迅速!

不要讲话了！注意看！肃静。[细乐鸣奏。]

[一出假面舞剧②登场。雅丽施上。

雅丽施　西吕姒，最丰厚的仙姬，你盛产的草坪
长小麦、黑麦、大麦、饲料、燕麦
和豌豆；你的草山上，羊群啮草
在山头，平野的草原，生满了草料；
你那河岸边，铲掘时杂拌着泥土，
湿漉漉的四月天遵从你命令修饰过
边沿，替贞静的素娥们备冷艳的花冠；
那金雀枝丛，失恋的青年人喜欢
寻它的荫蔽；簇绕竿头的葡萄园；
草木不生的滨海地；扬谷的石硬坛，
那里你当风吸着清空气：我乃是
诸天王后朱诺的水圆拱和神天使，
我奉命传言要你离开那种种；
来到这一块青草地，跟着我长虹来
朝天尊；她那神禽孔雀疾疾飞：
前来啊，西吕姒，快将天尊来欢娱。

[西吕姒上。

西吕姒　多彩的使者嗳，我向你欢呼，天王
巨璧特的德配你从未违拗过；你橙黄
橘红的翅膀将滋润的蜜露和甘霖
洒向我的花儿；你把那蔚蓝的弓柄
遥遥指向我的灌木林和没树的丘陵带，
仿如我壮丽的大地把鲜艳的披肩戴；
请问为什么她天尊宣召我到这里，

来到这一块芳草萋萋的绿茵地？

雅丽施 为庆贺一个挚爱的璧合珠联
佳期约，且要把一些赠与欣然
授给幸福的两新人。

西吕娰 天上的美长弓，
告诉我，维纳斯或者她孩儿那顽童
寇璧特，如今可是否伴随着她天尊？
自从他们母子俩阴谋恶计生，
害得我女儿嫁给了冥王地司
作王妃，我便永远和他们母子
往来绝。

雅丽施 不用害怕她会到这里来；
我遇见她神驾冲破了云头往东回，
同她的孩儿乘着那瑞鸽轻辇
指向帕福斯。在这里对这个青年
和小姑，他们本想叫淫欲来疯魔；
可是不成功；原来两人曾有过
誓约在先前，婚神的火炬未明时，
决不早唱合欢曲，战神马斯
火热的心上人；因此上只得往回转；
她发怒的孩儿就此折断了他的箭，
起誓将不再弄弓矢，而要把雀儿耍，
做个本分的小乖乖。

西吕娰 让我们迎尊驾，
最高权位的诸天王后朱诺到；
我远望便知她那云步正飘飘。

［朱诺上。

朱　诺　我丰裕的妹子可好？跟我一同
来祝福这双双，使他们兴盛又昌隆，
子嗣耀光荣。

祝　福　歌

光荣，殷富，婚姻滋幸福，
子孙繁茂，绵延而持续，
时刻的欢快，久久且孔殷！
朱诺唱她的赐福与你们。

西吕姒　大地的收成，丰产弥望，
粮囤饱满，谷粒充仓；
葡萄长得累累又球球；
果树结得弯腰又垂头；
春天来得早里早，
秋收一完它就到！
匮乏与贫穷将远避你们；
西吕姒使福泽厚被你们。

斐迪南　这是个瑰丽神奇的幻景，谐和得
玄妙：我能否大胆地以为这些
是精灵？

泊洛斯潘如　是精灵，我施行我的法术，
将他们从各自的境域中召唤到此，
来表演我此刻的幻想。

斐迪南　让我永远
在这里生活！这样个神通广大、
妙晓奇门的岳父，使这个去处

变成了天堂。

［朱诺与西吕姒耳语，差雅丽施去行事。

蜜亮达[3] 亲爱的，现在莫做声！
朱诺和西吕姒在低声商谈着要事。

泊洛斯潘如 还有些别的事要做：——静些，悄悄的，
否则我们的灵咒要破灭。

雅丽施 你们溪流曲水的女神仙，芳名
乃滟特，头戴菖蒲冠，相貌挺天真，
离开你们那澜翻白浪的岬谷间，
来到这芳菲的绿草坪上应召唤：
朱诺在命令，来啊，贞静的女神仙，
来庆贺一个真情的璧合珠联
佳期约：莫要来晚了。

［一些水仙们上。

八月天的田畴
活计累倒了你们咧，离开那犁沟，
来到这里吧，收割禾谷的庄稼汉，
来尽情欢乐庆佳期：戴上了麦草冠，
来跟每一位年少青春的女神仙，
舞一个翘遥迁延、蹴蹜又蹁跹。

［有些刈禾者上场，穿着适当的服装：他们与水仙们纷纷起舞，舞姿曼妙；将近舞毕时泊洛斯潘如突然惊起，说着话；随即有一声怪异、深沉、混乱的声响，他们缓慢地消逝。

泊洛斯潘如 ［旁白］我忘了那畜生喀力奔跟他的同伙
谋害我性命的那肮脏的鬼阴谋；他们

策划的时刻差不多已经到。——[对精灵们]演得好！
去吧；别演了！

斐迪南 这倒是奇怪：你父亲
情绪激动得很厉害。

蜜亮达 直到今天，
我从未见过他这样怒从心上起。

泊洛斯潘如 你看来，我的儿，好像有一点激动，
像有些惊慌失措；心情爽快些，
少君。我们的欢娱如今已结束。
这些角色们，我早就对你曾说过，
都是些精灵，已消失在空气里边，
在清空大气中，正像这幻景的结构
一样地空无所有，那云冠的堡垒，
壮丽的宫殿，庄严的寺院，这大地
圆球本身，嗳也，它所有的一切，
有一天都会消溶得像这虚无
飘渺的剧景般，不留一点儿云烟。
我们都是梦幻的素材所形成，
我们渺小的生命都用一觉
沉睡来圆成。——少君，我心情很激动。
容忍我的颓丧软弱；我这老脑筋
感觉到烦扰。莫为我这暗弱焦心。
假如你们高兴，退进窑洞里
休息些时候。我要漫步一两回，
安静我纷扰的神志。

斐迪南与蜜亮达 我们但愿您

安宁。［同下。

泊洛斯潘如　来得千般飞捷！多谢
你霭俐儿，你来！

［霭俐儿上。

霭俐儿　我密接着你的思念。你有何吩咐？

泊洛斯潘如　精灵，我们得准备去见喀力奔。

霭俐儿　哦，我的主人；我引西吕姒
上场时，就想把这事来告禀；但我怕
会将您惹恼。

泊洛斯潘如　再说声，这些狗臭蛋，
你把他们安放在哪里？

霭俐儿　我告诉
过您，主公，他们酗醉得脸通红；
勇敢地临空挥着臂，因为风来时
吹拂了他们的脸；顿脚去蹋地，
因为地碰了他们的脚底；但总是
追求着他们的策划。我敲响小鼓；
一听见鼓声，像未曾骑过的小马，
他们竖起了耳朵，绷紧了眼皮，
尖起了鼻子像在嗅音乐；我这般
吸引着他们的耳朵，像小犊那样，
他们便跟着母牛的哞叫声穿过
锐利的荆棘、多刺的金雀枝、针锋
密集的芒草与刺蒺藜，柔弱的外胫上
满都是芒刺。最后我还把他们
撩进你洞后那绿翳蔽面的污水池，

为了要不光糟醉透他们的脚，
叫他们在没颈的臭水坑里深深陷。

泊洛斯潘如 这件事做得煞是好，我的鸟儿。
继续保持着你那看不见的形迹：
去把我屋里那金红银碧的花垃圾
取来，来诱捉这些贼。

霭俐儿 我去，我去。 ［下。

泊洛斯潘如 一个恶魔，一个天生的恶魔，
对他那天性，教养竟无能为力；
我对他费尽了苦心，恺悌慈祥，
完全是白费，彻底的徒劳！长大了，
他身体愈来愈丑陋，心肠更恶毒。
我要把他们都惩罚，以至于号叫。

［霭俐儿重上，负着闪闪发光的衣袍等物。

拿来，把它们挂在这菩提树上。

［泊洛斯潘如与霭俐儿隐身留着，喀力奔、史戴法诺与屈林居乐上场，都浑身淋漓。

喀力奔 请轻轻落步，让这只瞎眼的鼹鼠
听不到一声脚步。我们现在正
走近他的窑洞了。

史戴法诺 妖怪，你说你那小仙儿是个不坏事的小仙儿，可是他除了叫我们上当之外，没有干得好事。

屈林居乐 妖怪，我嗅到全是马尿；我鼻子对那东西可老不高兴。

史戴法诺 我鼻子也这样。——你听见吗，妖怪？假使我对你不高兴的话，你瞧，——

屈林居乐 你可就是个完了蛋的妖怪。

喀力奔　我的好主公，请还是要宠赐隆恩；
耐心些，因为我将带给你的战利品，
会使这不幸变成无害；因此上，
说话请轻声；一切都要像午夜般
静悄悄。

屈林居乐　哎也，可是在水塘里丢掉了我们的瓶子呀，——

史戴法诺　那件事不光丢脸而且耻辱，妖怪，又加是桩绝大的损失。

屈林居乐　那对于我比全身打湿还要紧些；可是这就是你那不坏事的小仙儿干的好事，妖怪。

史戴法诺　我要找回我的瓶子，即使在那泥坑里陷死也不管。

喀力奔　请你，国王，悄静些。你瞧见没有，
这就是这窑洞的口子；莫做声，进去。
干那桩大好的坏事，那会使这个岛
永远成为你的，而我，你的喀力奔，
永远是你的舔脚人。

史戴法诺　把手伸给我。我开始有行凶的念头了。

屈林居乐　啊，国王史戴法诺！啊，大贵人！啊，尊崇的史戴法诺！瞧吧，这儿有好大一堆袍服给你使用！

喀力奔　让它去，你这蠢家伙！这只是垃圾。

屈林居乐　啊哈，妖怪！我们知道估衣铺里的是什么样的东西。——啊，国王史戴法诺！

史戴法诺　把那件袍子放下，屈林居乐！凭这只手起誓，我要那件袍！

屈林居乐　你尊驾将有它。

喀力奔　叫水肿结果这蠢货！你什么意思，
如此痴爱这样的累赘？让我们

到那里去先把他杀死。要是他醒了，
他将拧得我们从脚尖到头顶
都是紫血瘢；把我们变成一块块
怪料。

史戴法诺 静悄些，妖怪。——菩提娘娘，这是不是我的短褂？［把它扯下。］现在这短褂是在赤道下面：④ 现在，短褂，你会要掉毛了，变成一件光秃秃的短褂。

屈林居乐 不错，不错！我们偷东西用绳子⑤ 和平准仪，假使我这样说您尊驾高兴的话。

史戴法诺 多谢你开这个玩笑。来拿件衣裳去。我在这儿做一国之君的时候，机智不会没有报酬。“偷东西用绳子和平准仪”，这句俏皮话说得好机灵，再拿件衣裳去。

屈林居乐 妖怪，来，你指头上涂些粘鸟胶，把余下的衣服都拿去。

喀力奔 我一件都不拿，我们将错过了时间，
一切将变成树鹅，或变成前额
低得不像样的猴子。⑥

史戴法诺 妖怪，帮着把这些搬走：运到我放酒桶的那儿去，否则我要把你赶出我的王国。来吧，把这拿走。

屈林居乐 还有这个。

史戴法诺 哎也，还有这个。

［猎户们的声响可闻。一些精灵们以猎狗的形态上场，追逐着他们，泊洛斯潘如与霭俐儿嗾使着他们。

泊洛斯潘如 嗨，高山，嗨！

霭俐儿 银子！赶那儿走，银子！

泊洛斯潘如 狂怒，狂怒！那儿，暴君，那儿！
听着，听着！［喀力奔、史戴法诺与屈林居乐被赶走。

去，叫我的恶鬼们，
使他们的关节抽筋，肌腱痉挛；
把他们拧得一块块青紫，瘢疤
比豹子或山猫还要多。

霭俐儿 听！他们在狂叫。

泊洛斯潘如 让他们被好好追逐一番。到此刻
我的仇家们都由我摆布。不久，
我一切的工作将完成，而你将独立
自由地享有这空气。再只一会儿，
跟我来，替我做点事。 [同下。

第四幕　注释

① 音“掀”，喜也，笑貌。

② 这出假面舞剧写得并不高明。Capell 说，它是写来投合时好的，与作者的意愿相左，全部软弱无力，韵脚押得有毛病，里边所含的神话也有毛病。Hartley Coleridge 也认为节奏与意义两方面都欠缺，虽然有几行确是莎氏手笔的味道。剑桥本编者们认为非出自莎氏之手。Fleay 认为显然是后加的，作者大概是莎氏的后辈波蒙（Francis Beaumont，1584—1616，他与 John Fletcher，1579—1625，合作写了好些剧本），写来供在宫廷里演出，于 1612—1613 年间给詹姆士一世的王子查理、公主伊丽莎白和享王权、有选王权的伯爵亲王他们观赏的；或者是在 1612 年 11 月 1 日詹姆士一世御前演出的。

③ 这一行半和下面两行，在初版对开本原文里都印成泊洛斯潘如的话。译文据 Elze 稍加修改的 W. A. Wright 的原文校订，将这一行半定为蜜亮达的话。

④ 据云从前过赤道的旅客往往会因得高热而头发秃去。史戴法诺喝得烂醉，他的对话里原文“Mistress line”，“line”这字从上文泊洛斯潘如语“把它们挂在这菩提树上”（“line”解作菩提树，从 Brae 说）而来，史随即联想到过赤道（“the line”）的人往往会得高热而失去头发，故言他穿上的短褂会掉毛。也许 Deighton 的说法更能解释史的联想，说史穿短褂时把它的下缘塞进腰带，于是把腰带当作赤道。

⑤ 原文“line and level”，“line”这字到这里转了第三个意义，故可说不仅是双关，而是三关了。但毕竟是小丑的贫嘴，没有多大意义。

⑥ Steevens：前额低，古时认为是一种畸形。

第 五 幕

第 一 景

［泊洛斯潘如的窑洞前。］

［泊洛斯潘如上，穿着魔法袍，霭俐儿同上。

泊洛斯潘如 现在我这盘计划已告成熟了。
我这套法术很完整；精灵们服从；
时间老人挺直了身子承担着
负载。什么时候了？

霭俐儿 已经六点钟；
这时候，主公，您说过我们的工作
要停止。

泊洛斯潘如 我发动这阵风暴时确曾
说过这句话。却说，我的精灵，
王上和他的随从们怎样了？

霭俐儿 遵照
您吩咐的那样被禁闭在一起，正如您
离开他们时那样：都关在为您
那窑洞荫蔽风雨日晒的菩提树
林中，主公。您予以释放之前，

他们寸步也不能移动。那君王，
他和您的兄弟，三个人继续在疯癫，
其余的都在为他们伤心，泪汪汪，
悲伤而惶恐；特别是他，您叫作，
主公，“那个老好卿家冈才罗”，
他眼泪淌下胡须，像寒冬水滴
流下芦草的檐头。您行施的法术
这般强劲地施展到他们身上，
您现在若见到他们，您那情意
会变得温柔。

泊洛斯潘如 你这样想吗，精灵？

霭俐儿 我假使通晓人情，主公，我就会。

泊洛斯潘如 我当然更会。既然你，原只是空气
所形成，尚有他们那痛苦的一点儿
知觉、一点儿感受，我跟他们
是同类，感觉和他们一般锐敏，
与他们同样知痛苦，感忧愁，我怎会
不比你更情动于衷？对他们的仇害
虽然我痛入肺肝，但我还是和
高尚的理智一同阻遏着怒火。
可贵的行动采美德而不取报复。
他们已悔悟在心，我唯一的意愿
将不再增一次横眉怒目。去释放
他们，霭俐儿。我将解除掉法术，
恢复他们的心神，他们将一如
既往。

霭俐儿 我去把他们带来，主公。 ［下。

泊洛斯潘如 你们山丘、溪流、蓄水的湖沼
与林莽的众神仙；你们在黄沙滩上
不留踪印追逐着退潮的海神奈泼钧，
而在他回身时拔脚逃奔的诸小仙；
你们众么麼，① 明月夜在青草地上
打着又绿又酸的小圈儿，母羊
不去啮草；你们列仙灵，半夜撒播着
蘑菇作玩乐；你们诸仙姬，爱听
庄严的熄火钟；还有你们众灵君，
主力无多助力强，② 由你们的臂助
我使中午太阳变昏暗，呼唤出
叛乱的狂风，在碧海与蓝天之间
发动咆哮的战争：将疾火我给与
訇隆的雷震，用天王乔�的霹雳
劈破他自己的大橡树：我使那基坚
础固的高岬也震荡；还把那松杉
都连根拔起：凭我这强有力的法术，
坟墓会承命弄醒了长睡人，张开口，
把他们放出来。但是这粗豪的魔法
我要在这里弃绝；而当我宣召到
一阵上界的仙乐时，我现在正召唤，——
把他们的神志来协调，因而这法术
如今还不可少，只待功成时，我便将
折断了法杖，葬它在几寻深的地下，
且将那法书沉埋在比测锤所探到

最深处更要深的所在。　　　　　　　　　［庄严的乐声。］

［霭俐儿重上：跟着来的是阿朗梭，神态癫狂，冈才罗随护着；西巴司兴与安托尼奥随后，一般模样，亚特列安与茀朗昔司谷随护着。他们都走进泊洛斯潘如所画的圈子里，中着魔站着；泊洛斯潘如注意着他们，说道：——

一阵庄严的音乐，是安抚那神思
缭乱的最好清凉剂，让它来医治
你们的头脑，如今在脑壳里沸腾着，
毫没有用处！就站在那里，因为
你们全都被灵咒所镇压住了。
清正的冈才罗，光荣的卿家，看到你
老泪双流，我那相伴的双眼
也情不自禁。法术在迅速消解中；
像清晨偷偷地赶上了夜晚，将黑暗
消溶，他们那上升的灵敏已开始
在追逐掩盖着他们明智的一股
昏沉之雾。——啊，洵良的冈才罗，
我真正的救命人，忠诚为杰的贵贤卿，
我定将答谢你对我的眷顾，用言辞
也用行动。——你待我和我的女儿，
阿朗梭，好残忍；你兄弟是个煽动者；——
你如今为此而受苦，西巴司兴。——
同胞血肉，你啊，兄弟，胸怀着
野心，驱尽了哀怜与天性；也是你，
伙同了西巴司兴，——他内心的痛创
因此上最深重，——差一点弑君杀驾；

我宽恕了你，虽然你绝灭人性！——
他们的智能开始在增长，不久
那高升的潮汛将满溢理智的岸滩，
此刻还腌臜而泥秽。他们没有
一个人，如今望着我，醒来会认识。——
靄俐儿，将我窑洞里的帽子和短剑
去取来，—— [靄俐儿下。
我将卸除这衣袍，恢复
我往常任米兰公爵时那模样。
快些，精灵；你不久将会有自由。

[靄俐儿重上，唱着歌，帮着泊洛斯潘如穿衣袍。

靄俐儿 蜜蜂啊，吮吸那百花精，我也吮；③
我藏身的金钟花是朵小莲罄；
夜晚在花中我卧听猫头鹰。
我骑上蝙蝠背儿飞，喜盈盈，
当海天淼冥里已经日西沉：
喜盈盈，我从今往后呀，喜盈盈，
将躲在花香叶影里度新生。

泊洛斯潘如 哦，这真是我可爱的靄俐儿！我将
不见你而怀念；可是你还得有自由；——
很好，很好，很好。——去到王舟中，
依旧要隐身而去：你将在那里
找到在甲板下面睡觉的水手们；
船主和水手长却醒着，要他们这里来，
马上，请你。

靄俐儿 我自会飞越长空，

不等你脉搏跳两次就回来。　　　　[下。

冈才罗　一切苦恼、愁惨、惊诧和恐惧
全都在这里：让什么天神引导
我们跑出这可怕的国土！

泊洛斯潘如　　　　请看吧，
君王，我乃是遭陷害的米兰公爵，
泊洛斯潘如。为更加征信，确是个
活着的公侯在对你说话，我拥抱
你的御体；且对你和你的扈从们，
表示衷心的欢迎。

阿朗梭　　　　不知你是他
不是，或许是什么魔法的幻象
来欺骗于我，好像我刚才受的骗
那样，我不得而知。但你的脉搏
跳动着，跟血肉之躯一样；自从我
见你后，我心中的惨痛渐次平复，
我的心刚才怕曾被疯癫所宰制。
这件事，——假使果真有这件事——定必有
一番极惊人的经过。你公国的隶从
我即此辞谢，且请你原谅我过去
对你的不当。——但怎么泊洛斯潘如
能活着，而且在这里？

泊洛斯潘如　　　　高贵的朋友，
首先，让我拥抱你老人家；你无可
计量的光荣，也无有涯涘。

冈才罗　　　　这可是

真相，抑或是假象，我不敢起誓。

泊洛斯潘如 你们到此刻只尝到这岛上的一切
幻影，因此上不会使你们相信
有真情实事。——欢迎！我所有的朋友们，——
［*旁白，对西与安*］但你们，一双贵爵，我如果想那样，
尽可在这里邀得他尊上横眉
怒目对你们，指证你们是叛逆；
但现在我无意告发。

西巴司兴 ［*旁白*］魔鬼钻在他
胸中在说话。

泊洛斯潘如 胡说，最恶劣的家伙，
叫你声兄弟便会染污我的唇舌，
我如今宽恕你那无比丑恶的罪过；
全部宽恕；而向你要还我的公国，
那个，我知道，你必然得归还。

阿朗梭 你若是
泊洛斯潘如，请告诉我们你得保
安全的详细；你怎样会碰到我们，
我们三小时以前，在这岸滩边
破了船；那里我丧失我爱儿斐迪南，——
这记忆的尖端好锋利，刺着我的心！

泊洛斯潘如 我为之悲切，王上。

阿朗梭 这损失无可
弥补，忍耐也没法疗治这创痛。

泊洛斯潘如 我认为你未曾征得耐心的膀臂；
为同样的损失我得了她温存的援助，

而满足。

阿朗梭　　你也有同样的损失？

泊洛斯潘如　　这损失

跟你的一般大，且也在最近；跟你能
叫来对你施安慰的相比，我更加
无从使这痛心的损失受得住，
因为我失去了我的女儿。

阿朗梭　　女儿？

天啊！但愿他们都活着，如今在
奈不尔斯做国王与王后！为了使他们
能这样，④ 我宁愿自己沉埋在海底
泥污中，我儿子如今所在的偃卧处。
你何时失去女儿的？

泊洛斯潘如　　刚才的风暴中。

我见到，列位贵卿对此番相会
如此地惊诧，以至丧失了理智，
不以为他们的眼睛报道着真情，
他们的言辞 ⑤ 出自由衷的呼息。
但不论你们怎样失去了理性，
要确实知晓我正是泊洛斯潘如，
被轰出米兰城邦的那公爵本人；
他当年令人惊异地登上了这岸滩，
做了此地的主人，而你们适才
在这里破了舟。关于这，且不再多说；
因为这事还需日复一日地叙述，
非一顿早餐的片刻间所能罄尽，

也对这初次会合不相宜。欢迎，
王上；这窑洞是我的宫廷。我在此
随从无几，此外也没有一个臣民。
请您，向里望。既然您还了我
我的公国，我将以同样好的东西
相报谢；至少是展露出一件奇事，
它将满足您，正如公国之对于我。

［窑洞的入口开启，呈现斐迪南与蜜亮达在下万国象棋。

蜜亮达 亲爱的王子，您吃错了我的子儿。⑥

斐迪南 没有，心爱的亲亲，若为了天大
地大的财宝，我也决不肯。

蜜亮达 不碍事，
如果是为了二十个王国；您可以
吃错了，我还是认为玩得公道。

阿朗梭 假使这竟是个岛上的幻影，一个
亲爱的儿子我将丧失掉两次。

西巴司兴 一个至高无上的奇迹！

斐迪南 海水
虽然吓唬人，它们却很仁慈，
我无故诅咒了它们。［对阿朗梭一足跪下。

阿朗梭 如今，让来自
一个欢快的父亲的一切祝福
围绕你周身！起来，告诉我们
你怎样来到了这里。

蜜亮达 啊，奇事！
这里有多少美好的生灵在一起！

人类有多么优美！啊，无比
美妙的新世界，有这样的人物在里边！

泊洛斯潘如 这对你是属新奇。⑦

阿朗梭 这位姑娘，
你适才和她下棋的，是何许样人？
你们最多相识得不到三小时：
她是否就是分离我们的女神，
而又这么样将我们归到一起来？

斐迪南 父王，她是凡间人；神圣的天恩
使她归了我；我选中了她而未能
禀告请教诲，我不料王亲还活着。
她乃是这位盛名的米兰公爵
之女，我素常总听见对他的称颂，
但从未见过；我从他获得了第二遭
生命；而这位贵千金使他成了我
第二个父亲。

阿朗梭 我也是她的父亲，
但是，啊！这听来好不奇怪，
我得要向我的孩子请求宽恕！

泊洛斯潘如 哪里话，王上，请住口：莫让我们
叫自己的记忆重负着过去的悲痛。

冈才罗 我眼泪往里流，否则早就该讲话。
请向下俯瞰，众天神，并降落一顶
多福的王冠，给与这璧人一双：
因为是你们画出了指引我们
到这里来的路！

阿朗梭　　我说，愿这样，冈才罗！

冈才罗　是否米兰公爵给轰出米兰城，
为了使他的后人成为奈不尔斯
君王？啊，庆贺这大喜需要有
超越寻常的欢快，且得用黄金
铸铭辞于长存不坏的石柱之端。
去到突尼斯，克拉丽贝尔一次
长行找到了夫君，她兄弟斐迪南
在他自己失踪的去处遇见了
一位妻子；泊洛斯潘如建公国
于穷荒的岛上；而我们大家魂离
宅舍时，都忽然心宁而神注。

阿朗梭　　［对斐迪南与蜜亮达］把手
伸给我：让不愿你们欢乐的那人儿，
叫凄切与悲伤永远包围他的心！

冈才罗　心愿如此：亚门！

［霭俐儿重上，船长与水手长跟着，神色惊异。

啊，请看，吾王；
看啊，吾王！这里又来了我们
更多的人！我早先曾经预言过，
假使陆地上还有一具绞刑架，
这家伙还不能淹死。——胡说的家伙，
在船上你罚咒又赌神，如今在岸上
却不赌一个咒？岸上你没有嘴了吗？
有什么消息？

水手长　　最好的消息是我们

见王上和他那大伙儿都安全，其次是
我们的船儿，——只三管沙漏玻璃钟
之前，我们声言过已经破，——好好的、
生龙活虎、索具都簇崭齐全，
正如同我们刚驶到海上一个样。

霭俐儿 ［旁白，对泊］主公，这一切勤务我去后都做得齐备。

泊洛斯潘如 ［旁白，对霭］我的妙计多般的巧精灵！

阿朗梭 这些都不是正常的事件；它们
变得愈来愈惊奇。——却说，你们
是怎样到来的？

水手长 假使我以为，王上，
我当时是醒的，我当尽力告诉您。
但我们睡得烂死，却不知如何，
都被扔到甲板下面去，在那里，刚只
一会儿之前，才被奇怪的喧响，
吼叫、惊呼、狂号、锒铛的铁链，
以及更多的诸般各样的声音，
全骇人听闻，一起都闹醒；跟着，
马上得到了自由；那时节，见到
我们那堂皇、美好、壮丽的船儿，
就可以张帆出海，一点儿没损伤；
咱们这船主乐得一壁厢蹦蹦
跳跳，一壁厢仔细把它来打量；
顷刻间，您若是高兴的话，在梦中，
我们被背离了他们，不由自主地
给带到这里来。

霭俐儿　　［旁白，对泊］这事儿做得可好？

泊洛斯潘如　［旁白，对霭］出色，殷勤的小乖儿你将得自由。

阿朗梭　这是人们曾闯入的最奇怪的迷津；
自然在这里不能为我们充引导：
我们一定得要有神示来启发
我们的闭塞。

泊洛斯潘如　　主公，我的君王，请不必
缅怀这事情的怪诞而愁㥄如捣：⑧
在最近能找到的暇晷⑨内，我将独自
消除您心头——您将认为满足，——
对全部事变经过的疑团；
请心情愉快，等那时到来，暂时
且开怀看待每一件东西。［旁白，对霭］这里来，
精灵；释放了喀力奔和他的同伴；
解除掉法咒。［霭下］——我尊崇的君王怎样了？
您扈从之中还有些古怪的人儿
失散着，您未曾记得。

［霭俐儿重上，赶着喀力奔、史戴法诺与屈林居乐，后二人穿着偷到的衣袍。

史戴法诺　每个人替旁人计议打点，没有一个人替自己操心，因为一切都得由命运来决定。——勇敢啊！雄赳赳的妖怪，勇敢啊！

屈林居乐　假使我脑袋里装的这两只确是眼睛乌珠，这里倒有好一派景象。

喀力奔　啊，珊太薄！这些人儿都好看
得很。我主人多气概！我恐怕他要

惩罚我了。

西巴司兴 哈，哈！

这是些什么东西，安托尼奥贵卿？

就能说，他们是否老实。——这个

用钱可以把他们买来吗？

安托尼奥 多半；

他们之中有一个是条鱼儿，

当然可以叫人花钱把他买。

泊洛斯潘如 只要看这些家伙的穿着，⑩王公们，

就能说，他们是否老实。——这个

畸形的坏蛋，——他的娘是个巫婆；

她那么厉害，能控制月亮，指挥

涨潮和退潮，行使月亮的命令，

超越她的权限。这三个盗窃了我；

这个半魔鬼，——因为他是个野杂种，——

跟他们两个同谋要害掉我的命；

这两个您认识而且会确认是你奴才；

这个地狱的邪魔我承认是我的。

喀力奔 我要被拧死了。

阿朗梭 这可是史戴法诺，

我的喝醉了的酒膳司不是？

西巴司兴 他醉了：

他哪儿来的酒呀？

阿朗梭 屈林居乐

也喝得糊涂烂醉：他们从哪里

找来的这长生不老浆，喝得这样

满面通红？你怎样会糟醉到如此？

屈林居乐 打从我最后见到您，我老是这般糟醉着的，而且我耽心，已经糟进了骨子里去，我倒可以不用怕苍蝇叮。

西巴司兴 喂，如今怎么样，史戴法诺！

史戴法诺 啊！不要碰我：我不是史戴法诺，只是个抽筋团儿。

泊洛斯潘如 你要做这岛上的王吗，家伙？

史戴法诺 那我会做个抽筋大王。

阿朗梭 这是个我从来没有见过的怪东西。［指喀力奔。

泊洛斯潘如 他在心地和德性上跟在相貌上
同样地不像样子。——去吧，家伙，
去到我窑洞里；带同你两个伙伴：
既然你们指望我宽恕，把洞里
去打扫干净，收拾得齐整。

喀力奔 嗳，
我就去如命，我今后要聪明懂事，
把德性来修补。我刚才真做了十七、
八只蠢驴儿，把这个醉汉当成了
神道，还崇拜这呆木的傻瓜！

泊洛斯潘如 去呀；
去吧！

阿朗梭 去吧，把行李放在你们
找到的地方。

西巴司兴 不如说，偷到的地方。［喀、史、屈同下。

泊洛斯潘如 王上，我邀请御驾和您的随从们
到我窑洞里，且去休息这一宵；
夜间——一部分——我将花来谈叙

契阔，会使它，我相信，度过得很快；
我要讲我来到这岛上以后的生涯
和一些经历的特殊事情；到早上
我会领你们上船，再驶回奈不尔斯，
在那里我希望看到这一双我们
挚爱的人儿的婚姻举行仪式；
然后我将退隐到米兰城，在那边
我每动三回脑筋就会要想起
一次坟墓。

阿朗梭　　我一心想听你叙诉
你生涯的故事，那准会非常动听。

泊洛斯潘如　我会把全部敷陈；而且答应您
海平如镜，顺风和畅，篷航
飞快得能赶上您王家老远的船队。
［*旁白，对霭*］我的霭俐儿，小鸟，那是你的使命；
然后去自由，任随你海阔天空，
还祝你前途安好！——请你们，走近来。⑪　［同下。

第五幕　注释

① 原文“demy-Puppets”，Schmidt 训为“半个傀儡”，Furness 评为有如 Johnson 所说的那样，有“行动而没有前进”。中文若译为“傀儡”、“偶人”、“桐人”、“相人”之类，也都没有生气。《汉书》、《文选》里的“幺麿”、“幺麽”，以之译此，我觉得最吻合，乃是小人儿的意思。“幺”、“纱”、“么”通，“麿”、“麼”、“麽”通。又，下面“诸仙姬”与“众灵君”，在原文皆无性别，为增加变化起见，姑如此译法。

② 原文“Weak Masters though ye be”，译文从 Blackstone 诠释移译。照 Furness 解可译为“运力不宏的熟练手”，但正如他所说的那样，这层意思在逻辑上不妨免去。

③ 见第一幕第二景霭俐儿的歌“足五寻深处躺着你父亲”注（见 34 页注④）。

④ 原文“that they were”，Schmidt 解作“in order that they were living”，我觉得还不够恰切，应解作“in order that they were living both in Naples, The King and queen there”。

⑤ 原文“their words”，Capell 校改为“these words”，意即泊洛斯潘如指他自己所说的话。若从此说，本行应译为“我这些言辞发自自然的呼息”。但我以为 Halliwell 的解释很讲得通，故从许多通行版本（包括我所用的 Furness 之新集注本等）上所根据的初版对开本原文。

⑥ 原文“You play me false”可直译为“您对我下错了子儿”，这是蜜亮达这句话的可能的本意。但“play me false”亦可解作“对我不忠心”，意即同别的女子相好，斐迪南即是假作如此了解而和她调情斗趣的。他们说这两句对话时的情况可能是：蜜亮达棋艺比斐迪南高，在窑洞开启时二人的胜负已成定局，斐迪南见棋路已死，他自己已输定，所以故意把一只不能吃她主棋的棋子去吃掉它，开一个玩笑。因此，我译为“您吃错了我的子儿”也未为不可。斐迪南故意缠到别处去，说“你说我对你不忠心，那是没有的事，即使为了整个世界，我也决不肯那样做”。蜜亮达当即道，“倒不必为整个世界，只要为了二十个王国，如果您吃错了我的子儿”（原文“You should wrangle”解作“您会吵架”，此处似乎讲不通，Holt 与 Staunton 俱认为应校正为“You should wrong me”），“我也可以明吃亏，而认为玩得公道。”若依 Johnson 的说法，“You should wrangle”之“You”就无法讲通，应作“I”（我）。Wright 则建议把“You should wrangle”校改为“Should you wrange”，或者把“Should”代以“might”，依此一说，可译为“您若是要争吵”或“您也许要争吵”。但这两种校改都不能令人满意，因为如果要说争吵的话，斐迪南并未争吵，只是开玩笑故意下错棋子吃掉对方的主棋，说得上争吵的只是蜜亮达，所以由他说“您若是要争吵”或“您也许要争吵”都不对头。总之，原文在这里多半有印误。但无论如何，“play me false”一语的双关意思可惜未能在译文中曲尽。

⑦ Allen 注：泊洛斯潘如的这一评语里是否含有一伤心的嘲弄？“当这个世界不复是新奇时，也许它将对于你不再如此美妙，它的生灵将不再如此美好，人类将不再如此优美。”

⑧《诗经·小雅·小弁》：“惄焉如捣”，“惄”，思也。“惄”，音溺。《新方言·岭外三州语》：“广东惠、潮、嘉应三州谓心不安曰惄懰。”“懰”音逆，忧思伤痛意。

⑨ 晷，音诡。晷刻，即时刻，日晷仪上时间的片段。暇晷，即片时之闲暇，为文言中之成语。

⑩ 据 Johnson 注，泊洛斯潘如说，只须他们穿着什么衣袍，就可以断定他们是否老实（“true”），——当时的说法，老实人乃不是偷儿的意思。Furness 认为“bades”系指当时权贵府第里的家丁们手腕上戴着的银制臂章，那上面镌刻着主人家的纹章，而这些仆从们身上穿的是特制的贵胄家的仆装。Furness 谓，只要检视一下他们腕章上的纹章，就可以断定它们是不是真的，以及西巴司兴是否认识他们。我认为“badges”这字在此应解作“标志”，是指他们所穿的衣袍，不应解作“臂章”。我想西巴司兴认识来者三人中之二人不会有多大问题，他所以问“这是些什么东西”，是因为看见他们穿着偷来的闪闪发光的衣袍、喝得糊涂烂醉、尾随着一个三分像人七分像鱼的妖怪蹑手蹑脚而来所以问的，并非因为他真正或完全不认识他们；而泊洛斯潘如也分明知道西巴司兴不会真正或完全不认识他们，因为他们是国王的亲随，西巴司兴日夕相见，最近只有几小时未见，他何用检视他们臂章上

的纹章以定真假，然后再决定是否认识他们？我信泊洛斯潘如这一段话是对国王和他的全体随从、主要是对阿朗梭和冈才罗说的，并非只是对西巴司兴的答话。三个家伙鬼鬼祟祟而来，带头的一个是妖怪，后来两个穿着偷来的、喀力奔也不屑穿的闪耀的衣袍跟着，一副贼相，一望而知是怎么样的人物。

⑪ Collier 注：难于决定其他的演员是下场了，还是“走近来”，接着泊洛斯潘如便讲他的《终场辞》。……在初版对开本里，舞台导演辞是“全体下场”，似乎泊洛斯潘如自己也下了场，而可能是再回来讲那篇《终场辞》的。我信原作到“还祝你前途安好”为止，后面都是旁人的续貂。

终 场 辞[1]

为泊洛斯潘如所讲。

如今我所有的魔法已完毕，
剩下的只有我自己的能力，
那可很微弱。现在，倒果真，
我得在这里被你们所拘禁，
或送回奈不尔斯。请不要让我，
既已经恢复了我公国的国土，
又且宽恕了篡夺的奸宄，
再待在这岛上，为你们的法咒
所制；请拍响你们的手掌，
把我从束缚中加以释放。
请把你们的呼息的轻风
来吹涨我的帆，我否则将无功
于欢娱诸君。现在我缺少
精灵们来强制，没法术来行道；
我最后的结局将会是绝望，
除非有祷告来替我帮忙，
那会有意想不到的力量，
得上帝的宽仁，去一切罪殃。

你们既然望上天恕过咎，
请你们赦免我，也给我自由。

终场辞　注释

① 这篇《终场辞》写得很糟，译在这里只能算是附录，绝非莎士比亚原作的移译。看完或读完全剧的人，一听或一望即可知其文笔与节奏之拙劣，用不到借助于学者们的研究。Johnson，Grant White 等俱论定此篇与《亨利四世》上部及《亨利八世》的《终场辞》，都是别人所写，与作者无关。

一九六三年五月下旬开译，同年八月中旬竣事。
一九六三年九月十四日修改抄录完毕。
用 Horace Howard Furness 之 New Variorum 本
The Tempest（1897）与 W. J. Craig 之
Oxford University Press 本（1924）。

· 冬日故事 ·

Shakespeare

THE WINTER'S TALE

本书根据 H. H. Furness 新集注本译出

冬 日 故 事

剧中人物 *

里杭底斯，西西利亚王
曼密留诗，王子

喀米罗 **安铁冈纳施** **克廖弥尼司** **第盎**	西西利亚四贵人

包列齐倪思，波希米亚王
弗洛律采尔，波希米亚王子
阿乞台末史，波希米亚一贵人
[**水手**
狱卒]
老牧羊人，裒笛达之闻名生父
小丑，老牧人之子
[**老牧人之仆**]
奥托力革厮，棍徒
候妙霓，里杭底斯之后
裒笛达，里杭底斯与候妙霓之女
宝理娜，安铁冈纳施之妻
爱米丽亚，[陪侍王后之] 贵妇
[**其他陪侍王后之贵妇数人**

瑁泊沙 }牧羊女郎]
桃卡丝

其他[西西利亚]贵人[与贵妇各]数人，
侍从数人，[卫士]数人，山羊人妖仙数人，
牧羊人与牧羊女郎各数人，其他。

“时间”老人，作为歌舞者。

剧景：有时在西西利亚，有时在波希米亚

注 释

* 方括弧内之说明及人名为1623年初版对开本所无，而为Rowe，Theobald等人所增补。译文分列男女及先后次序，系根据Craig之牛津本。对开本内“仆从数人”，亦据牛津本改为“卫士数人”。
在本剧故事所从来的葛林（Robert Greene，1560?—1592）的小说《陶拉诗德斯与芳尼亚》（*The Historie of Dorastus and Fawnia*，1588）里，西西利亚王里杭底斯（Leontes，King of Sicilia）原名为意杰世德斯（Egistus），波希米亚王包列齐倪思（Polixenes，King of Bohemia）原名为班道始多（Pandosto），西西利亚王子曼密留诗（Mamillius，Prince of Sicilia）原名为伽陵透（Garinter），波希米亚王子弗洛律采尔（Florizel，Prince of Bohemia）原名为陶拉诗德斯（Dorastus），里杭底斯的王后候妙霓（Hermione）原名为贝拉列娅（Bellaria），西西利亚公主裒笛达（Perdita）原名为芳尼亚（Fawnia）。Hales论及莎氏剧中人名时说道，莎士比亚为他的剧中人物命名时，从不死跟着原来的故事；而是运用异常的独立性，有时单纯地采取，有时稍稍变动，有时完全摒弃原故事里的人名。难于想象这一行动是仅仅武断与不经心的。顾全音调和谐，当然有它的影响；也一定时常考虑到其他并不轻微的利害关系，假使我们能发现或懂得它们的话。在《冬日故事》里，可以找到一个完全重新命名的特殊的例子。Ruskin则谓：莎士比亚的人名是奇妙地——往往不合正格地——颇多凭天意（即偶然）——但肯定不是没有莎氏机巧的用意——从他混乱地采取的不同传统里，以及从他不完全懂得的几种文字里，混和出来的。

第 一 幕

第 一 景

［西西利亚。里杭底斯宫中一前堂］

［喀米罗与阿乞台末史上。

阿乞台末史 您若是有机会，喀米罗，到波希米亚去，① 像我现在这样肩负着使命，您将会见到，我已经说过，我们波希米亚和你们西西利亚大有不同。

喀米罗 我想来年夏天，我们西西利亚王上将有意对你们波希米亚王上作一次他确是欠下了的访问。

阿乞台末史 到时候我们招待不周，只有用热情欢迎来弥补欠缺了：因为，当真，——

喀米罗 请您，——

阿乞台末史 说实在话，我知道确是如此才这样说：我们做不到这么隆重——这样宏壮瑰丽——我不知说什么才好。我们将飨你们以催眠的酒浆，于是你们的知觉将感受不到我们的不足，也许就不会责备我们，即使你们本来不可能称赞我们。

喀米罗 对我们的招待，您过奖了。

阿乞台末史 信任我，我只是照我所了解到的来说，而且一秉至诚地说出来。

喀米罗 我们西西利亚王上对你们波希米亚王上无论怎样热情招待都不过分。他们孩童时期是在一起受教养的；他们彼此间种得有这么多友爱的深根，到今天便不禁要枝叶扶疏起来。自从他们身居尊位而年事稍长，以及为君的需要使他们分袂以来，他们的接触虽不是亲自的，但却是以礼品、书翰、友爱的使命交相来往，由钦差大臣们显赫地进行的；于是他们虽天各一方，却似乎在一起，像超越着广漠在握手，又仿佛从风向四面八方的来处凑合拢来在拥抱。愿上天使他们的友爱绵延不尽！

阿乞台末史 我想这世上不会有恶意或任何原因能改变这友爱。在你们这位年轻的曼密留诗王子身上，你们有说不尽的安慰：以我所注意到的来说，那是位前途不可限量的都雅君子。

喀米罗 我非常同意您对他的希望。这是个光彩显赫的孩子；他当真振奋臣民们的心志，叫老年人心胸重新少壮；他们当他还未出生时已经持了拐杖的，如今只想活到能见他长大成人。

阿乞台末史 若是没有他，他们可愿意死吗？

喀米罗 不错；若是他们没有别的借口愿意继续活下去的话。

阿乞台末史 如果王上没有世子，他们会愿意拄着拐杖等待他生一位出来。 ［同下。

第 二 景

［宫中一朝堂］

［里杭底斯、候妙霓、曼密留诗、包列齐倪思、喀米罗

与侍从等上。

包列齐倪思 自从我们离开了御座一身轻，
牧羊人②见到水上的银轮③已有过
九度的盈亏：④我们将化来表道
谢意的时间，王兄，会同样地悠长；
可是我们告别后仍然将长此
负着欠：所以，像个计算上的零码，
它本身虽无足轻重，但居于要位，
我用一声“多谢您”，将以前的感激
平白增加了几千倍。

里杭底斯 请暂停道谢，
等临别再致吧。

包列齐倪思 王兄，我明天就走。
我被自己的疑惧所问起，当自己
不在时什么意外会发生，会滋长；
我但愿⑤家中不会刮一阵寒风
啮得皮肤痛，好使我们能说道，
“这可产生得太早了！”而且我待得
已太久，使尊驾感到了厌倦。

里杭底斯 王兄，
尽您怎样严峻地来考验我们，
我们总是强韧得不会有动摇。

包列齐倪思 不再稽留了。

里杭底斯 请再多留一星期。

包列齐倪思 煞是当真，明天走。

里杭底斯 那我们把时间

且来分一下；[6] 那样办我倒不反对。

包列齐倪思 请您莫再敦劝了，就这样。但凡能
言谈的唇舌，没有了，这世上再没有，
会像您这样，能迅速赢得我同意：[7]
如果您这恳请里有绝对的必要，
当会赢得我，虽然我必须拒绝。
公私丛脞在极力拖我回家去；
阻拦对于我将是个责罚，虽然
施鞭挞您出于衷心的友爱；我不去，
对您是个负担和烦扰：为避免
这两件不快，再会吧，王兄。

里杭底斯 不做声，
我们的王后？你来讲。

候妙霓 我预备，王夫，
保持着沉默，要等你迫得他起誓
不再留，我才来启齿。你啊，王夫，
向他进逼得不够热：告诉他，你确知
波希米亚一切都很好：才昨天，
得到这满意的消息：跟他说这个，
他会从防御中后退。

里杭底斯 说得对，候妙霓。

候妙霓 他若说牵挂他儿子，那很有力量：
只要他这么说了，便得让他去；
只要他这么赌了咒，他就决不会
再留，我们等于用纺线杆打他走。
［对包］我敢于告借您御驾淹留一星期。

当您挽留我王夫在波希米亚时，
我会同意他晏滞在预定的离别
日期之后一个月：可是，当真说，
里杭底斯，我急于想见你，不比
那一位名门闺秀想见她丈夫，
迟那么钟上的一嘀嗒。[8] 您肯待下吧？

包列齐倪思 不成，后嫂。

候妙霓 别再说不成，留下了？

包列齐倪思 我委实不能。

候妙霓 您委实
用柔弱无力的矢愿延宕答应我；
即令您会用咒誓使得星辰们
打从球体[9] 里脱落而出，我还是
要对您说道，“王兄，请莫去。”委实，
您不能就去：一个贵妇说“委实”，
跟一位贵人说“委实”一般有力量。
您还要去吗？逼得我将您作囚犯，
而不当贵宾；然后，在您临走时，
您得付“礼金”，[10] 而毋须道谢。怎么说？
囚徒，抑宾客？凭您那可怕的“委实”，
两者必居其一。

包列齐倪思 那就当宾客吧，
后嫂：当您的囚徒便表示有冒犯；
那个，由我去犯下比由您来责罚
更其不容易。

候妙霓 那我就不是狱吏了，

而是您殷勤的女东道主人。来吧，
我要来问您，我王夫和您孩童时
怎么样调皮：那时节你们已经是
出脱得英姿俊爽的王孙王子了。

包列齐倪思 我们当时，后姪娥，是两个小后生，
只以为随后的日子都是同今天
一样的明朝，是永远不长的孩童。

候妙霓 两人中，我王夫是否更滑稽逗人乐？

包列齐倪思 我们好像一母双生的小羔羊，
在阳光之中跳跃，相对着咩咩叫：
彼此交换的是一片天真对无邪；
我们没学过做坏事，做梦也未曾
想到有谁会把坏事做。若我们
继续那生涯（而我们柔弱的心神
从未被较强的火性激发起来过），
我们应能对上天大胆地回答道，
“无罪”；我们祖遗的罪辜[11]一笔勾。

候妙霓 您这般说法，我们能推断嗣后
你们摔过跤。

包列齐倪思 啊！高纯的后嫂，[12]
我们随后却中了魔道；只因为
我妻子在那尚未成长的时日里，
还是个闺女；珍异的您，自己也尚未
被我这年轻玩侣的双眸所注目。

候妙霓 愿上苍恩赐慈悲将我们来拯救！
对此且慢下结论，否则您要说

您家的后嫂同我是魔鬼；可是，
讲下去：我们使你们犯下的过误，
我们会负责；若你们先跟我们
犯下了罪辜，且继续还跟我们犯，
没有跟旁人、只同我们出舛错。

里杭底斯 赢得他同意吗？

候妙霓 他答应留下，王夫。

里杭底斯 我请，他不肯。[13] 候妙霓，我的至爱的，
你从未说得比如今更好过。

候妙霓 从未？

里杭底斯 只除了一次，从不曾。

候妙霓 什么？我有过
两回说得很好？那次是在何时？
请你告诉我；用夸奖来塞饱我们，
将我们猫狗一般喂养得肥肥的：
一桩好事情不经受赞美，杀死了
后面跟着要来的一千桩。称扬
是我们的酬报：只用轻轻一个吻，
你们能叫我们奔驰百余里，
尽夹踢马刺却不能迫使我们
跑完半里的一半的一半。[14] 让我们
言归正传：我最后一桩好事是，
恳请他留下：第一桩可是什么？
它有个姐姐，否则我是误会了你：
啊！我但愿那却能给叫作情深
义重的温雅事。我以前只有过一回

说得很适当：是什么时候？别那样，
告诉我；我急于知道。

里杭底斯 哎也，那是在
三个月焦煎的时日[15]厌蹇蹇逝去时，
正当你张玉掌与我握双成定，
愿两厢缔义结同心：当时你声言，
“我永远属于你。”

候妙霓 那的确义重情深。
哎也，你瞧，有过两次我说得很得体：
第一回永远得到个君王作夫婿，
第二回暂时将个朋友赢到手。

[伸手与包列齐倪思。

里杭底斯 [旁白]太热了，太热了！[16]
友谊联结得过了火会把血液
也联结。我有心悸病：我的心在跳；
但非为欢欣；不是欢欣。这厚待
也许呈一副天真纯洁的面貌，
从真诚亲切之中，恳挚的善意里，
温渥的心内，取得了无拘无束，
因而变成了媒蘖：这是可能的，
我确信无疑：至于摩挲手掌心，
挤捏着手指，如他们此刻正在玩，
以及彼此相视而微微笑，仿佛
面对着菱花镜；然后一同作叹息，
一似鹿死时那一声嘘气；[17]唉哟！
那样的对待我心里不喜欢，额角[18]

所不爱。曼密留诗，你是我孩子吗？

曼密留诗 是啊，好爸爸。

里杭底斯 当真吗？哎也，果真是
我的好人儿。怎么！鼻子弄脏了？
大家都说那跟我的一模一样。
来吧，小把戏，我们得眉宇明净，
头角峥嵘；[19] 不对，眉宇要明净，
头角可不得峥嵘，小把戏：为的是
公牛、母牛、小牛都有角。[20] 依旧在
揉弄他的手掌！怎么样，爱耍的小牛？
你是我的小牛吗？

曼密留诗 是的，你若高兴，
爸爸。

里杭底斯 你得有我这蓬松的顶盖
和上面的丫杈，才能完全跟我像：
可是人家说我们跟两个鸡子儿
一般；那是娘儿们恁说的，她们
什么都说得出：但她们变化无常，
像黑布涂上了颜色，[21] 像风，像水，
诡谲得像那把他自己的和我的钱
不分界限的人儿所心愿的骰子般
变幻不测，可是如果说这孩子
跟我像，却不错。来吧，书僮爵士，
将你那天蓝眼睛睃着我：小捣蛋！
最最心爱的！我的心肝宝贝儿！
你妈会那样吗？——这事可能吗？——爱好啊！[22]

你热切的激发把衷心戳了一刀：
人们认为不可能的事情你使它
变得有可能，你跟魂梦通来往；——
这怎么可能？——你跟虚幻相协作，
与空虚成双作对：那么，你跟
有些个东西相联结是极可信了；
而你果然那么样，超越了权限，
我且已见到，于是我头脑发昏，
前额麻木。

包列齐倪思 西西利亚在想什么？

候妙霓 他似乎有点不自在。

包列齐倪思 怎样，王兄？
你觉得怎样？好吗，王兄？

候妙霓 你看来
好像在蹙额颦眉，心里极不安：
有什么烦恼事，王夫？

里杭底斯 没有，说实话。
一个人有时多么会把他的愚蠢，
那柔和恺悌的温情，暴露出来，
供冷酷的旁人作嬉笑之资！望着
我孩子的相貌，我想我退回到了
二十三年前，见自己穿着短裤，
上身是绿丝绒大衣，短剑在鞘里，
唯恐它要咬主人，像一切装饰品
那样，往往会变得太危险：我想来，
那时节我多么像这小果仁儿，

这嫩豌豆荚，这仁兄。我可敬的朋友，
有人欺骗你，你将怎样对付他？[23]

曼密留诗 不行，爸爸，我跟他打架。

里杭底斯 你会打？
哎也，祝愿他一生都幸福！王兄，
您也这么爱您的年轻王子吗，
跟我们一样？

包列齐倪思 若是在家里，王兄，
他是我经常的事务，欢笑之因，
一本正经的主儿，一会儿是刎颈交，
一会儿变成了仇人；是我的清客，
兵丁，冢宰，这一切都兼而有之：
他叫一个七月天短得像冬日，
将他那变化多端的孩子劲儿，
医好我会使血液凝滞的忧思。

里杭底斯 这相好跟我之间便这样。我们
父子俩将走开，王兄，离您去徜徉
自在。候妙霓，对我们王兄的欢迎里，
表示你怎样爱我们：我们西西利亚
宝岛的珍奇要丝毫不吝地付与，
除了你自己和我这小捣蛋，他是
最在我心坎上的人。

候妙霓 你要找我们，
可到花园里去寻：我们在那里
等你吧？

里杭底斯 你们爱怎样，随你们的便：

只要在青天下面，总能找得到。——

［旁白］我此刻在垂钓，虽然你们不见我
在如何宽放着纶丝。妙事，妙事！
瞧吧，她怎样在引颈伸喙挨着他！
像个妻子一般地大胆，面向着
听任她抚摩的丈夫！

［包列齐倪思、候妙霓与从人等同下。

已经走了！

有寸把来粗，满头满脑生着角！
去玩，孩子，去玩吧；你妈在玩儿，
我也在玩儿，不过玩得太丢脸，
那结果会嘘我进坟墓：鄙蔑和喧嚷[24]
将是我的丧钟。去玩，孩子，去玩吧。
以前已有过老婆偷汉的丈夫，
否则我这话大大错误了；而现在，
就在此刻，正当我说话的时分，
好些个丈夫抓着他妻子的胳膊，
没想到当他不在时，闸门曾打开，
水流涌进来汩没他妻子，他家
池塘里被紧邻微笑爵士[25]垂钓过：
不光我，旁人也有门，跟我的一样，
违着他们的意愿被人家打开来——
这里边还有点安慰。如果丈夫们
妻子不贞洁都悲观绝望，人类
有十分之一要上吊。没有药来救；
这是颗主淫猥的星宿，有它当顶，

就会将祸殃下降到人间；我忖来
它的威力强，从东西南北四面来：
总之，没东西能够替血肉之躯㉖
当防寨：我知道；人的身躯血肉
会给那祸殃带同着灾危困厄
进进出出无阻拦。我们好几千人
都害着这毛病，可是自己不知道。
孩子，怎么了？

曼密留诗 他们说我跟你一个样。

里杭底斯 哎也，那倒是有一点安慰。什么？
喀米罗在那里？

喀米罗 是哟，我的好主公。

里杭底斯 去玩，曼密留诗；你是个有荣誉的人。㉗

［曼密留诗下。

喀米罗，这位大君子还要待下去。

喀米罗 您把他的锚抛定倒费了手续：
您把它抛出去，它没有带住又回来了。

里杭底斯 你注意到了这个吗？

喀米罗 您请，他不留；
认为他乡邦的事务更重要。㉘

里杭底斯 你见到？
［*旁白*］他们已经在做这鬼样㉙来嘲弄我，
窃窃耳语道，“西西利亚乃是个——”
如此这般。事态已经很严重了，
最后我才发现它。怎么会，喀米罗，
他肯留下来？

喀米罗　　　　　　　　好王后娘娘请了他。

里杭底斯　王后娘娘请了他，不错：那“好”字
该用得适当；但碰巧并不如此。
这可是除了你，另有其他的明眼人
也这般了解？因为你机灵敏捷；
瞧到的比普通木头脑袋要多：
没人能见到，是不是，只除了聪明
伶俐人？只几个脑瓜卓越超群的？
地位差一点的人也许对这事情
完全看不到？假定说。

喀米罗　　　　　　　　　　　　事情，吾主！
我想多数人了解到波希米亚王
还要待下去。

里杭底斯　　　　　　嗐！

喀米罗　　　　　　　　　　还是要待下去。

里杭底斯　是的，可是为什么？

喀米罗　为满足御驾，和我们最尊贵的椒房
娘娘的恳请。

里杭底斯　　　　　　满足你娘娘的恳请！
满足！算了吧。我信托给了你，喀米罗，
我最贴心的一切事，和我的私虑，
在这些事情上头，跟牧师一般，
你曾经涤荡过我这胸怀：我向你
告别时，便是你已然悛改的悔罪者；
但我们对你的忠诚无疵蒙了骗，
对你的外貌受了欺。

喀米罗 吾主，天不容！

里杭底斯 再来说一遍，你对我不诚实；或者，
你若有那样的倾向，便是个懦夫，
从背后切断诚实的腿筋，使它
不得向前行；若不然，你便给当作
是个我完全推心置腹的从者，
而却淡漠不关心；或者被当作
是个大傻瓜，见一场认真的赌赛，
一大笔注子已到手，却把它当玩笑。

喀米罗 尊崇的吾主，我也许疏虞、拙笨、
懦怯；没有人对这些能完全不犯，
总有些他的疏误、愚拙和畏葸，
从世上无数的行止间显露出来。
在您的事务中，吾主，假使我曾经
故意怠慢过，那就是我的愚蠢；
我若殷勤去傻干，那是我的疏忽，
没有好好考虑过如何去达到
那结局；㉚我假使曾害怕去做某件事，
因为怀疑到后果，后来做它时
却证明原来不该做，㉛那样的胆怯
乃是智者所常有的：这些，吾主，
是可以承认的缺点，乃光荣之辈
所决计难免的。但是，求吾主宸聪，
请对我坦率些；容我知道我自己
罪戾的真面目；您说了我若否认它，
它就不是我的了。

里杭底斯　　你没有看见吗，[32]
喀米罗，——但那是毫无疑问的；你见到，
除非你那双瞳仁比老婆偷汉
丈夫的角觫还黯昧不明，——或听到，——
因为对这样显而易见的事情，
传闻不会去缄默，——或想到，——因为
不想这事的那人头脑里没思想，——
我妻子不贞吗？你若肯承认事实，——
否则便得不知羞耻地去否认
你有眼睛或耳朵或思想，——便得说
我妻子是个荡妇；她该有个丑名
跟那还没有订婚就和人不清
不白的织麻姑娘一样臭：讲出来，
证实我这话。

喀米罗　　我不会做个旁观者，
听到明君的后妃如此被云翳，
而不立即去报复：当真说，您讲话
从没有比这个跟您更加不相称；
去重复您这话便是去违犯罪过
跟您所谴咎的一般深，假定它真的话。

里杭底斯　窃窃的耳语难道不算一回事？
脸靠着脸儿，鼻子碰鼻子，都不算？
用嘴唇内膜来亲吻也不算？欢笑
竞赛中停下来，来声叹息又如何？——
贞操破裂的毫无疑问的凭证，——
骑马般脚碰在脚上怎么样？躲到

角落里？愿意钟上的时间快些走？
愿钟点，分钟，中午，子夜都快过？
愿人家眼睛都长白内障，只除了
他们自己的，以便去作恶没人见？
这些都不算一回事？那么，这整个
世界同其中的一切也都全不算；
上面覆盖的青天也不算一回事；
波希米亚也不算；我妻子也不算；
若是这个也不算，一切空，万事空。

喀米罗 尊崇的吾主，请舍弃这违和的见解，
而且请及时；因为它非常危险。

里杭底斯 我的话是真的，你说的确如此吧。

喀米罗 不对，不对，吾主。

里杭底斯 是对的；你撒谎，
撒谎：我说你撒谎，喀米罗，我恨你；
宣称你自己是个愚蠢的乡下佬，
是个呆木的伧夫，再不然便是个
踌躇不决、应顺时势的骑墙派，
眼睛望出来不分甚好歹，倾向好
也倾向于坏：若是我妻子的肝
和她的生命一样也染得有污毒，
她不得活过一沙漏那么久。

喀米罗 是谁
把她染污了？

里杭底斯 哎也，那家伙佩戴她
像挂在他颈上的她的像牌一般，

是波希米亚：我左右若是有忠仆，
各各生得有眼睛能望见他们
本身的利益，也能顾到我的荣誉，
他们会做件事扑灭那丑行的重演：
不错，而你，他的引觞者，——我把你
从低贱的位置上已经擢升到尊荣，
你可以分明看到，如天之见地，
如地之见天，我怎样激愤而恼怒，——
你可以在他杯中加香料㉝一撮，
给我的仇家一次持久的长闭目；
那个一干杯将使我何等兴奋。

喀米罗 君王，吾主，我可以奉命，而那却
不用急性的剂量，只须使一服
文火徐煎的恶药，它将不像那
凶暴的烈毒：可是我不能听信
我肃敬的坤仪有此罅隙，她懿范
煌煌，这么样卓越。我爱主心切，——

里杭底斯 谈那个做什么，滚蛋！你以为我是
这么样激动，这么样昏乱，竟自己
去找这烦恼；去污染我枕席的清白，
那洁净保存着使我有安眠，玷污了
是刺棒、荆棘、荨麻、胡蜂的尾巴？
没充分理由，兀自将污辱加给
储君我儿的血统吗？他，我相信
是我儿，且当作自己的亲生来抚爱，
我会做这个吗？人能这般自甘

误入歧途吗？

喀米罗 我不能不信您，吾主：

我信了：且将为此把波希米亚

解决掉；不过他倘使被铡除以后，

您将只是为太子殿下的缘故，

依然对中宫王后要爱好如初；

那样便能封闭住胜朝所相熟

且有关宫廷上、王国里饶舌之患。

里杭底斯 你这番进言正跟我自己所已定

将采取的行止相符：我将不玷污

她的声名，我决不。

喀米罗 吾主，请去吧；

以宴会时节笑对宾朋的容颜

对着波希米亚，也对着您王后。

我为他奉觞；他从我手里如果有

裨益健康的酒浆，莫把我当作

您的臣仆。

里杭底斯 总说一句话：做了它，

你就占有了我半颗心儿；不做，

你将裂开了你的。

喀米罗 我会做，吾主。

里杭底斯 我将显得亲和，如你所劝说的。 ［下。

喀米罗 啊，好悲惨的娘娘！但是我自己

可站在怎样的地位？我得毒死

有德的包列齐倪思；而我去这样做，

原因是为了要服从一个主子；

一位君王，反叛着自己，要求他
自己的臣民也都对他去反叛。㉞
做了这件事马上可升迁。我假使
能找到成千的先例，把曾被香油
涂首的君王杀死的凶手们嗣后
都腾达飞黄，我也决不做；㉟但既然
从未有铜碑，也从无石刻，也从无
羊皮，铸镌铭记得有一个成例，
就让邪恶本身也发誓不去做。㊱
我定得离开这朝廷：做它，或不做，
对我都是件危险事。让福星高照！
波希米亚已到来。

［包列齐倪思上。

包列齐倪思　这真奇怪了：
看来我在此受欢迎开始在萎缩。㊲
不做声？——你好，喀米罗。

喀米罗　祝福运昌隆，
至尊的宾王！

包列齐倪思　朝廷上有什么消息？

喀米罗　没甚么出奇的新闻，宾王。

包列齐倪思　王兄
脸上满都是秋霜，仿如他失去了
某个省，他自己心爱的一大片地区：
只刚才我和他相见，致惯常的问候，
谁知他转眼望他方，嘴唇一撇
表鄙蔑，急匆匆舍我而去，㊳留我

去筹思发生了什么事端，致使他
丰仪举止如此变。

喀米罗 我不敢知道，宾王。

包列齐倪思 怎么！不敢？不知道？你是知道了，
而不敢对我明言吗？是那个意思：
因为，对于你自己，你所知道的
你一定知道，你可不能说你不敢。
喀米罗贤卿，你面容变色[39]对我
是一面镜子，那显示我也变了色；
因为我一定跟这变动有关系，
见到自己也跟着一起有变动。

喀米罗 有一种疾病使我们有些人精神
不宁；可是我讲不出那叫什么病，
而这是因您所传染上的，然而您
却还无恙。

包列齐倪思 怎么！是因我所传染？
莫以为我有蛇怪[40]般放毒的眼睛：
我曾经目注过的人成千上万，
他们因给我望见而格外顺遂，
却从无经我一看而杀死的。喀米罗，——
既然你定必是位士君子，又加
学士般博闻多见，这学养修能
对于我们的品位添光彩，不减如
我们父母所传给的高名，我们
因继承他们而身居贵胄，——我请你，
如果你知道什么事有利于我

所闻见而得知，请莫把它闭锁着，
隐藏于声言不知中。[41]

喀米罗 我不便回答。

包列齐倪思 一场病是因我传染的，而我却无恙！
你务必要回答。听到没有，喀米罗；
我向你恳请，凭荣誉所承认、一个人
所能有的一切高义，[42]——我这请求
可不是其中最微不足道的，——请你
明告我，你猜想有什么临头祸害
正在向着我迫近；有多远，多近；
怎样去防避，假如能防避的话；
若不能避免，如何去尽量忍受。

喀米罗 宾王，我来告诉您；既然我被他
以荣誉相责，而我想他又是荣誉的。
所以，请听我的劝告，这个您得
立刻就去做，正如我马上要来说，
否则您与我便得叫“完了”，跟着
就完事大吉！

包列齐倪思 讲下去，喀米罗贤卿。

喀米罗 我被指派来凶杀您。

包列齐倪思 谁派的，喀米罗？

喀米罗 王上。

包列齐倪思 为什么？

喀米罗 他以为，不是，他完全
自信且发誓，仿佛他亲眼见到过，
或者他自己还是个机关把您

扭捩到[43]如此，说您非法地碰了
他王后。

包列齐倪思 啊，那样时让我的血液
中毒而凝结成冻，让我的名字
跟那出卖至善者的[44]关联在一起！
那样时让我的芳名变恶臭，我行踪
所至，即令最迟钝的鼻子也嗅到；
而我的到来将遭到远避，还不止，
还要被痛恨，更甚于人们所听说
或读到的最大的瘟疫！

喀米罗 您可凭天上
每一颗星辰和它们所有的气数
来发誓，以期制服他的想法，那好比
在禁止海洋去服从月亮，如果您
想用起誓去消除，或劝告去动摇，
他那座愚蠢之宫的建筑，那基础
乃奠在他信念之上，且将继续
存在着，只要他一朝身躯还存在。

包列齐倪思 这是怎样产生的？

喀米罗 那我可不知道：
可是我确信去避免已成的要比
去询问它如何产生来得安全。
若因此您敢信任我胸中的诚实，
可将我带去作人质，今夜就走！
您的从者们我会轻声关照好
去从事，把他们两两三三放出

不同的城墙侧门外。至于我自己，
我将把区区命运供侍奉，那在此
一待事情明白就完了。莫犹豫；
因为，凭我父母的荣名，我说的
是真话，这个，您若想证实，我却
不敢来帮同；您将不会比王上
矢口亲判死罪的人犯较安全。

包列齐倪思 我相信你的话：我见他心思露在
他脸上。把手伸给我：为我当艄公，
你前途地位将永远跟我相邻接。
我的船舶已有备，船上人指望我
两天前就离开。这嫉妒是为一位
宝贵的人儿：她既然珍奇绝妙，
那妒忌必然厉害，而他既然是
权位极君王，那忌妒定必猛烈，
且他既然以为他被那对于他
永矢情义的友人将荣名玷辱，
哎也，他在那上头的报复一定是
因而更加要严酷。恐惧荫翳着我：
愿我的速即离去能对我朋友般
有利，又能安慰那温馨的王后，
他想到我时不能不想到她，但她
还没有成为他无稽的怀疑的对象！㊺
来啊，喀米罗；你若能拯救我性命
离开这里，我将尊你如父亲：
让我们就走。

喀米罗　　　　　　　管所有边门上的钥匙，

是在我职权范围之内：请君主

趁紧急就行吧。来吧，明君，去来！

［同下。

第一幕　注释

① Coleridge：注意这里喀米罗与阿乞台末史两人絮絮闲谈的平易风格，跟第二景里介绍两位国王和候妙霓时的高雅辞风迥异。

② 为什么是“牧羊人”？ Hunter谓，这是因为四远传闻有这样一个说法，说夜间放牧的牧羊人是熟知天体的观察者。译者按，也因为这是出牧歌风的悲喜剧，说话人自己的儿子将来会跟个牧羊女郎团圞燕好，那女郎原来就是他如今这对手（不久将成为仇人，终于又化作亲家）的女儿，而那时节他这对手将福从天降，三喜齐临，除爱女与佳婿来归外，他自己又能得重圆破镜：这一切和牧羊人的关系太密切了，所以由包列齐倪思现在来随便提一下，鸣钟似的预报一声，像植物种子的胚芽，乐章的导旋律，实有极微妙的诗的意趣。

③ 原意为“水湿的星辰”，因为作者认为月亮是司理潮水的。我国诗词中名月为“冰轮”；但西西利亚气候温暖，终年不见冰雪，故杜改为“银轮”。

④ “九度的盈亏”，Hudson说得对，谓系九个阴历月份。

⑤ 从这里起到句末，原文有困难。Farmer最早解“that”为“Oh, that ...”，Steevens当即将原文前面的逗号改为冒号（:），随后的校本都从他，Craig又改为分号（;），Theobald，Warburton及以后各家都从Steevens把“This is put forth too truly”加上引号和惊叹号，Hanmer又把“truly”校改为“early”。Hunter，Hudson，Rolfe谓，“put forth”（生发，产生）系指前面所说的疑惧；Hudson又将“fears”校改为“fear”。

⑥ 这是说，您一星期不能待，也得待个三四天。

⑦ Coleridge：包列齐倪思固执地拒绝里杭底斯要他留下来，多么巧妙地准备着他随后听从候妙霓，将对里杭底斯所产生的印象。

⑧ Furness：候妙霓说到这里时，里杭底斯退去，因而没有听到包列齐倪思答应她留下，否则她丈夫后来问她“赢得他同意吗？”便不可解。

⑨ 根据二世纪时的希腊-埃及天文学家托勒密（Claudius Ptolemæus）的理论，地是宇宙的中心，围着它有八个球状圆体在旋绕，日月星辰都嵌在这些圆体里一同运行。后来根据公元前二世纪时别锡尼亚（Bithynia）天文学家Hipparchus的说法，再加上一个圆体，以说明岁差；中世纪时又加一个圆体，以包围宇宙及隔离无穷。结果共有十个圆体，末两个不嵌星辰。

⑩ Campbell：英国旧法律习惯，犯人（不论有罪无罪）释放出狱时必须付一笔“礼金”给典狱吏。

⑪ 因为亚当私食智慧树之果而犯下的罪，一直遗传下来给每一个人。Theobald 谓，原始的罪孽蠲除了；Furness 说，孩子们这么天真纯洁，遗传下来的罪辜因而被抹掉了。

⑫ Lady Martin：包列齐倪思的回答里这最初几个字，显示出候妙霓高洁的清纯，使他对她肃然起敬。Furness：我们敢肯定，里杭底斯至少在这里以前已经退去。假使他听到包列齐倪思这样称呼候妙霓，他的嫉妒就不会得生发出来。Schmidt 训“sacred”为只是对王后的一个尊称；按，当以 Furness 等的说法为是。

⑬ Coleridge：妒忌发作，在此开始激动。

⑭ 前面“furlong”为一英里的 1/8，1 000 个“furlongs”照字义直解当为 125 英里。这里“acre”通常解作英亩（一英亩为 160 平方竿，每竿等于 5 码半或 16 英尺半），但英亩为广度，与长度“furlong”对比不相称。Murray 在他总纂的牛津《新英语大辞典》内谓，一个“acre length”等于一个“furlong”。按，1 000 个“furlongs”只是泛指很多很多路，一个“acre”则无非简言极短极短的距离。

⑮ Furness：这个漫长的求婚期，在伊丽莎白时代要算异乎寻常地长了，乃是候妙霓性格的一个值得注意的征象。

⑯ Coleridge：注意里杭底斯的这病态趋势，把没有意义的小事情扩大起来，以及紧接着的粗俗想法，“摩挲手掌心”等，连下来是跟那小孩子的对话里他很奇怪地失去了自我控制。

⑰ “The mort o'the deer”，Collier，Skeat，Furness 都解作鹿被猎获后垂死前的一声嘘气，像叹息一般。18 世纪学者们 Theobald，Steevens，Nares 释为鹿死时猎人们吹的一声号角，比拟不伦，讲不通。

⑱ Furness：他提及额角，因为刚讲起鹿。按，鹿头上有角；人若被认为头上有角或被比作鹿，便是他的妻子有外遇。据说在交配季节，一头公鹿有几头母鹿和它在一起，另有身强力壮的单身公鹿若能把这头公鹿打走，便据有了它的几头母鹿。被逐走的公鹿四出寻觅伴侣，遇到有几头母鹿的软弱的公鹿时，当亦如法取而代之。

⑲ 原文这里有个双关：“neat”解作“干净”，又可解作“牛”。译文只得加“头角峥嵘”一语，把这双关表达出来，但已不是个简练的双关了。

⑳ 妻子不贞的丈夫最初怕提起鹿，后来怕提到一切有角的家畜和野兽，如杯弓蛇影之惧。

㉑ 从 Schmidt：黑布涂上了颜色，颜色不久会失落或褪去，黑底子就会露出来。

㉒ 从这里到“前额麻木”止的九行半，除“这怎么可能？”一语外，是里杭底斯在他的独白里对爱好（Affection），亦即情爱（Love），所说的话，在修辞学里叫作顿呼。确切的含义晦涩难明，疏解诠释者在 Furness 之新集注本上有 13 家之多，Pierce 在 Yale 本上又有一说，Stewart 据说也有一说，此外必还有好多家。译文系据原文字面意义着笔，尽可能保存本来面目。学者们的评骘笺注兹移译二、三于后，以见一斑。Collier：“affection”多半解作“imagination”（即“fancy”，爱好，喜悦，中意，倾心）、“intention”则不解作“design”或“purpose”（意向，企图，目的），而应训“intentness”（热切）或热情的激发。对诗人的用意，古今来

的评注家没有两个意见是相同的。我们可以毫不迟疑地断定，听错、念走和印误使原来就可能绝非普通读者或听众所很懂得的辞句更加晦暗难明。可以清楚地了解的是，里杭底斯注视着包列齐倪思与候妙霓的行动，误解了他们的动作而妒火中烧，断定他们的目的是罪恶的，而且他自己将吃他们的苦头。这一幻想他用不同的支离的语句发泄出来，它们彼此间的联系是完全心智上的，但它们大致的用意是足够明白的。Furness：对于我，困难不在“affection”而在“intention”。我们可以把“affection”解作肉欲，但这里不需要这样做；莎氏在许多地方于“爱好”与“情欲”之间是作区别的。里杭底斯开始时只想到爱好或情爱，接着就想起了这情爱走了极端，或最后变得非常强烈时，会穿刺到灵魂里去。……“Intention”在这里，我以为解作“强烈”。……在困惑人的“fellow'st nothing”一语及下文里，我想里杭底斯的推论是这样的：假使这极强烈的情爱能活到魂梦里去，跟实际上的空无所有携手并存，它当能以更大的力量同实际上是真实的东西结合起来。Pierce：情爱啊，你的强烈的激情主宰着妇人们的内心深处。你使得人们所认为她们不可能有的罪辜变为可能。你使得不在一起的男女情侣在魂梦中互通来往（这怎么可能？）。你使得那梦见情郎的妇人对她那不在身边的汉子的梦幻中的形象讲爱情，使她拥抱空无所有。那么，你可能把她送进一个身体确实在跟前的情郎臂抱中去，是非常可信的了；而你当真是这样做了。

㉓ 直译原文当为：“你会接受鸡子儿当钱吗？”C. R. Smith 解作：“你会忍受侮辱吗？”他引法文谚语“A qui vendez-vous vos coquilles？”以说明原文如此应用这说法之所自来。Furness 谓，1632 年伦敦出版的 Cotgrave 编《法文英文字典》里释“coquille”为海扇壳，不是鸡蛋壳；其次，在这如今还通行的法文俚谚里，只有欺骗而无侮辱之意。Malone 解作欺骗或哄骗。

㉔ Furness：这里“clamour”（喧嗓）系指里杭底斯的臣民们高声嘲诮他。

㉕ Furness：这名字也许是包列齐倪思脸上的一抹微笑所暗示的，里杭底斯正在偷偷地觑着他。按，包列齐倪思已与候妙霓下场；如果有什么暗示，当是他下场前的那阵微笑。

㉖ 原意为“肚子”。

㉗ 意即，你的确是我的孩子，不是你母亲跟旁人所生的野种，——“honest”作“honourable, respectable”（有荣誉的，可尊敬的）解。

㉘ Steevens 将这半句解作：您越是请他留，他越是强调有要事得回去。

㉙ Staunton：说“他们已经在这里跟着我”，国王的意思是，——臣民们已经在做这侮辱性的姿势（以手指做老婆偷汉的丈夫的表象）来嘲弄我，轻轻地耳语道，等。这姿势是把一只手加到额上，将两只手指向上叉出，像两只角一样。Furness 谓，虽然 Staunton 对这短语的解释分明是对的，但我很怀疑里杭底斯会公开做这鬼样子。

㉚ 原意仅为“没有好好考虑那结局”。Capell：“勤勉做傻子”似乎不适当地被称为——疏忽；但假使如何去做一件事的手段或方法没有经过好好考虑，假使一件事的“结局没有好好考虑到”，这样去办理它，虽然是勤勉从事，却真正是疏忽。

㉛ 从 Malone 与 Furness 解，这里“Against”与“non-”不是对销的，而是互相加强的。

㉜ 从此起的十行，Hazlitt 评论云：就是里杭底斯这段话的滞涩扭捩的风格，在他自己的嫉妒中转圈子说理，被疑虑与恐惧阻塞着，愈来愈盘缠扭结到多刺的迷津里，便处处显示出莎氏传达不同思想与情绪（努力想吐露出来，语未发而几乎即已窒死）的痛苦挣扎的那种特殊情状。这里里杭底斯陷入了激情的周章狼狈之中，不知道怎样才能把那曳引他胸臆的惨痛、愤怒与忧虑用言语表达出来。

㉝ 意即下毒。

㉞ Deighton：他对于自己既然是个叛徒，因为不真正忠诚于他自己的天性，所以心愿他的臣民们也要同样地不忠，做些事情要对他不显示真正的忠诚。

㉟ 在绝对的权力之下，政治方面的绝对服从有时候会是极大的罪恶。这就是今天君主专制与个人或寡头独裁统治已被文明社会所废弃的缘故。喀米罗这样排除威胁利诱，冒着生命危险坚决拒绝服从，所以是非常可贵的勇敢。

㊱ 邪恶本身尚且不屑去做，何况我。

㊲ “To warp”，Schmidt 训“变坏”，Furness 解作“萎缩”或“歪曲失形”，由于里杭底斯的冷淡。

㊳ M. Mason：这是不愧出于莎氏的描写天性的妙手笔。里杭底斯仅在片刻之前向喀米罗保证，他将如他所劝说的那样，对包列齐倪思显得很亲和；但一见了面，他的嫉妒胜过了决心，当即发现要控制他的仇恨是不可能的。

㊴ Furness：这是说喀米罗脸色苍白，包列齐倪思一见之后即起反应，跟着也变得脸色苍白。……也可能指喀米罗脸上红一阵白一阵而言。

㊵ Halliwell：16 世纪对于蛇怪（basilisk）的流俗见解，最早自普林尼（Pliny，全名为 Caius Plinius Secundus，公元初 23—79，罗马博物学者与著作家）处得来，可以从 Andrewe 氏（Laurenca A.，翻译家与印刷业者，1510—1537 年间活着）刊行的《世界的镜子与描写》（*The Myrrour and Dyscrypcyon of the Worlde*，无出版日期）一书的下列引文中得其梗概，“在印度有一种蛇怪，它们的眼光其毒无比，会杀死一切人，和一切飞禽走兽。”“现在讲到蛇怪，所有其他的蛇都远避而害怕：虽然它杀死它们是用它的呼吸和身上发出来的气味”。——Holland（Philemon H.，1552—1637，翻译家）所译普林尼之《自然史》（1601）卷 29，章 4。“蛇怪在希腊文为‘Basiliscus’，在拉丁文为‘Regulus’，有‘小王’之名，因为它是众蛇之王，它们见到它便恐惧而逃走，由于它用它的气味与呼吸杀死它们：而且用它的呼吸与目光，也杀死一切有生命的东西。在它目光范围内没有鸟类能飞过而无恙，为的是虽然它跟那飞禽相距甚远，但却会用它的毒喙把禽鸟杀死而吃掉。”——Batman（Stephen B.，翻译家与著作家，1584 年卒）《谈巴托罗缪集市》（*Uppon Bartholome*，1582）。“著作家们对于这种蛇的生殖问题曾有所讨论；因为有人（人数很多，且很有学问）说它是一只公鸡蛋里生出来的。他们说一只公鸡长老时会生出一个没有壳的蛋，外面有一层厚皮包起来，它能经受轻轻一击或落在地上而不碎。他们又说，这只蛋只在夏天才会生，在初交大暑时，形状不像母鸡蛋似的长圆，而是球状的：有时作尘埃色，有时作黄杨木色，有时作黄褐色，后来受了一条蛇或一只蟾蜍的孕，便孵化成一条蛇怪，有半英尺长，后半部像条蛇，前半部像只公鸡，头上鸡冠有三个尖。……在所有的生物里边，没有像一个人这样因

中了蛇怪之毒而死得更快的，因为一见了它他就被杀死，这是由于蛇怪的目光使一个人的眼神中了毒，这眼神中毒之后其他从头脑里和心脏活动力里发出来的精神也都跟着中了毒，于是这人便死掉。”——Topsell：《蛇史》（*History of Serpents*，1608）页 119。以上三则为 Furness 所引。]

㊶ “In ignorant concealment”，Deighton 与 Schmidt 都解作“隐藏于（我的，即包列齐倪思的）不知中”。Furness 谓，这不知是指喀米罗的不知，意思是说，“莫要将你所知道的隐藏起来，推托不知道”，因为包列齐倪思在此重新提起喀米罗前面对他曾说过，他讲不出那疾病的名称，那是因自己依然无恙的包列齐倪思而传染的。Herford 亦作如是解。

㊷ “Parts of man”，据 Deighton 与 Furness，解作“荣誉所加在［一个］人身上的一切高义”。

㊸ “To vice”，Warburton 谓应解作“吸引，劝诱”。在古戏剧里，“恶行”（Vice）是引人做罪恶勾当的引诱者。因而 Heath 与 R. W. White 校改“vice”为“’ntice”及“’tice”（引诱）。Collier 释为“像用机械的力量来吸引”。Halliwell 云：这里“instrument”与“vice”两字用在一起，似乎表示后者是个动词，解作“螺旋钳似的扭，捩，转动”。

㊹ 至善者为耶稣，那出卖他的是他的使徒犹大（Judas）。

㊺ 原文这几行疑有脱漏，至少是结构过于简略，因而含义隐晦。在 Furness 之新集注本上列得有十多家疏解，兹移译之说以见一斑。Malone：愿我的速即离去能朋友般对于我有利，因那样可救拔我脱离险境，又能安慰天真纯洁的王后，因那样又可去除她丈夫嫉妒的对象；王后，她是他谈话中的主题，但没有理由做他嫉妒的对象。Cowden-Clarke 夫妇：愿事态的顺遂结局对我如朋友，也安慰了王后；她和我都是他愤怒的对象，但她同我一样，都不应丝毫挨受他弄错了的怀疑。Furness：愿我的速即离去成为我最好的行止，且能尽量带安慰给温雅的王后，她的名字在国王思想里不能不和我的相连，但她还不是他没有根据怀疑的有生命出入的对象。Furness 谓，只要清楚了解了戏剧情景，要懂得这一段是不难的。有需要我们应保持对包列齐倪思的敬重，而他的被移离剧景是一个戏剧上的需要。不可能有一个对里杭底斯的友好告别，更不可能有一个含敌意的告别。包列齐倪思必须偷偷溜走，没有其他的办法。但是，用逃跑来救他自己，而存心留王后在后面去受里杭底斯猛烈的报复是可鄙的，会丧失我们对他尊敬的每一点滴。他必须被表现为完全不知道候妙霓也包括在国王最坏的猜疑之中，同样也应表现成满以为只要他这一逃跑就可以终于恢复宫中的欢快与和好。由于他对候妙霓的近于崇拜的心情，他知道她温柔的心肠一定会为了他这样不快乐地结束他的来访而感到痛苦，这来访一直是毫无阴云的，而且是因她的殷切请求而延长的。因此，她需要一点安慰，这安慰她可以在他的安然离去里找到。他的偷逃，对于他自己是可憎的，当这样被对于候妙霓的骑士般的热忱所刺激时，便显得照耀在自我牺牲的光辉中，而不但不会使我们对他的敬佩因而暗晦，却只会使之更加光彩。

第 二 幕

第 一 景

[西西利亚。王宫一室]

[候妙霓、曼密留诗与贵妇数人上。

候妙霓　你们把孩子来领去：他这么跟我
找麻烦，叫人受不了。

贵妇一　来吧，小殿下，
我和你一起玩好吗？

曼密留诗　不，不跟你玩。

贵妇一　为什么，好殿下？

曼密留诗　你会死劲吻我的脸儿，且跟我
说话时还当我是个娃娃。我乐意
跟你在一起。

贵妇二　为什么，小殿下？

曼密留诗　不是
因为你的眉毛要黑一些；不过
黑眉毛，他们说，跟有些女人很合适，
只要那里毛长得不太密，而是
长成半圆形，或用笔画成半月形。

贵妇二　谁教你这个的？

曼密留诗　　　　我是从女人脸上
学来的。请问，你眉毛是什么颜色？

贵妇二　青的，小殿下。

曼密留诗　　　　不对，那是在开玩笑：
我见过有个夫人的鼻子是青的，
但是她眉毛不青。

贵妇二　　　　你且听我说；
王后你妈妈肚子快大了：我们
过不久就要侍候位新的王子了；
那时节你才要跟我们玩呢，假使
我们肯和你玩的话。

贵妇一　　　　她最近腰身
宽大了好多：祝贺她喜事来临！

候妙霓　你们在逗什么巧？过来，小王爷，
现在我好跟你在一起了：听我说，
坐在我身旁，讲个故事来听吧。

曼密留诗　故事要快乐的，悲伤的？

候妙霓　　　　越乐越好。

曼密留诗　悲伤的故事冬天讲最好。① 我有个
说幽灵鬼怪的。

候妙霓　　　　我们就听它吧，好王爷。
来吧，坐下了：来吧，把你的幽灵
尽量来吓我；做那个你很能干。

曼密留诗　从前有个人，——

候妙霓　　　　别那样，来，坐下来说。

曼密留诗　住在礼拜堂墓园旁。我要轻声些；
不给那里的蟋蟀们②听到。
候妙霓　那来吧，
凑到我耳朵边讲。
［里杭底斯、安铁冈纳施、贵人数人与其他人等上。］
里杭底斯　那里你碰到他的吗？他的随从们？
喀米罗和他一起？
贵人一　在一丛松树后
我碰到他们：我从未见人急匆匆
走得那么快：我目送他们上了船。
里杭底斯　我多好运气，判断得正确，说得对！
唉哟，我但愿没有知道得这么多！
这样的幸运，多么该诅咒！盅子里
也许浸得有一只蜘蛛，一个人
可以喝下去，就走开，不会中毒，
因为他灵明和心智没有受害；
但假使有人把那恶心的成分
给他看，叫他知道如何喝下的，
他会起强烈的哕逆，把喉咙、食管、
胃囊全呕破，连同胸腔都炸裂。
我是喝了那樽中酒，见了那蜘蛛。
喀米罗是他的帮手，他的淫媒：
对我这生命，这王冠，有个奸谋；
我所怀疑的都对：那骗人的坏蛋
我用他，他却早已先被他所雇：
他把我的计划对他泄露了，而我却

变成了个大笑话；是的，变作个
他们随意嬉耍的玩意儿。怎么会
边门这样容易开？

贵人一 凭他的大权，
那可一向就和得到您谕旨时
同样有效。

里杭底斯 这个我完全明白。
［向候妙霓］把孩子给我：我高兴你没喂他奶：
虽然他跟我有点像，可是他身体里
你血液太多了。

候妙霓 这是什么？开玩笑？

里杭底斯 把孩子领走；莫叫他走近她身边；
把他带走！——［曼密留诗被引走。］
让她去跟她自己那
肚子里的玩；因为是包列齐倪思
给你弄大的。

候妙霓 可是我得说他没有，
而我敢起誓你要相信我这话，
不论你怎样否认我。

里杭底斯 诸位，列卿们，
望着她，仔细端详她；只等你们
正要说，"她是位美貌的娘娘"，马上
你们心里的正义会加上这样一句，
"可惜她不贞静贤淑，不值得敬重"：
只要对她这外表有所称扬时，——
这话，说实话，还值得称赞，——立刻

肩膀一耸，一声“哼”，一声“哈”，这些个
诽谤所使的这些丑标志，——啊，
我错了！——我是说怜悯所使的，因为
诽谤把标志只加在美德身上：
这些耸肩膀，“哼”与“哈”，当你们刚好
说过“她美貌”之后，还没有说到
“她贞静贤淑”之前，③ 会加到中间来。
但是你们得知道，那最有原因
伤心的人要宣称，这该是这样的，
她是个通奸的淫妇。④

候妙霓 若是个坏蛋
（世界上最坏到绝点的坏蛋）这样说，
他便成了个双重的那样的坏蛋：
你只是弄错了，王夫。

里杭底斯 是你弄错了，
娘娘，把包列齐倪思当里杭底斯。
啊，你这东西！你这样高的地位，
我不来称你作东西，怕的是粗野
将我当先例，会用同样的语气
对一切品位，而在公侯与乞丐间
不作有礼貌的区分：我已经说过，
她是个通奸的妇人；我说过跟谁：
她又加是个叛逆者，喀米罗和她
同谋，他知道她自己也羞知的勾当，
除非跟她最卑鄙的主谋者一同知，
那就是她是个践踏婚誓的妇人，

恶劣得世人把那最可耻的称号
相呼的那些个滥贱一般无二；
哎也，她预先知道他们要逃走。

候妙霓 不，凭我的生命，我不知这件事。
你这般当众辱骂我，待你将来
把真相弄明时，你会多么悲伤！
亲爱的王夫，那时节你就是声言
你过去错了，也不能完全对得起我。

里杭底斯 不会；假使我凭借的根据有错，
这大地，这宇宙中心，便会连一只
学童的陀螺都容不下。送她进监狱！
谁替她说话，不论怎样不相干，
也就有了罪，哪怕他只稍稍求情。⑤

候妙霓 有什么恶星宿当头：我得耐心些，
等天宇朗照得较为吉祥时再说。
列位贵卿们，我不会轻易哭泣，
像我们女性通常的那样；缺少了
易流的眼泪许会使你们的怜悯
干涸；可是在我这里头藏得有
光荣的悲痛，它燃烧比眼泪的浸淫
远较难受。请你们各位，贵卿们，
以仁爱所最能教导你们的想法
来对我作判断；然后，将王上的决意
来加以执行！

里杭底斯 ［向众卫士］你们听到命令吗？

候妙霓 谁跟我一同去？请得王上恩准，

我的伴娘们或能陪着我；因为，
你见到我这处境需要这么样。
不要哭，好傻子们；⑥ 并没有理由：
将来我出来的时候，你们若知道
你们的娘娘该进牢狱，到那时
才涕泪交流吧：我如今遇这讼凶
倒是会有利于我的沐受天恩。
再会，王夫：我从未愿望过你伤心；
现在我相信我却将如此。来吧，
我的伴娘们；你们已得到允许。

里杭底斯 去，执行命令去：就离开这里！

［王后被押解，伴娘数人随后，同下。

贵人一 求吾王开恩，将王后召回来吧。

安铁冈纳施 请先行确定您要做什么事，王上，
否则您这场审判会变成强暴：
在这案子里人尊位贵的有三位
受损伤，您自己、您王后，以及储君。

贵人一 关于她，吾主，我敢将我的生命
作注子，而且就押下，王上，请您
接受它，——王后对于您，在上苍照鉴下，
是清纯无疵的：我说的乃是关于
您对她所下的指控。

安铁冈纳施 假使能判明
她不是这样，我妻子所居的住宅
我要改辟为马厩；我须得和她
同进出以便监视；⑦ 不觉她在身旁

或不见她时不再信任她；因为，
她假使不贞，这世上的女人每一寸，
哎也，她们的一丁点儿的皮肉
也都是不贞的。

里杭底斯 你们都住口！

贵人一 好主上，——

安铁冈纳施 我们是为您而说的，不是为自己。
您蒙受欺骗，那挑拨的奸人自会
被打入地狱；我但愿知道那恶棍，
我要当众揭发他。⑧ 若她的贞洁
给玷污的话，——我生得有三个女儿；
大的十一岁，第二、第三是九岁
和五岁不到；假使这话是当真，
她们将受罚来谢罪：凭我的荣誉，
我把她们都阉割掉；不叫她们
长到十四岁，去生杂种的后代：
她们是我的平分的继承人；而我，
宁愿我自己给去势，也不愿她们
不孳生子息。

里杭底斯 住口！莫往下说了。
你感觉这件事像个死人用鼻子
嗅觉到什么；但是我见到和感到
好似你现在感到这么样，且看见
我这感觉的器官。⑨

安铁冈纳施 若果是这样，
我们毋须有香冢来瘗埋贞洁了：

再没有清贞的种子来使这整片
肮脏秽臭的泥污地面芬芳了。

里杭底斯 什么？我不能听信于你们？

贵人一 主上，
在这件事上，我宁愿您缺乏自信，
不愿我缺乏；更能使我满足的是，
她的贞洁是真的，您猜疑得不对，
不管您将怎么样受责备。

里杭底斯 哎也，
我们何用跟你们谈这个，只须
随我们自己有力的驱策去行事？
我们大权在握，本毋须征求意见，
因我们天性和蔼，故谈起了这个；
如果你们，——或者是愚蠢，或者是
假装如此，——不能或不愿似我们，
爱真情实况，可以跟你们自己说，
我们并不再需要你们的谆劝：
这桩事，它的得与失，怎样去处理，
全是我们自己的事。

安铁冈纳施 我但愿，主君，
您在静默的独自明察中将它
来观照，不事多显露。

里杭底斯 那怎么能够？
你若非因年老而变得异常无知，
定是生成了个冥顽不灵之徒。
他们的亲昵（那是尚未亲眼

目睹的猜疑所曾接触的最分明
不过的事，[10]它不差证据，仅仅还
没给人看见，其他的一切情况
都指向这件事），加上喀米罗的逃跑，
迫使人走上这条路：可是，为求得
更大的证据，——因为，遇到这样件
重大事，鲁莽会造成悲惨的结局，——
我已派克廖弥尼司和第盎两人，
你们都知道他们完全有能力，
前往神圣的台尔福，[11]阿波罗的圣庙，
去求取灵谕。如今，从那神殿上，
他们将带回一切；那神灵的启示
一来到，将会止住或策励我前进。
我做得对吗？

贵人一 您做得很对，主上。

里杭底斯 纵然我已经满足，不需要比我所
知道的更多些证据，但神谕会叫
有些人头脑安静些，比如他，坚持着
迟钝的轻信，不愿去接近真实。
所以我们想，她应被禁闭起来，
千万不能让她随心所欲地
接近我，以免那两个逃亡者的奸谋
留给她来实施。[12]来吧，跟着我们：
我们要当众去说话；因为这件事
会振奋我们大家。

安铁冈纳施 ［*旁白*］去哗笑，据我想，

若是真情实事被大家所知道。

[同下。

第 二 景

[监狱门首]

[宝理娜与侍从数人上。

宝理娜 把牢头禁子叫唤来；让他知道
我是谁。——[一侍从下。]
好娘娘，欧洲没有个宫廷
不配由你去当后妃；那么，你待在
监狱里做什么？[侍从同狱卒上。
却说，监里的官长，
你认得我不认得？

狱　卒 是位贵上夫人，
小人在此有礼了。

宝理娜 那么，就请你
领我到王后那里去。

狱　卒 我不敢，夫人：
小人奉特别命令不叫那么办。

宝理娜 这真叫无事添忙，好端端把尊荣
和贞淑锁起来，不让优娴的来客
会见到！请问，见她的伴娘可以吗？
她们不拘哪一个？爱米丽亚？

狱　卒 要请您，夫人，

屏退了左右的侍从，我将去带领
爱米丽亚到外面来。

宝理娜 请你去叫她。
你们且退出去。 ［众侍从下。

狱　卒 还有，夫人，小人
得在你们谈话时在一旁待着。

宝理娜 好吧，就这样，请你。 ［狱卒下。
这真叫无事添忙，把没有玷污
硬当做玷污，弄得染色也染不掉。

［狱卒引爱米丽亚上。

亲爱的大娘娘，我们娘娘可好？

爱米丽亚 尽到恁般尊贵又恁般苦恼的
所能受得了。因受了惊恐和悲伤，——
娇贵的娘娘从没遭受到更凶的，——
她还不怎么达月就早产下来了。

宝理娜 是个男孩？

爱米丽亚 是个姑娘；这娃娃
长得又美又壮健，会活的模样：
娘娘就打这里头得好些安慰；
她说道，“我的可怜的囚犯，我跟你
一般无罪。”

宝理娜 我敢于起誓：王上
这些危险的癫狂爆发，真糟糕！
他一定得给禀报，他将被禀报：
这任务女人做最好；由我来担负。
假如我甜嘴蜜舌，让我这舌头

起水泡，再也别替我赤红的愤怒
作传声的号子。劳您驾，爱米丽亚，
请代我向娘娘致敬：她若是敢把
她那小娃儿信托给我，我将会
抱给王上去瞧去，还要承担起
为了她提高嗓子作辩护。我不知
见到这孩子他会要怎样软下来：
往往纯洁天真的沉默能打动，
当劝说不生功效时。

爱米丽亚 最高贵的夫人，
您的品位和仁德是恁般分明，
您这下慷慨的仗义不会没有
好结果：这世上没有第二位贵夫人
更适于去负这重大的使命。请夫人
且到这房间里头来，我立即向娘娘
去禀明您这出色的建议，只今天
她才想出了这计划，但不敢去请
品位高贵的代行人，怕人家不肯。

宝理娜 告诉她，爱米丽亚，我自会使用我
这喉舌：若机敏从它那里出来，
像勇敢打我胸中出来一个样，
可尽管放心我将会办得好。

爱米丽亚 祝贺
天赐您后福无穷！我就去报娘娘。
请您，来近些。⑬

狱　卒 夫人，若王后乐意

把孩子送出来，我不知让她通过
会叫我受什么处分，未经过令准。

宝理娜 你不用害怕，狱官：这孩子原来是
她母亲肚里的囚犯，如今经法律
和伟大造化的事态进行，而获得
释放和自由；她不遭君王恼怒，
也不犯王后——假使她犯下的话——
所犯的罪行。

狱　卒 小人相信您这话。

宝理娜 你不用害怕：凭我的荣誉，我站在
你和危险之间。 ［同下。

第 三 景

［宫中一室］

［里杭底斯、安铁冈纳施、贵人数人、侍从数人上。

里杭底斯 夜晚没有，白天也没有安宁；
这样去挨受这事情，只能是软弱，
仅仅的软弱。假使那作奸者没了，——
作奸者之一，她这通奸的淫妇；
因为这淫棍国王我完全奈何他
不得，在我脑筋的箭垛和射程外，
计谋和策略休想伤得他分毫；
但是她，我能钩她来：假定她去了，
送进了火里，我的一部分安宁

也许会回来。谁在那里？

侍从甲　［趋前］吾王？

里杭底斯　孩子怎样了？

侍从甲　他今夜休息得很好；
希望他的病已经消释。

里杭底斯　看他那
英伟的气概！想起他母亲的耻辱，⑭
他立即萎靡不振，垂头丧气，
难受到心里，把羞辱揽给他自己，
把精神、胃口、睡眠一古脑全丢掉，
干脆伤心失了志。让我一个人
在这里：去，去看看他现在怎样了。　［侍从甲下。
呸，呸！不要去想他⑮吧；想起他
我的报复之念就油然而生：
他自己已力量太大，况加上他那些
同盟者，他那些亲朋党羽；由他去，
且等待时机来到：为目下的报复，
可在她身上找出路。包列齐倪思
与喀米罗在对我哂笑；把我的悲哀
作他们的消遣：我若能抓到他们，
他们便不会哗笑，她在我权力内，
可休想能笑乐。

［宝理娜抱婴孩上。

贵人一　你不得进去。

宝理娜　不，
列位大人们，倒要请你们帮我忙：

你们更怕他暴戾的激情吗，唉哟，
却不怕王后没有命？一个天真
圣洁的灵魂，满怀的清纯无辜，
跟他那嫉妒的想法更渺不相干。⑯

安铁冈纳施 莫再多说了。

侍从乙 夫人，王上今晚上
没睡觉；谕令不让谁来惊动他。

宝理娜 别这么激动，请你；我带睡眠来
给他。你就是这样，像影子一般
在他身边爬，他叹声不必叹的长息
你也跟着叹，你就是这样添了他
睡不着的原因：我带来的话儿既有
药性且又真，再加上诚实，能替他
排除那硬叫他不得睡眠的怪想。⑰

里杭底斯 那是什么闹声，喂呀？

宝理娜 吾王，
不是闹声；只是些必要的谈话，
是商量给你请谁行洗礼的事情。

里杭底斯 怎么的！叫那大胆的夫人出去。
安铁冈纳施，我关照过你不叫她
挨近我：我知道她会。

安铁冈纳施 我告诉过她，
王上，说不许她来，否则会甘冒
您的恼怒，和我的。

里杭底斯 什么？管不住她？

宝理娜 用卑鄙的手段，他能够：在这件事上，

（除非他采用您所使的手段，把我
关进了监牢，因为我品行贞洁，）
请相信我这话，他可管我不了。

安铁冈纳施 您瞧，如今！您听吧；当她要走她
自己的路时，我让她去跑；可是
她不会失足。

宝理娜 我的好主君，我到来，
而且请您听我说，我自认是您
忠诚的臣仆，您的太医，您最最
崇敬的上言人，可是我敢在助长您
缺失时，显得比那些最像您忠仆的，
不那么顺从：我说，我来自您那位
贞德的王后。

里杭底斯 贞德的王后！

宝理娜 是的，
贞德的王后，王上，贞德的王后；
我说，是贞德的王后；我若是个男子，
我会以决斗去证明她贞德，即令我
在您左右最胆怯。⑱

里杭底斯 拉她走。

宝理娜 谁轻视
自己的眼睛，让他来拉我：我自己
会走；但我得先把差使来办好。
贞德的王后，因为她确是贞德的，
为您生了个姑娘：在这里；把她
送给您去为她祝福。 ［将婴孩放下。

里杭底斯 出去！母老虎似的[19]巫婆！赶她走，
轰她出门外：专作淫媒的[20]龟鸨！

宝理娜 不是那样；您那样称呼我，我跟您
同样不在行，而且规矩得跟您
恼怒得一般厉害；这么样老实，
我敢担保，按如今这世界来说，
是足够叫做老实的了。

里杭底斯 逆贼们！
你们不推她出去吗？把这小杂种
交给她。［向安铁冈纳施］
你这老糊涂！怕老婆的班头，
你见你老婆巴忒兰[21]在此，吓坏了。
抱起那杂种；抱起来，我说；把她
给你的老太婆。

宝理娜 你若听了他强加
给她的杂种这贱名，把公主抱起来，
你这两只手将永远卑鄙！

里杭底斯 他怕他
妻子。

宝理娜 我但愿您也怕；那就没疑问，
您会认可孩子们是自己的了。

里杭底斯 你们全都是逆贼！

安铁冈纳施 我可不是，
凭这好天光。

宝理娜 我也不是；别的人
也不是，这里只除了一个，那便是

他自己；他把他自己神圣的荣誉，
王后的，他前途远大的儿子的，他这
娃娃的，都出卖给了诽谤，它的刺
比剑尖还锋利；而且他不会，——因为，
按情势来说，他不能被迫去做，
这真该诅咒，——他一次也不会排除
他那看法的根柢，那真腐烂得
不像样，正如橡树或石头永远
健壮。

里杭底斯 一个长舌的娼妇，她最近
打了她丈夫，如今又来煎逼我！
这小鬼不是我的；是包列齐倪思
所生：滚她的；跟她娘一起，把她们
扔进火里去！

宝理娜 她是你生的；如果
我们把这老格言应用到您身上，
"这么像你，真是糟。"你们瞧，大人们，
虽然这版子是小的，她整个内容
和复印的式样是她父亲的；眼睛、
鼻子、嘴唇、皱眉时的相貌、额角，
还不止，更有这颐上颊上的酒窝，
美得很，她的笑脸，还有手、指甲、
手指的形状和骨骼：至于你，好造化
女神，你把她做得这么样像她爸，
若是你也安排她的心，在一切
颜色里可不要用黄；[22] 否则她也会

疑心，跟他一个样，她生的儿女
不是她丈夫的亲生。

里杭底斯 粗鄙的丑八怪！
还有，你这胆小鬼，你配给绞死，
不叫她闭嘴。

安铁冈纳施 建不了那功绩的丈夫，
把他们全都绞死了，您将几乎
一个子民都不剩。[23]

里杭底斯 我再说一遍，
拉她走。

宝理娜 一个最没出息、最不近
人情的昏君做不出什么别的来。

里杭底斯 我来把你上火刑。

宝理娜 我不放在心上：
引火燃烧的是个邪教徒，并非那
被焚的人。我不来叫你作暴君；
但你对你王后的这非常的虐待，——
除了你自己根据薄弱的幻想外，
拿不出更多的罪状，——有暴虐的味道
会使你可鄙，岂止如此，对世人
声名狼藉。

里杭底斯 以你们的忠诚来相责，
将她赶出这卧房！我若是个暴君，
她性命在哪里？倘使她知道我是，
便不敢这样称呼我。把她赶走！

宝理娜 请你们莫来推我；我自己会出去。

看顾着你这娃娃，王上；她是你
亲生的：愿天神派个较好的使者，
来将她指引！你们又何必动手？
你们对他的愚蠢这么样奉命，
决不会对他有好处，不会有的。
就这样，这样；再会了；㉔我们去了。 [下。

里杭底斯 你这逆贼，你指使你妻子干这个。
我的孩子！滚她的！——就要你，你的心
对她这么知痛痒，把她从这里
拿走，用心马上取火来把她烧：
就要你，不要旁人烧。立刻抱出去：
限你一小时，回来要报说已办好，——
还得有好证见，——否则就要你的命，
连同你其他的一切。你假使拒绝，
而且想跟我的忿怒作对，尽管说；
这杂种的脑浆我用自己这双手
会叫它迸裂。去，送她进火里去；
是你指使你妻子的。

安铁冈纳施 我没有，王上：
这几位大臣，我高贵的同侪，他们
若高兴，能替我来作证。

贵人一㉕ 我们能，主君，
她到此，罪辜不在他。

里杭底斯 你们全撒谎。

贵人一㉖ 求请吾王要多多相信我们些：
我们一向很真心为王驾奔走，

恳请要垂念我们的忠诚；我们
跪着请，作为对我们过去和将来
恳挚的忠勤的恩赐，王上要变更
这意思，这是这么样骇人听闻，
这么样残忍，一定会造成恶果。
我们都跪下。

里杭底斯 我是随风飘的羽毛。
我可要活着，眼见这野种跪下来
叫我父亲？与其到将来诅咒她，
不如现在烧了好。可是，就这样；
让她活就是：她也不一定就会活。——
［向安铁冈纳施］你，阁下，这里来；你曾经和你那
接生婆令阃贵夫人，恁般怜爱地
喜欢管闲事，要救这野种的性命，——
因为这是个野杂种，正像这胡须[27]
颜色是花白的，毫无可疑，——你敢做
什么事，去救这小鬼的性命？

安铁冈纳施 任何事，
吾王，只要我做得到，宽仁责我做：
至少这么多：我将把还有的一点点
血液作赌注，来救这天真的婴孩：
任何事，只要可能。

里杭底斯 事情是可能的。
凭这柄剑起个誓，[28]说你将遵命而行。

安铁冈纳施 我遵命，王上。

里杭底斯　　听着，要去做，——你注意！——
这里边任何一点你不做，不仅
你自己，你那长舌妇也准会丧命，
我们今番姑且饶了她。我命你，
作为我们的家臣，要把这女杂种
带起走，送到遥远荒僻的、远离
我们这邦疆的他方去，抛她在那里，
不再受顾惜，让她自己去卫护，
听凭天时的恩厚。因为她的来
是由于异常的运气，我秉着公平
命令你，你灵魂冒着险，身体负危难，
把她送到远处去，㉙那里偶然事
许给她哺乳，或把她了结。抱起来。

安铁冈纳施　我誓必将去这么做，虽然立即死
会比这仁慈些。来吧，可怜的娃儿：
让什么威显的神灵感应鸢鸟与
渡乌，㉚去做你的奶娘！狼和熊，据说，
把凶残放在一边，也曾经做过
同样的哀怜善举。吾王，祝福您
比这桩好事所应受的更加幸运！
而天赐的弘恩帮你奋战这凶残，
可怜的东西，被判要遭受抛弃！　　［抱婴孩下。

里杭底斯　不行；我不来养旁人的孩子。

［仆人上。

仆　人　　禀王上，
您派往灵坛的使节所遣返的报差

一小时之前已经到：克廖弥尼司
和第盎，已从台尔福安然归返，
都已经上岸，正在迅速到宫里来。

贵人一　可向您告慰，王上，他们的迅捷
超出了估计。

里杭底斯　他们去了二十三天：
赶得快；预示伟大的阿波罗立即
要这事的真相显露。预备好，列卿；
召集公庭法谳，我们好对我们
最不忠贞的御妻提出指控状；
因为，她既已被公开宣布了罪行，
她应有公平与公开的鞫审。她活着，
我的心对我将是个负担。离开我，
去计划布置我的命令。　［同下。

第二幕　注释

① Tyrwhitt：因此，我猜想，有这剧本的名称。Steevens 问道，孩子们都喜欢讲凄怆的故事，但是为什么一个凄怆的故事“冬天讲最好”？ Malone 回答说，因为最适宜于那季节的阴郁。Cowden-Clarke 夫妇：这剧本的第一部分——充满着使人发冷的猜疑、惨淡的冤枉，与冷酷的残忍——与《冬日故事》这题名非常和谐；在剧本的后部，那青春美貌的温暖，年轻情爱的炽热，信心之复返，信义与忠贞之恢复，从死到生的复活，在诗情诗意上跟当时存在于外界的夏天的丰熟与季节的殷红翠绿正相融洽。

② Furness：曼密留诗是说“那里的”陪侍贵妇们，她们的切切笑语如蟋蟀之唧唧作声。这孩子在这整个剧景里的观察颇为成熟是有它的目的的。一个不这么早慧的孩子不会因他母亲受到了虐待而为之心碎。

③ 里杭底斯刚才已经说错过一次，想说“怜悯”而说了“诽谤”，且已经改正过来，说是“怜悯所使的”，不是“诽谤”所使的。这里他又说错了，想说“她不贞静贤淑”，如他前面所说的，而说成了“她贞静贤淑”，与本意正好相反。他这样语无伦次，表示他气急败坏，六神无主，懊恼紧张到了极点，非常可笑。

④ Lady Martin：候妙霓在一种昏迷状态中听着他的辱詈，直等到里杭底斯对那一

圈惊讶诧愕的他的贵族们称呼她“通奸的淫妇”为止。这时候她愤激的抗辩跃上唇来。[但说到“坏蛋”这名称时]，她控制住了自己。“坏蛋”这名称不应和他——，他是她丈夫，而且是位君王，——连在一起，于是以较柔和的，但仍坚决的声调接着说道，“你只是弄错了，王夫。”

⑤ 原文“afar off guilty”，Heath 与 Johnson 都训为“在较远的程度上”，意即不怎样厉害。Furness 谓，“afar off”在结构上并不形容“guilty”。里杭底斯的心情不像是在分配罪名的程度。“Afar off”系指谁替王后作调停的；这样一个人，不论怎样跟事情无关，只要说话求情就会变得有罪。“But that he speaks”，Heatn，Malone，Furness 的解释相同，如译文。

⑥ 这里“good fools”是对她的伴娘们的怜爱称呼，正如黎琊临死前称呼他臂上已被绞死的考黛莲为“my poor fool”一样。后者我译为“我这可怜的小宝贝”。不过这里的凄恻之情要比那里略逊些须，虽然候妙霓自王后突降为狱囚，的确是身世沧桑之巨变。但这里戏剧上的需要与那里不同：这是一出喜剧，悲痛过度有损于后来的欢乐气氛，那时候要恢复过来会中了重伤似的隐痛在心，无可疗慰。

⑦ 原文这一行半在 Furness 之新集注本上列得有十四、五家注释，但没有一说真正解决了问题。Ingleby 谓，他想要“最后解决这问题”，并且说“keep one's stables”在莎氏当时是句稔熟的成语，意思是亲自守护自己妻子或情妇的贞操。Furness 取笑他对这句“稔熟的”成语只举得出一个例子，而这例子——却普曼（George Chapman, 1559?—1634）：《万愚节》（*All Fools*）四幕二景，“你那守着你荣誉的马厩的妻子”——却并不能证实他的定义，另外他还转引了 Dyce 在他的《莎氏字汇》里所举格林（Robert Greene, 1560?—1592）的《詹姆士四世》里“keep his stable”（守他的马厩）一语作例子，但那里的用意与这里所要解释的也并无相同之处。Furness 则云，他也有一个建议前人还没有说过，比他们的可以说不见得更荒唐可笑：那就是“stables”不光解作马厩，也可用来名牛栏，而牛是有角的，如同妻子不贞的丈夫那样。译者对这一行半有他自己的见解，那是这样的：安铁冈纳施说，假使王后不贞的话，我妻子也就不可能贞洁了，我的住宅我要把它改辟为马厩；至于我妻子，我将进进出出和她经常在一起，以便监护她使免出乱子。为什么要辟作马厩呢？因为养马可以出卖或出租给人家，那对于自己有利，即令牡马与牝马之间时常随便交接（如 Nicholson 所引亚里士多德的箴言所说，牡马与牝马是兽类中最多情的），那对于主人的荣誉却并无妨害。

⑧ 对“land-damne”，Furness 之新集注本上汇录了二十三四家注释。Capell 解作“活埋”，Johnson 训为“驱逐出境”，Collien 校改作“lamback”而释为“揍”。Thorncliffe 云：四十年前有个老风习仍在 Buxton 这区域里流行。当任何诽谤者被察破，或任何通奸者被发现时，惯常是要当众揭发（lan-dan）他们的。乡人们当会在四乡从屋子到屋子挨户通知，吹号打鼓，或敲击扁锅与水壶。等到听众们聚齐时，犯罪者的姓名会被宣布出来，这就是他们被当众揭发（“land-damned”）。

⑨ Malone：我见到和感到我的耻辱，正如你，安铁冈纳施，现在感觉到我，当我这样对你时，以及你现在见到这些感觉器官，即我的手指。里杭底斯在这里当用手拉着安铁冈纳施的须髯，或手臂，或身体别的部分。

⑩ “Which ... touch'd conjecture”, Schmidt 解作“那（他们的亲昵）是引起了（touch'd）猜疑的最明显不过的事；”Furness 则谓，“conjecture”为主词；“touch'd”应释为“接触到”，全行解作“那（他们的亲昵）是猜疑所曾接触的最分明不过的事。”译文从后者。

⑪ 古希腊台尔福城（Delphos，或作 Delphi）有阿波罗（Apollo，为太阳、音乐、诗歌、医疗、预言之神，又代表男性美）神庙，它的灵谕在古代驰名遐迩，到四世纪时才为罗马皇 Theodosius 大帝（346?—395）所制息。台尔福位于灵山巴乃塞斯（Parnassus，现名 Kastri）脚下，是希腊中部 Phocis 地区的一个城镇；莎氏在本剧三幕一景开头处把它误以为是个岛，当是与也跟阿波罗有关的 Delos 岛相混了起来。

⑫ Johnson：他在前面已声言过，说有个谋害他生命、篡夺他王位的奸谋，而候妙霓和包列齐倪思与喀米罗是串通一气的。

⑬ Furness：我能为这句话找到的唯一说明是，宝理娜不是真正在监狱里边，而只站在外面门首或进口处，爱米丽亚则请她进去或深入些。假使这说法不错，这剧景应不设置于（如在 Pope 以后的许多版本里那样）“一监狱”里边。把它放在一“监狱门首”，我想要比较好些；狱卒说，“我将去带领爱米丽亚到外面来，”这话听起来不像是他们都在监狱里边。况且，宝理娜的最初一句话，“把牢头禁子叫唤来”，表示她站在监狱外面，叫唤他到入口处来。Capell，大体上有许多校订家从他，把这一剧景放在“监狱之靠外一室”内，这也许可以解释狱卒的话，但不大能说明宝理娜与爱米丽亚的话。译者按，九行前爱米丽亚对宝理娜说，“请夫人且到这房间里头来，”——这显示剧景既不在监狱大门外面，如：Furness 所言，也不在监狱靠外面的一室内，如 Capell 所云，而是在大门里面、二门外面的庭院里。爱米丽亚请宝理娜到院旁休息室内去坐一下，她自己预备去禀明王后；剧景开始时宝理娜命侍从一人进二门去把狱卒叫出来，他出来后请她屏退侍从们，她当即吩咐他们退出了大门。这是禁闭王后的处所，非普通监狱，故环境比较幽静而宽敞，大门与二门之间有接待室，又大门上可以想象还许有传达，不过导演辞里没有提起。在初版对开本上，幕启时根本没有布景说明，只有“宝理娜、一侍从、狱卒、爱米丽亚上”一语。如此说来，Pope 所加剧景说明“监狱”，我想倒是不错的，因为他并没有说是“监房”内（In a prison room），而监狱大门内、二门外仍是在监狱里边或门首，不能说在门外。景首“与侍从数人”的导演辞为 Hanmer 所加。

⑭ Furness：将远远超过他稚弱的年龄的情绪归给曼密留诗，里杭底斯是想把他的残暴对他自己说成是有理的。不能设想这样年幼一个孩子，不论在智力上怎样早熟，竟会懂得什么加给他母亲的真正的耻辱；所有他见到和领略到的只是他父亲的骇人的模样与残忍的凶暴，以及他母亲的悲哀；加在这上头的，是和他母亲完全相隔绝，于是他的童心碎了。

⑮ Collier：系指包列齐倪思；里杭底斯的思想自然会回到他身上，虽未说出他的名字来。Coleridge 在他 1812 年的演讲里，举此作为独白里写法适当的一个可佩的例子，那里心智从一件事跳到另一件事，不论两者之间怎样远，并没有明显的间隙；

这一作用在这里是完全可以理解的，毋须提起包列齐倪思。国王是在自言自语，他的贵人们和侍从们则远远站着。

⑯ Furness：宝理娜刚才称王后是天真的；这“more free”乃指超过了仅仅的“天真”而言。这必然解作“更与她丈夫当作妒忌的根据的玷污毫无关系”。

⑰ “Humour”，Schmidt 训“幻觉、怪想、心血来潮”，Pierce 则解作“体液”（古医学认为人身内有四种体液，即血液、黏液、胆汁与忧郁液，四者配合得比例适宜则身体健康，某一种过多或过少即会招致疾病）。

⑱ 据 Edwards 的解释，“the worst”不是道德上最坏的，而是“最弱的”，或“最不好战的”，所指的乃勇武与战斗的本领。

⑲ 原文“mankind”，Theobald 解作“大胆而男性的”，仿佛她是个男人；Johnson 释为“强暴、凶猛、有恶意的”，特别用来形容有胡须的巫婆；Dyce 在他的《莎氏字汇》里训“男性的、强暴的、泼悍的”，Onions 在《莎氏字典》里训“男性的、母老虎似的”。

⑳ Furness：这是说她替包列齐倪思与候妙霓拉纤，我们从宝理娜的机警干练的驳覆里可见到此点。

㉑ 贵妇巴忒兰（Dame Partlet）为欧洲中世纪讽喻诗 *Roman de Reynard* 里的一个角色，她是只啄老公的母鸡。故事的胚芽出自古希腊伊索与古罗马 Phaedrus 及 Babrius 诸家之寓言。主角是只狐狸，名叫累拿。中世纪时在西欧以此为写作题材的不止一人。十二世纪时即有一拉丁文本；法文、弗兰德（Flanders）文、德文本作于十三世纪；英文本是 Caxton（William C., 1422?—1491，英国第一个印刷家，又为翻译家）的翻译，且为其所自己印刷发行（1481）。乔叟（Geoffrey Chaucer，1340?—1400）所作《康德白里故事诗集》第十二篇《尼姑的教士的故事》（*The Nonne Preestes Tale*）里的“Dame Pertelote”，便是一只帐里训夫的母鸡。

㉒ 黄象征嫉妒。

㉓ Wright 在他的剑桥本里记录的有位佚名者的推测，说安铁冈纳施这句话是句旁白。Furness 谓，他自己也独立地获致这一看法，且自信此说颇为可信；能增加它的力量的是，里杭底斯随即重复他先前的命令，给人一个印象他没有听见安铁冈纳施说话。

㉔ “就这样，这样”当是宝理娜吻别这娃娃公主，“再会了”是向她道别。对里杭底斯和贵人们，她说“我们去了”。

㉕ 对开本原文作“众贵人”，Rowe 校改为“贵人”，Capell 明定为“贵人一”。Furness 云，我们得承认，“众贵人”歌唱队似的齐声合讲这句话稍有点不自然。剑桥本里记录得有位佚名氏的推断，倒极可信以为真。那建议谓，众贵人先齐声说“我们能”，这样便可使他们的异口同声或我们的易信其然的负担不致太重。然后“贵人一”作为代言人，说完了这句子。

㉖ Cowden-Clarke 夫妇：这是值得注意的，这个发言人的性格自始至终（从那段对王后满含骑士的忠诚和对国王满含勇敢的忠诚的话：“关于她，吾主，我敢将我的生命作注子”等，二幕一景；一直到现在这恳挚的谏诤）被描绘得如此富于道德美，若在任何别的剧作家剧本里，它将有个名字与形象，作为一个重要人物；可是，

以莎氏才华之丰富，以及精修就是剧中人物里最从属的脚色的性格之深心，它只在剧本里出现为“贵人一”。

㉗ Halliwell：里杭底斯对安铁冈纳施很粗暴，可以设想他说到这里时揪着他的胡须。

㉘ Halliwell：古时风习是按着剑柄的“十”字或凭耶稣的名字起誓，后者有时镌在剑刃顶上或剑柄圆球上。

㉙ Walker：意即“她是一个异邦人的孩子”。

㉚ Grey：暗指《旧约·列王纪上》十七章二至四节。按，乌鸦又名渡乌。

第三幕

第一景①

［西西利亚一城镇］

［克廖弥尼司与第盎上。

克廖弥尼司 那气候好宜人，空气无比的清新，②
岛上的地土肥沃，那神庙远超过
它所负广大的赞誉。

第　盎 我会要禀报，
因为它吸引我，那些神圣的衣装，——
我想来我应当这样称呼它们，——
以及它们庄严的穿戴者的崇宏
之象。啊，那牺牲的献祭！供奉时
又多么仪礼端庄，肃敬，与超尘
而绝俗！

克廖弥尼司 但驾乎一切之上，宣灵谕
震耳欲聋的巨吼声，如同天神
弘雷之霹雳，那么样震惊我心神，
我感到渺小得如同无物。

第　盎 倘使

这旅程的结局能对于王后有幸，——
啊，但愿它这样！——如旅程对我们
显见得这般神奇、愉快与迅速，
花在这上头的时间就未曾白费。

克廖弥尼司 但愿伟大的阿波罗化一切为祥和！
这些公告把罪名硬加在候妙霓
身上，我可不喜欢。

第　盎 把事情区处得
这么样暴烈，将会使真相见分晓，
或把它定论：当这灵谕（这般
经由阿波罗的长老密封在此），
过天把内容显示出来时，那时节
当会有什么奇妙事忽然暴露。——
［向一侍从］去：换新马！祝愿有欢快的结局！

［同下。

第　二　景

［公堂］

［里杭底斯、贵人数人、公吏数人上。

里杭底斯 这公庭法谳，我们非常伤心地
宣布，简直穿刺到我们心头：
受审的当事者是位君王的女儿，
我们的妻子，最为我们所心爱。
让我们洗去暴虐的名声，既然

我们这般公开地来进行庭审，
这会要循序进行，一直到定罪
或释放。将罪犯提来。

公　吏　吾王御旨命王后亲自来到庭。
肃静！

［候妙霓被解上；宝理娜与伴娘数人随侍。

里杭底斯　宣读起诉状。

公　吏　［读状］“候妙霓，西西利亚王盛德的里杭底斯的王后，你在此被控犯谋反叛逆罪，具体的罪行是与波希米亚王包列齐倪思通奸，以及和喀米罗同谋企图行弑我们的主君王上你的王夫：这罪行的逆谋因被形势泄露了一部分，所以你，候妙霓，背弃了忠贞的臣民的忠义与信誓，怂恿且帮助他们，为安全计，夤夜逃遁。”

候妙霓　我所要申辩的既然不能不反驳
那对我的指控，而我一方的证辞
又只能出自我本人，由我说“无罪”
可说已不中用：我的清纯忠贞
既被当作了欺骗，它定将，我要说，
被认为如此。但这样：倘上界神灵
能望见我们人间的行动，——他们会，——
我毫不怀疑，无辜必将使诬指
脸红，使暴虐见容忍而颤抖。你啊，
王上，很知道，——但显得一无所知，——
我过去的生活多清纯、贞洁、精真，
正如我如今多不幸；这不幸，历史
举不出相似的先例，而现在却被

筹谋戏弄得供哗众取闹之用。
瞧我，往日御床上的俦侣，曾占有
宸座的半边，一位大君主的女儿，
一个前程无限大的王子的娘亲，
站在这里，在任何愿来听的人们
面前，喋喋不休地求生命，争清誉。
因为生命如今对于我不外乎
伤心，我甘愿轻易地将它舍弃：
至于清贞，我把它遗给子女们，
我对它不能含糊。我向你的良心
申诉，王上：在包列齐倪思来到你
宫中以前，我怎样得你的眷顾，
如何受之而无愧；自从他来后，
我有过什么样言谈举措，逸出了
礼让所允许的寻常交接的限度，
以致理应被当众指控为罪犯；③
倘使我丝毫超越了清贞的制限，
在行动，或在意向上倾向到那边，
让所有耳闻者的心对我变铁石，
让我的亲人们在我墓上叱“可鄙”！

里杭底斯 我从未听说过任何无耻的恶徒
脸皮有那么厚，会用成倍的无耻
去否认当初所犯的罪行。④

候妙霓 你这话
很不错；但跟我，王上，却毫不相关。

里杭底斯 你不肯承认。

候妙霓　　　　说我曾经违犯过
超越了被认是我的过失⑤的非行，
我决不承认。关于包列齐倪思，——
我和他一同被控，我承认我爱他
以这样一种爱，它符合我这身份，
也符合他所需的尊敬；这样的爱，
只此而无他，正是你自己所命令，
不奉命，我想，在我当会是对你
和对你的朋友，等于抗命和负义，
他对你的爱，从他能说话就开始，
自婴孩时起，已对你充分表白过。
至于，你说到阴谋叛逆，我不知
那是什么样味道，虽然它如今
盛在盘盂中要我尝滋味：对这事，
尽我所知的来说，喀米罗是个
诚实人；为什么他要离去你朝廷，
天神们，知道得不比我多，也未知。

里杭底斯　你知道他离去，正如你也知道
他不在此间时节，你预备做什么。

候妙霓　王上，
你说的语言我不懂：我这生命
是在你幻想的射程之内，我将它
放弃。

里杭底斯　　你自己的行动是我的幻想：
你跟包列齐倪思生了个野女儿，
而我不过在梦中见到她。你既然

浑不知羞耻，——你们有这般行径的
都如此，——所以你浑不知说句真话：
否认实事更为你所关心，但对你
没好处；正像你那野女儿给丢掉，
如她命运所应得，没父亲去认她，——
这件事，当真，是你，不是她，犯着罪，——
所以你定将身受我们的法律
裁制，在它那最宽和的进程之内，
不必去指望比死较轻微的惩罚。

候妙霓 王上，你这些恐吓，省了吧：你这
用来吓唬我的东西，我正要找它。
对于我，生命已没有一点安乐：
我此生欢乐之极致，你的爱宠，
我认为已丧失；我觉得它已消逝，
是怎样去的，则不知。我第二件乐事，
是我头生的孩子，我被禁跟他
相见，像是有恶疠。我第三件乐事，
她命运最蹩躠，她无比天真的嘴里
还含着天真的奶汁，从我这胸头
给拉走，且横遭凶杀：至于我自己，
在每根布告桩柱上被宣布为娼妓：
属于各色妇女的分娩后的权利，
因遭逢过度的痛恨而被剥夺：
最后，在我体力能恢复前，露天下，
被仓皇赶到此间来。现在，主君，
请告我，我活在人间有什么幸福，

会害怕去死？所以，请进行就是。
但还请听这个；莫误会我的意思；
不是生命，我重视它不及一根草：——
但为我的荣誉，那个，我要它无罪；
假使我将被判罪，只根据猜疑，
所有的证据都睡去，只有你的嫉妒
所催醒的为凭，我告诉你说，这是
淫威，并不是法律。列位贵人们，
我向神谕提申诉：阿波罗大神
为我宣判！

贵人一　　这请求完全合情理：
因此上，以阿波罗之名，宣布神谕。

［公吏数人下。

候妙霓　　俄罗斯大皇帝是我的父亲：啊！
但愿他还活在人间，到此来看他
女儿受审讯；但愿他只要能见到
我这极度的悲惨；而且以怜悯，
不要以报复的心情和眼光来看！

［公吏数人引克廖弥尼司与第盎上。

公　吏　　你们两人将按着这公审的法剑
宣誓，说你们，克廖弥尼司与第盎，
都曾到过台尔福，从那里带回来
这通密缄的灵谕，伟大的阿波罗
座前的祭司所亲手授与，而且
你们不曾敢开启这神封，没读过
内中的秘密。

克廖弥尼司
第　盎　　对于这一切我们都

宣誓。

里杭底斯　　打开了封缄，宣读。

公　吏　［宣读］“候妙霓贞洁；包列齐倪思无辜；喀米罗是个忠实的臣民；里杭底斯是个嫉妒的暴君；他纯洁的婴儿是他的亲生；国王将没有胤嗣，倘若失掉的没有去寻得。”

众贵人　伟大的阿波罗，我们赞颂他光荣！

候妙霓　赞颂！

里杭底斯　　你当真读了灵谕吗？

公　吏　　　　　当真，

吾王；读的正是在这里写下的。

里杭底斯　这灵谕所讲并非真话：这庭审
将继续进行：这完全是一派胡言。

［仆从上。

仆　从　君王吾主，禀王上！

里杭底斯　　　　有什么事情？

仆　从　啊，王上！我禀报这消息将遭到
痛恨：您的王储小殿下，只为了
思念母后的命运，为了她担惊，
是去了。

里杭底斯　　怎样？去了？

仆　从　　　　　是死了。

里杭底斯　　　　　　阿波罗
在发怒；天神们对我的不公在行施
打击。　　　　　　［候妙霓昏厥。

什么事，那边？

宝理娜　　　　　　这消息对王后

夺了她的命：——望下边；瞧吧，死神

多凶残。

里杭底斯　　　　抬她走：她的心只是承载

过了度；她还会苏醒：我太相信了

我自己的猜疑：请你对她温和地

施用些救生的药剂。——

［宝理娜与伴娘数人舁候妙霓下。

阿波罗，要请

原谅我对你灵谕的莫大亵渎！

我要跟包列齐倪思言归于好，

向我的王后重复求情，召回那

良善的喀米罗，我此刻正式宣称，

他是个忠真仁爱的好人；由于

被我疯狂的嫉妒所疾卷而去，

一心想流血报复，我选中喀米罗

作我的爪牙，要毒死包列齐倪思：

这事若非喀米罗的好心延缓了

我急疾的命令，早已经大错铸成；

虽然他做与不做，我用死、用酬报

威胁利诱他：可是他，仁善异常

而又富于光荣感，对我的宾王

显露出我的权谋策略，捐弃了

他在此间的、你知道很大的财产，

宁使他自己肯定冒一切的风险，

只除荣誉外别无财富：便这般，
他如何透过我的黄锈，闪耀青光！
而他的美德，怎样使我的行径
显得更黯黑！

［宝理娜上。

宝理娜 惨痛，唉哟，恶时辰！
啊，拉断这衣绳，⑥否则啊，我的心，
迸断它，会把它自己一同迸破！

贵人一 这是什么激情在爆发，好夫人？

宝理娜 你有什么计谋好的酷刑啊，凶王，
来镇我？什么荆轮？脱肢架？火焚？
什么剥皮与抽筋？油镬里煎熬，
流铅中沸滚？我得受什么旧有
或翻新的荼毒，如今我这每句话
都该挨受你的惨虐？你的凶暴，
跟你那忌妒配合着相成而作恶，
这忌妒，嗳呀，这些幻想，太愚蠢，
男孩子决不会有，太幼稚荒谬，
满九岁的女孩也不可能有，啊！
去想吧，它们闯下了什么祸根，
然后去发疯，去暴乱癫狂去吧；
因为你过去所干的傻事，相形下，
都不过是些须微末。你图谋坑害
包列齐倪思，那不算什么，仅仅
显示出你是个傻瓜，⑦喜怒无常，
把敌友恩仇来个大混账；你企图

毒害喀米罗的清操美誉，[8] 要他
去杀死一位君王，也不算了不起；
这些罪辜都还是不足道，远较
骇人的却还有：其中我把你抛弃
女儿孩婴给老鸦去喂养，还当作
不算一回事；虽然纵令是魔鬼，
下得这样的辣手前，燃烧的眼睛
也会先流泪：[9] 年轻的王子的死，
这件事也不能要你直接去负责，
他那可敬的思想，——年纪恁稚幼，
思想恁高超，——坼裂了那颗童心，
当它想到了鄙野愚蠢的严亲
竟会污辱他尊仰的慈母：这不要，
不，叫你来认账：但是那最后的，——
啊，大人们！等我说过后，你们
都得叫“惨痛”！——王后，王后，最可爱
最可亲的人儿已经死，而上天的报应
还未曾降落。

贵人一　　　　上界的神灵们不让！

宝理娜　我说她已死；我发誓：如果说话
咒誓都没用，你们自己可去看：
若是你们能使她的嘴唇回红，
或眼睛再亮，身上有暖意，或内里
有气息，我将侍奉你们好似我
侍奉上界的天神们。可是你，啊，
你这暴君！你莫为这些事悔恨，

因为它们太沉重，你所有的悲痛
休想动弹得它们分毫；因此上，
只能预备去绝望，只此而无他。
一千次长跪，一万个年头，无休
无止，赤着身，饿着斋，在光石山头，
永远是隆冬，风雪横飞没尽期，
也不能促使天神们怜悯，使他们
移动目光向你望。

里杭底斯 说下去，说吧；
不可能说得太多：我应受一切人
最苛刻的谴责。

贵人一 不要再说了：不管
事情怎么样，你出言过于放肆，
对君王有违犯。

宝理娜 我为此感到抱歉：
我所犯一切过误，当知道它们时，
我都懊悔。唉呀！我过于呈露出
一个女人的鲁莽：他高贵的心情
感动了。过去的事情没法补救的，
应当不再去悲伤：别生受痛苦，
我请求；我恳愿您对我加以责罚，
是我提醒了您理应忘记的事情。
如今，我的好主君，君王我主啊，
请您宽恕一个傻女子：我对您
王后的心爱，——瞧，我又在发傻了！——
我将不再讲起她，和您的孩子们；

我将不叫您记起我自己的夫君，
他也已完了：保持您心地的平静，
我将不再说什么。

里杭底斯 你说得却很对，
尽是些真话，我听来要比你可怜我
有劲得好多。请你和我到我王后
和儿子的尸体那里：他们将葬在
同一个墓中：墓上将竖起碑铭，
把他们的死因敷陈，我的耻辱
将永志不渝。他们长眠的小教堂
我一天去瞻望一次，我在那厢
流的泪将会恢复我心神的健康：
只要我身体能支持这个礼拜，
我起誓我每天习常要去。来吧，
领我去茹悲饮痛。 ［同下。

第 三 景⑩

［波希米亚。⑪ 近海之荒野］

［安铁冈纳施抱婴孩。与一水手上。

安铁冈纳施 那么，你完全有把握，我们的船
是挨着波希米亚的荒野靠的岸？

水　手 是啊，老爷；还担心俺们的拢岸
时候不大好：天公颜色多吓人，
马上要有大风暴。凭俺良心讲，

老天爷对俺们手上的娃儿在生气，
跟俺们在皱眉。

安铁冈纳施 愿天意能得完成！
你去，回船上；小心着你的船儿：
我不久就回来跟你打话。

水　手 请尽快，
不要往里边走得过远了：这天气
像是要有大风暴；而且，这地方
闻名有待在它地头的毒虫野兽。

安铁冈纳施 你去：我马上跟着来。

水　手 我衷心乐意
这样了结这件事。 ［下。

安铁冈纳施 可怜的娃儿，
来吧：我听说，但不信，死人的鬼魂
会到世上来：若是真的话，你妈
昨夜对我显了灵，因为从没有
做梦像这般跟醒时一模一样。
朝我来了个人儿，她有时把头
侧向这一边，有时侧向那一边；
我从未见那个泪人儿这么悲哀，
这么样热泪盈眶，泣涕涟涟痛：[12]
她一身缟素的长袍，好清真圣洁，
行近我躺着的船舱，向我三鞠躬，
喘息着正要开言，她两眼变成
一双水龙头：那火性过后，她立即
这样开言："亲爱的安铁冈纳施，

既然命运，违反着你的好情性，
根据你发的誓，叫你做了扔掉
我可怜的娃儿的人，在波希米亚
有的是遥远的地方，那里你可以
前去，⑬ 把这哭着的孩子丢下来；
并且，因为这娃儿是当作永远
没有的了，我请你叫它裒笛达：
为了这件不仁的勾当，我夫君
加在你身上，你将永远不再见
你的妻子宝理娜。”她说到这里，
几声尖锐的绝叫，蓦地不见了。
惊骇得厉害，我渐渐恢复了平静，
心想果真有这事，并不是梦寐。
梦境是虚幻事；可是这一遭，是啊，
我要迷信一下子，作这般想法。
我信候妙霓已经丧生；而按照
阿波罗的神意，这姑娘确是国王
包列齐倪思所生，她应当被抛在
这地方，随她去活或去死，在她
生身父亲的土地上。小花朵，祝你
幸运！　　　　　　　　　　　　［置婴孩于地。
　　　躺在那里；那是你的身份：⑭
那里是这些；　　　　　　　　　［置包裹于地。
　　　　　　你运气好的话，这些
可能帮着叫有人哺养你，小宝贝，
而还是归你所有。风暴打来了：

可怜的小东西！为了你妈的过错，
你要这般身受到抛弃，和所有
跟着来的一切后果。哭泣我不能，
可是我的心在殷殷作痛，我又且
痛苦到极点，起了誓不能不做
这件事。再会！天色越来越黝暗：
你许会有支太粗暴的催眠曲子。
我从未见过白天这么暗。野兽
在号叫！但愿我安全回到船上！
是只给赶打的野兽：⑮ 我这可完了。

[下，被一大熊所追逐。

[牧羊人上。

牧羊人 我但愿十岁⑯ 跟二十三岁中间没什么年岁，或者年轻人把那段时光一觉睡掉；因为在那些年头干不出什么事情来，只除了叫女人生小孩，跟老年人过不去，偷东西，打架。此刻你且听！这样的天气除了十九、二十二岁热昏了头的家伙以外，还有谁打猎？他们把我两头最好的羊吓跑了；我恐怕狼倒要比主人先找到它们；我若在哪里找得到它们的话，准是在海边，在吃常春藤。好运道，假使天意要如此！这是什么？天可怜见，是个娃娃；好漂亮一个娃娃！⑰ 是个小子还是个姑娘，我倒奇怪？美，美得很；准是什么罪过：我虽然没有学问，可瞧得出是贵户人家的伴娘犯的罪过。这是什么楼梯上的活儿，什么箱子上的活儿，什么门背后的活儿；他们生她出来的可比这可怜东西在这儿要暖和呢。可怜她，我要把她抱起来；可是我且待一下，⑱ 等我儿子来；刚才只一会儿，他还在叫应我呢。喂哟，喂，哟嗨！

[小丑上。

小　丑　嗨哟，嗨！

牧羊人　什么？你来得恁近了？你若是想看件东西，好给你去唠叨个没完，直讲到你死掉，烂掉，到这儿来。有什么难受，人儿？

小　丑　在海边，在岸上，我看见了两桩这样的怪事！可是我不说这是海，因为那是天：在天跟那东西之间，你插不下一个钻子尖。

牧羊人　哎也，孩子，怎么回事？

小　丑　但愿你只要看到它怎样发怒，它怎样狂暴，它怎样冲打岸滩边！但那可不是我的话头。啊！那些可怜的人儿叫得多惨；一会儿看到他们，一会儿不见；这下子那船儿把它的主桅戳穿月亮，跟着就叫泡沫飞白吞了下去，仿佛你把个软木瓶塞扔进只大酒桶里似的。再来说岸上的营生：⑲眼看着那只大熊怎样把他的肩膀骨拉出来；他怎样对我叫救命，又说他名叫安铁冈纳施，是个贵人。可是，来讲完那条船怎么样：眼看着海水怎样吞了它下去：可是，首先那些可怜的人儿怎样呼号着，而海浪嘲笑他们；还有那可怜的贵人怎样呼号着，而那头大熊嘲笑他，他们两下子吼叫得比海浪、比风暴还响。

牧羊人　天可怜见！这是什么时候，孩子？

小　丑　现在，现在；我看到这些景象以后还没霎过眼呢：那些个人儿在水底下还没冷，那大熊也还没把那贵人吃上半顿饭：它现在还在吃。

牧羊人　　但愿我在近边，好救那老人家[20]一命！

小　丑　　我但愿你在那条船儿近边，才好救它：那里你的善心可没地方立脚。

牧羊人　　惨事！惨事！但你瞧这里，孩子。如今要恭喜你自己：你碰见的是死去的东西，我碰见的是新生的东西。这儿给你看件好东西；你瞧，一个乡绅人家的孩子穿的抱衣！[21]你瞧这里：抱起来，抱起来，孩子；把它打开。就这样，我们来看：人家告诉过我，我要靠神仙们发财：这是什么仙家的掉包娃儿。[22]——把它打开。里面是什么东西，孩子？

小　丑　　你是个发了财的老头儿：你年轻时节的罪辜若是叫饶恕了你的话，你是会有好日子过了。黄金！全是黄金！

牧羊人　　这是仙家赏的黄金，孩儿，事情将会见得当真如此：抱起来，小心守护着它：回家，回家，走下一条路。我们运气好，孩子；要永远这么着，用不到别的，只要保守秘密就是了。我的羊儿，让它们去吧。来，好孩子，打下一条路回家去。

小　丑　　你带着找到的东西走下一条路去。我要去看那大熊可离开了那贵人没有，它吃掉了多少：它们从不伤人，除非饿狠了。若是他还有给吃剩的部分，我去埋了他。

牧羊人　　那是件好事。你若见到有什么他给吃残的部分还认得出他来，领我去认认他的模样。

小　丑　　凭圣处女，我准会；你定得帮着把他埋进地里去。

牧羊人　　这日子运道好，孩儿，我们今儿要做点好事。

［同下。

第三幕　注释

① Theobald 认为这一景应为第二幕第四景。在二幕三景一九五行，他说，我们得知克廖弥尼司与第盎已从台尔福回来，但在本景廿一行，他们还没有回到宫里，而正在要新鲜驿马去赶最后一程路；可是下一景一开始，审判王后的公庭就已经开设，它的定谳要等神谕的回答。这就把剧中的动作赶得太仓猝了；而此外，为安放长椅以及布置其他形式（那是表演一个公庭所不可缺少的），一个幕间的间隔是绝对需要的。Halliwell 则以为，这一景显然发生于台尔福，在克廖弥尼司与第盎到了神坛之后不久，至于提到行程的可喜的结果，那是在讲完成他们使命的目的，不一定包括回到西西利亚。可以假定神庙离海边有一段路，而他们需要新鲜的马匹，不是为在西西利亚的最后行程用，而是为迅速赶回船里去。克廖弥尼司开头的话似乎确凿地表示，这剧景是在神庙相近处。

② 原文“sweet”，Schmidt 在《莎氏用字全典》上解作“柔和（对于触觉）”，殊不可解。《麦克白斯》一幕六景第二行用“sweetly”如下：

“the air
Nimbly and sweetly recommends itself
Unto our gentle senses.”
活跃而清新的空气爽人心脾，
使我们感觉得舒畅。

这里的“sweet”跟那里的“sweetly”用意完全相同，故宜译为“清新”或“新鲜”。

③ 原文此句过简（疑有脱漏）而晦，译文从 Halliwell 与 Dyce 所解。

④ 原文这一句，据 Johnson 说将“wanted”代以“had”，“less”代以“more”，以符合近代英语的习惯后，可直译为：“我从未听说过任何这些更无耻的罪恶有更厚的脸皮去否认它们的行径，而不去先做。”但这样，不论在现代英语里或在译文里，仍不够显豁。问题在于太抽象：所谓“罪恶”，实际系指犯罪者——这样以抽象的概念代表具体的实事，在莎氏作品里极为普遍。译文据此原意稍作改动，以求紧炼明净。

⑤ Pierce：此过失系指“我对包列齐倪思的天真无邪的好客待遇”。

⑥ 原文“lace”，Schmidt 解作“缏绳”，Onions 训“妇女缚扎紧身上衣的细绳”。译者按，宝理娜讲这两行时，应作剧烈挣扎紧身衫上的绳子的姿势，并作苦痛的表情，故贵人一问她，“这是什么激情在爆发，好夫人？”

⑦ 原文“of a Foole”，Theobald 认为不妥，应稍作校改，易“foole”为“soul”。若从他这一说法，本行当作“显示出你是个喜怒无常的人”。他的理由是，虽然宝理娜或许会指摘国王过去的有些动作与行为是愚行，但干脆叫他傻瓜肯定是太鄙野粗鲁了。而由她去非难他的品行，责备他的心地脾气，要远较粗鲁地当面叫他白痴为较可原谅。Johnson 则谓：可怜的 Theobald 先生礼数周全的评语不能被认为值得去多加注意。Halliwell 云，这只是句法习惯问题，当时“of a fool”简单作“愚蠢的”解。Dyce 相信 Theobald 的改动是错误的。Coleridge：我信“fool”是莎氏的手笔。第一，我的耳朵感觉到这是莎氏风格的本色；第二，文法结构上的旋绕

是莎氏的真面目；——"显示你，本来已是个傻瓜，叫喜怒无常更增加了你的傻气"；第三，那改动呆板乏味，毫无莎氏气质可言。至于这辱骂的鄙野——没有几行以后她又叫他"鄙野而愚蠢"。

⑧ Malone 问道：宝理娜怎么会知道这事？没有人指责过国王这一罪恶，只除了他自己，而当时宝理娜并未在场。Halliwell 答道：我们必须假定她得知此事是在喀米罗和包列齐倪思一同离开宫中前告诉她的。喀米罗是与宝理娜相识的，这一点在第五幕里有暗示。

⑨ Steevens：一个魔鬼做这样件行动前，也会对被打入地狱的鬼魂们洒怜悯之泪。Cowden-Clarke：从燃烧的眼睛里掉眼泪。

⑩ Hudson：须要注意，这剧本可以分成两部分，它们被一轴可喜的艺术上的机杼巧妙地交织成为一体。第三幕最后一景不仅结束了前面三幕里的动作，而是经由一个适切不勉强的推移，开始了后面的两幕；这戏剧的两个部分，经过这样在前一部分之终与后一部分之始介绍了老牧羊人和他的儿子，便被顺溜地结合到一个绵延不断的整体的统一里来。这个自然的安排免了我们的想象被什么偾张的或突兀的时间上的大缺口所扰乱，尽管那两部分之间介有好多年时间。

⑪ Hanmer 认为"波希米亚"是个不可原谅的错误，是莎士比亚不可能闹的笑话；在他的校刊本里，所有的"Bohemia"一律被更改为"Bithynia"（别昔尼亚）。他的理由是，莎氏从葛林的小说里取来的人物都已改过了名字，"波希米亚"当已改为"别昔尼亚"，但为无知的手民恢复了原来的错误面目。Furness 谓，这一假定与事实不符。班·庄孙（Ben Jonson，1573?—1637，戏剧家，莎氏友人）有一次到苏格兰，在威廉·倔勒孟（William Drummond of Hawthornclen，1585—1649，诗人）家里作客三星期，后者记录得有他的谈话。这记录在莎士比亚学会有重印本，关于波希米亚，班·庄孙的话有云，"莎士比亚在一个剧本里表演得有些个人自己说曾在波希米亚遭到破舟，那里在一百英里之内可没有海。"这谈话发生于 1619 年，而据我们所知，《冬日故事》在 1623 年之前没有出版过。所以庄孙所说当不是见之于书本上的；他一定听到在舞台上有人说起"波希米亚的海边"，或者（这也是可能的，但不见得），他读到过稿本。学者诗人们 Capell，Farmer，Tieck（德文名译本译者，诗人）与 Collier 多方设法为莎氏辩解掩饰，这里不一一介绍。Furness 又引 1811 年一月号《每日杂志》所载佚名氏的短志，说中世纪时"……一个大帝国的附庸往往从政府所在地得名；所以一条开往阿基利亚（Aquileia）或屈利埃司忒（Trieste）的船，在十三世纪中叶，可以被说成是开往波希米亚的，没有舛错。《冬日故事》里的破船，在地理上没有破绽。" von Lippmann 又引一例证，说十五世纪时有人把"Apulia"称为波希米亚，所以可以断定，距葛林与莎士比亚不久前，意大利东南海岸被叫作波希米亚。

⑫ "So becomming"（这么合适），Collier（从他所用的一本二版对开本，上有一佚名氏的注解与校改）校改为"So o'er-runping"（这么流泪泛溢）。在这样的形景下还要欣赏眉目之美，太不近情理；正如 Furness 所言，在两三行后安铁冈纳施即说起这幻象的没抑制的痛哭，说她两眼变成一双水龙头。

⑬ Collier 本（从佚名氏之校改）作"There wend"（到那里去），译文从它。对开本作

"There weep"，可译为"那里你自己流着泪"；但安铁冈纳施丢下孩子时是否流着眼泪要候妙霓来预先吩咐，似极勉强。

⑭ Staunton：有些隐语与"哀笛达"这名字，凭它们这孩子将来也许可被认识。

⑮ "A savage clamour！"可译为"有野兽在嗥叫！"，但猎捕野兽时，野兽多半不会嗥叫，只会飞奔逃走，会嗥叫的是猎狗与猎人。Johnson：叫声是狗的吠声与猎人的叫声；他随即看见一只熊窜上来，便叫道，"这是在打猎"，或者，是只被赶打的野兽。

⑯ "十岁"，Hanmer未加说明改为"十三岁"；Capell从他，并解释道，"因为要捣所埋怨的有些乱子，十岁似乎太早"。剑桥本编者Clark与Wright谓：假使［付印的原稿或抄本］是用阿拉伯数字写的，"16"要比Capell所建议的"13"更可能被误为"10"。此外，十六岁要显得比十三岁更符合上下文的意思。Guildemeister建议"19"，因为老牧人在不多几行以后自己说起十九岁。Deighton不赞成改动，说十岁代表极度稚幼顽皮，十六岁就不然了。

⑰ Furness：除Capell与White外，从Rowe到Dyce的每一位校刊者在这两行以后都实质上加上这样的导演辞："抱起小孩"，没有注意到六、七行后牧羊人说，他要等他儿子来了才抱她起来；可能，孩子被真正从地上抱起来是在老牧人叫他儿子抱她起来时（四六、四七行后）。很不见得老牧人听他儿子讲那破船的经过时，会抱着小孩站着。

⑱ Furness：这可以解作，当然，"我要抱起这娃娃，等我的儿子来"，但也可以解作"我要把她抱起来，——可是，不，——我要等我的儿子来"。见上注。

⑲ 原文"land-service"（陆上服役）意即"military service"（陆军兵役），和他刚说过的"naval service"（海军兵役），即舟破人亡，成对照，是句开玩笑的话。

⑳ 牧羊人称安铁冈纳施是个老人，引起了学者们好些争论。White：莎士比亚知道安铁冈纳施是个老人，但牧羊人并不知道。这是莎氏戏剧里作者自我突出之唯一类型的标本。Dyce：这是我们的作者的一个疏忽。

㉑ Percy：抱婴孩到教堂受洗时用来罩在孩子身上的一件比较讲究的小衣裳或一块布。

㉒ 据民间传说，神仙们会把个丑孩子来掉换人家刚生下来的美孩子。Furness：这里这个"掉包娃儿"是个被偷走的傻娃儿。

插景

[“时间”老人，作为歌舞者，[①]上。

“时间”老人 我叫有些人高兴，把大家来考验，
好人和坏人见了我都会开欢颜，
又会生恐惧，错误由我生，又可以
由我来暴露，如今我用我的名义，
展翅作长飞。莫以为我疾疾飞翔，
一溜就过了十六年，不让那漫长
岁月里的生发滋长引起人注意，
是一桩罪过；因为我有的是权力
去推翻规律，[②]又能在同一小时中
将习俗[③]树立了起来又摧毁一空。
让我跟往常一样，那时候还没有
最古老的秩序，也无近今的时猷：
我曾亲见到它们被采纳；且将要
看到目前最新鲜的事情有朝
一日从此刻的光辉变成为腐臭，
正如这故事和它相形下已陈旧。
在诸君宽许之下，我来把沙钟
倒过来，使我搬演的戏文里遭逢

列位睡眠时所发生的事故。暂且把
里杭底斯——愚蠢的妒忌使他
伤心得幽居而独处——在旁抛一抛，
想象我，亲爱的观众，此刻已经到
明媚的波希米亚来；并且请记住，
我说有位叫弗洛律采尔的王储；
我还要急急说起裒笛达，她如今
已长得窈窕淑美，一见使人惊：
她将怎么样我不想在这里预言；
等我有消息到来时再来搬演。
一个牧羊人的女儿，和跟她身份
相适合的一些后事，是我的话因。
请诸君准我把情节来这般推移，
若你们曾看过比这还要坏的戏；
若不曾看过，我“时间”得对列位说，
我切愿你们眼福再不会这么薄。 ［下。

插景 注释

① Hudson 在此关键处瞻顾前后，概论全剧云：在前三幕里，剧本的兴趣主要是悲剧性的；剧景里挤满着事件；动作急促，突兀，几乎是阵发性的；风格迫切而劲厉，以简短、有筋力的笔触一点复一点地闪耀而出；一切都只是迅疾与火速；由于国王疯癫的愤怒，王后庄严的惨怛，廷臣们一心回护她的热诚，以及国王对他们、对她的强暴，人们心神为之忐忑不安；这一切，若继续到剧终，更会在思念里产生一阵动乱和骚扰，却不会引起这剧本的题目所允予人的内心音乐；且不说这延展的行动急促会最后变成单调与累人。剧本的后半部完全相反。这里，对于一个漫长、舒徐的冬日黄昏颇为适切的预期可以完全得到满足；整个效果是抚慰而使人平静的；那调子，蘸在甜蜜里，轻轻地落在耳上，使人心神宁谧而谛听而冥想；这便使这剧本，如考勒律其所描写它的那样，“绝妙地应和这题名。”看来，当真，在这些个剧景里，诗人特别努力于产生多么静谧的效果，而不致脱离戏剧的形式。为这一目的，他为思念供应了安休之点；用音乐性的淹留与抒情乐章的段落，停

止或延滞了剧情动作，且嘘息进诗的和谐的最醇熟的旋律，直等到眼睛“被美的魔力所安稳定”，而心神里的一切动乱都被情绪浓烈本身所化为静穆。

② 在古希腊戏剧里，“χορ'οs”（chorus）为一队载歌载舞的歌舞者或其唱词，歌唱与舞蹈时排列成环形，身份与剧中人不同，持“命运”或“时间”之口吻，词意多半超然于戏剧故事之外而为针对剧情之叙述、评论或感慨。在后世欧洲戏剧里，“chorus”为类似之歌舞队或担负此种职能之单人。Heath：我相信，从用字遣词之枯燥乏味与情思的贫困来看，这歌舞者的台辞是伶人们的添插，非出于莎氏手笔。White亦谓：在“时间”作为歌舞者的台辞与本剧韵文的其他部分之间，风格上几乎不可能有更大的差距。前者直接，简单，采用最普通的词语并应用它们最普通的涵义，但萎靡无力而枯窘乏趣，韵文节奏极勉强而拙劣；后者则缭绕繁复，用插句颇多，有它独特的词汇，但情思与表现都华美富丽，且完全不被韵文形式所拘束。这歌舞者的台辞我信非出于莎氏本人之手。它和他一生任何时期的作品并无相似之处。接着，White又把这歌舞者的台辞跟《暴风雨》里的“终场辞”及《亨利八世》里的“开场辞”相比，说任何对韵文节奏有敏感的人都会觉得它们出于同一人之手，而那可不是莎氏自己。以前的校订者们猜想《亨利八世》的“开场辞”为班·庄孙所作，但从不断的跨行所产生的拙笨与支离灭裂的节奏看来，几乎可以说它们都是察普曼（George Chapman，1559?—1634，诗人）一手所写。Hudson亦认为风格与韵律两俱拙劣，不像出自莎氏之笔。译者对以上数说完全有同感，不懂为什么Capell与Stapfer二人独持异议。作为对一般观众的一个解释，用以从前三幕过渡到后两幕里去，跨过其间相距的一跳十六年，本景虽似乎不一定要删掉，但是它含义凡庸，情思枯涩，文辞拙劣，音节鄙陋，实一无可取，恐班·庄孙与察普曼也不会写得这样低能。在有些版本里，第四幕从这一景开始。在这里，本景不作为第四幕第一景，而作为附在第三幕后面的三幕与四幕之间的一个插段或短戏（interlude）。

③ Johnson解“法律……习俗”云：“时间”的推论不大清楚；他似乎在说，他已经破坏过许多规律，如今可以再破坏一条；他什么东西都介绍过，如今不妨介绍哀笛达在她十六岁的那年；他并且请求他能跟往常一样，那时候还没有任何秩序或事物之承续，不论是古代的还是近世的，去区分他的时间段落。

第四幕

第一景

［波希米亚。包列齐倪思宫中一室］

［包列齐倪思与喀米罗上。

包列齐倪思 我请你，好喀米罗，莫再执意要求了：任何事不答应你，都使我难受；答应你吧，简直是要命。

喀米罗 我离开宗邦到现在已十六年[①]了：虽然我大部分时间在外邦生活，但我愿意把骨头埋在家乡。而况那后悔的君王，我的故主，还在找我回去；我也许能把他由衷的悲伤减少些许，这是激发我离开的另一个原因，除非我把自己估计得太高。

包列齐倪思 既然你爱我，喀米罗，现在离开我就是抹掉你以往对我的所有的勤劳。你自己对我这么好，已经使我少你不得：与其要这样失掉你，倒不如当初不曾有你。你替我办了旁人不经你协助所不能充分办妥的事，你便得待下来亲自把它们推行出去，若不然你就得把已经做下的勤劳也一起带走；你这些辛勤若是我过去酬谢得不够，——事实上我是不可能酬谢得充分的，——我将会想方设法如何来对你表示更多的谢意，而这么做对我自己也有好处，友谊会产生友谊。② 关于那个凶煞之邦西西利亚，请你莫再提起了，说到它我就会受刑罚似的回忆起那个如你所称呼的、已悔悟并跟我们重新和好了的王兄；他丧失他那最宝贵的王后和儿女，一提起就会叫我们伤心。告诉我，你什么时候见的储君吾儿弗洛律采尔？君王们看见儿女不肖，或德行高超而又失掉他们，同样地不幸。

喀米罗 王上，我见到王储还在三天以前。他高兴去做什么事，我不知道；可是我想念着他而注意到，他近来不常在宫里，而且不像以前那样经常练习符合他储君身份的功夫。

包列齐倪思 我也注意到这些，喀米罗，而且用了心；以至叫手下人看顾着，他为何如此形影萧疏；我得来的消息是，他踪迹不离一个极简朴的牧羊人家里；那个人，他们说，本来一无所有，而且出于他的邻居们意料之外，近来可变得暴富起来了。

喀米罗 我听到过这样个人，王上，他有个了不起的女儿：她的声名传扬得那么四远皆知，人们都想不到会出自这样个茅舍人家。

包列齐倪思 那也是我收到的消息里的一点；可是，我担心，把我们的儿子钓去的是那只鱼钩。你要陪伴我们到那地方去；那里，我们将不露我们的形相，跟那牧羊人谈些话；从他的愚蠢里，我想来要得知我儿子为何时常去，不会有困难。请你和我一同去做这件事，把西西利亚的念头放过一边吧。

喀米罗 我愿意遵从尊命。

包列齐倪思 我顶好的喀米罗！——我们得化了装去。

［同下。

第二景

［牧羊人茅舍附近一行道］

［奥托力革厮③歌唱着上。

奥托力革厮 “水仙花的朵儿开始在显眼，

还有那，嗨！浪姑娘在溪谷里，

哎也，这年头的甜头露了脸；

红血关身，叫寒天的白血避。④

“漂白的床单儿晾在篱笆上，

还有那，嗨！小鸟儿唱得多美！

把俺的虎牙儿⑤惹得活痒痒；

一夸脱老麦酒给国王喝都配。⑥

“听那百灵鸟，得儿儿地尽啭，

还有那，嗨！画眉儿和樫⑦鸟，

夏天唱给浪姑姑听，还有俺，

当俺们躺在草堆里相搂抱。”

俺侍候过王太子弗洛律采尔，有个时候穿过三毳天鹅绒；⑧可是现在俺已经不再侍候他了。

“好人儿，俺可要为那事伤心？

白苍苍的月亮夜里照得亮；

当俺到处晃，东找找来西寻寻，
　　那时节路走得对头，快进港。

“补锅匠若能到处跑，找活计，
　　背扛着那只猪皮的大口袋，
那俺尽可以讲讲俺的手艺，
　　便戴上脚枷公开说也不碍。”

俺的买卖是床单；鹞鹰做窠时，小心你们的小件衣衫。俺老子叫俺奥托力革厮这名儿；他跟俺一样，是在妙手空空儿老祖师牟陶莱的星宿照耀下生下来的，也是个攫取人家不留神的小东西的好手。托赖骰子和窑姐儿，俺弄到了这身漂亮衣服；俺的经常收入是小偷小摸。害怕上绞架，挨拳打脚踢，俺吃不消大路上的买卖：挨揍，挨绞索，俺骇怕：身后怎么样，俺睡觉把它睡掉，不去想它。中了彩！中了彩！

［小丑上。

小　丑　我来看：每十一头阉公羊好剪二十八磅毛；每捆值一镑几个先令：一千五百头剪下来，那羊毛一共值多少？

奥托力革厮　［旁白］若是机关灵的话，这只山鹬是俺的了。

小　丑　我没有筹码计算不出来。我来看；为我们的剪毛宴我要买些什么？“三磅白糖；五磅没籽葡萄干；稻米”，我这妹子要稻米来做什么？可是我的爸叫她当了这酒筵的女主人，她倒做得挺不坏。她替我扎了二十四把花束给剪毛工，他们都是唱三折曲的，而且唱得很好；可是他们大多数都是唱中音和低音的：他们里边只有一个是清教徒，他唱圣诗跟乡下角笛舞的调子相和。⑨我一定要买些番红花的橙黄来把冬梨饼染上颜色；肉豆蔻、枣椰子，——没有；那不开在我单子上：——豆蔻七颗；一两块姜，——可是那我能向他们讨；——四磅梅子干，日晒的葡萄干也是四磅。

奥托力革斯 啊！俺怎么会生在这世上的啊！［匍匐于地。

小　丑 凭我的名儿！——

奥托力革斯 啊！救救俺，救救俺！只要拉掉这些破烂，然后死，死！

小　丑 唉呀，可怜的人儿！你需要再多些破烂加在身上，把这些拉掉不得。

奥托力革斯 啊，小爷！穿着它们起恶心，要比俺挨那鞭子狠狠地抽，抽上几百万下，还难受呢。

小　丑 唉呀，可怜的人儿！一百万鞭可已够多的了。

奥托力革斯 俺碰到强盗打劫，小爷，还挨了打；俺的钱和衣服都给抢了去，还把这些可恨的破烂套在俺身上。

小　丑 怎么，给骑马的强人还是走路的强人抢的？

奥托力革斯 走路的强人，好小爷，走路的强人。

小　丑 当真，他该是个走路的，从他留给你的衣服上看出来：假使这是个骑马强人的上衣，那是穿得过狠了。把手伸给我，我来搀你起来：来，把手伸给我。［挽之使起。

奥托力革斯 啊！好小爷，轻轻儿的，啊！

小　丑 唉呀，可怜的人儿！

奥托力革斯 啊！好小爷；轻点儿个，好小爷！俺害怕，小爷，俺的肩胛骨脱出来了。

小　丑 觉得怎样？能站吗？

奥托力革斯 轻点儿个，好小爷；［扒彼之衣袋］好小爷，轻点儿个。

您对俺行了件好事。

小　丑　你缺少钱使吧？我来给你点钱。

奥托力革厮　不，好好小爷；不用，俺请您，小爷。俺有个亲戚离这儿不到四分之三英里，俺正要去找他；俺在那儿会有钱，或是俺所要的不管什么东西：莫送钱给俺，俺请你！那刺到俺心里。

小　丑　那打劫你的是个怎样的家伙？

奥托力革厮　一个家伙，小爷，俺知道他是走来走去兜玩“弹穿拱门”⑩的：俺知道他有一阵曾做过王太子的下人。俺说不上，好小爷，是为了他的哪一件美德，可是他准是给从宫里鞭打出来的。

小　丑　为了他的缺德，你是想说；没有美德会给从宫里鞭打出来的：他们宝爱美德，要它待在那儿，可是它待不久就走了。

奥托力革厮　俺要说的正是缺德，小爷。俺跟这人儿很熟：他随后干过猴子出把戏；后来又当过奉公差遣的，做个执行吏；跟着便弄到了手一套“浪子回头”的木偶戏，又娶了个跟俺田地和家业所在相近一英里之内的一个补锅匠的老婆；混过了好些光棍活计之后，他终于安定在当流氓痞子上头：有人叫他奥托力革厮。

小　丑　滚他妈的！是个贼，千真万确，是个贼：他时常混到礼拜堂节前守夜，赶集，斗熊的场所去。

奥托力革厮　一点不错，小爷；是他，小爷；就是那流氓把俺套上这衣服的。

小　丑　全波希米亚没有个更胆怯的流氓：你只要对他高傲无礼，口吐唾沫，他就会逃跑。

奥托力革斯 俺得向您承认，小爷，俺不能打架：俺在那上头胆子小，那个他知道，俺管保他。

小　丑 你现在觉得怎样？

奥托力革斯 好小爷，比刚才好多了：俺能站能走了。俺甚至要离开您，慢慢走到俺亲戚那儿去。

小　丑 我要陪你一起走吗？

奥托力革斯 不用，俊小爷；不用，好小爷。

小　丑 那就祝你好：我得去为我们的剪毛宴买点香料去。

［下。

奥托力革斯 祝你顺遂，好小爷！你的钱包不够去替你买香料了。你那剪毛宴俺也要跟你在一块。俺若是不能叫这回欺骗生出下一回来，把剪羊毛的人儿变成羊，让俺从花名册上给划掉，把俺这名儿登上道德登记簿上去。

歌：

“快步，快步，走人行的小道，
　　欢欢喜喜地跨过[11]那阶梯：
满心的欢喜耐得整天跑，
　　心里悲伤了走不上一英里。”

［下。

第三景[12]

［牧羊人茅舍前草坪］

［弗洛律采尔与哀笛达上。

弗洛律采尔 你这些不寻常的衣裳使你生气
盎然：你不是牧羊女儿，是花神

馥乐拉在阳春四月的前驱队里
露丰标。你这场剪铰羊毛的庆宴
好比是小小天神们一同来聚会，
而你是宴上的女娥王。

裒笛达 储君殿下，
由我来责备您这些过度的言谈
不相称：啊！我提到它们，请原谅。
您高贵的自身，这宇内英俊的表率，
您把牧羊子的衣着将它隐盖住，
而我，穷苦微贱的小姑娘，却这样
活像女神般装扮起。我们的庆宴
除非每一只盘盏都盛得有痴愚，
而且吃的人照常把它消灭掉，
我见到您这般穿着不能不脸红，——
您发誓，我想，要使人间的习俗
摔一跤，且叫我面对菱花见龟鉴。[13]

弗洛律采尔 当我的那只幸福的鹞鹰飞过你
父亲的牧地时，我对那时光祝福。

裒笛达 如今，大概是天神叫您这么做！
对于我，您我贵贱不相同形成了
悚惧：您品位高超，不惯于害怕。
就在此刻，我想到您父亲碰巧会
跟您一样到这里来，便不免颤抖。
啊，天上司命运的女神们！您父亲
见到他世子您殿下，原来多高贵，
如今装束得这般低微，他可将

怎么样？他会说什么？而我，穿戴着
这些借来的鲛绡和珠翠，将怎样
面对他颜容的峻厉？

弗洛律采尔 不用想别的，
只顾感欢乐就是了。天神们也为
恋爱降低过他们为神的身份，
曾采用畜生的形象：天王巨璧特
变成一头牛，哞叫过；碧绿的海龙王
奈泼钧变一头公羊，也曾咩咩叫；
穿火袍的日神阿波罗，金光灿烂，
变成个穷苦的牧羊人，[14]跟我一个样。
他们为之而变化的俏佳人，英姿
绝不更卓绝，或情操能和你比拟，
既然我不让色情赶在我荣誉前，
不准欲火燃烧得比情焰更炽烈。

裒笛达 啊！可是，您的那决心准守不住，
殿下，当它被君王的权力反对时，
那一定无疑。这样的两件事，其中
一桩准发生，到时候自然会分晓：
您必得改变那意向，或者我改变
这生涯。[15]

弗洛律采尔 你，最亲爱的裒笛达，请你
莫把这些牵强的思虑使我们
这欢宴郁郁无欢：我或者是你的，
我的丽姝，或者不是我父亲的；
我不是我自己的人，也不为任何人

所有，假使不属于你的话：这一点
我信守不渝，即令命运说不然。
尽情欢乐吧，可爱的；用你眼前
所见的情景把这些思想湮灭掉。
你的宾客们在来了：两颊笑春风，
仿佛这是那新婚庆喜日，那一天
我们曾双双起誓一定要到来。

裒笛达 啊，司命运的女神，请施恩嘉惠！

弗洛律采尔 看吧，你的宾客们已纷纷来近：
准备去活泼泼欢娱他们，让我们
红艳艳满脸欢欣。

［牧羊人导乔装的包列齐倪思与喀米罗上；小丑、瑁泊沙、桃卡丝与余众上。

牧羊人 不行，女儿！往日我老妻在世时，
这一天她管伙食房，供应酒肴，
又兼当厨子；是主母，又是仆人；
欢迎大伙儿，侍候他们，轮到她
还要唱歌和跳舞；一会儿在此，
在餐桌上首，一会儿又到了中间；
跟这个跳舞，又跟那个；劳累得
脸上通红，举杯消乏时还要对
每一个啜酒祝福。你退在后边，
倒像个被请的来客，不像女主人：
请你，对这些不认识的朋友表示
我们的欢迎；因为这是替我们
结交得深一点，更加相熟些。来吧，

莫害臊，做出宴会主妇的样子来：
来啊，欢迎我们来到你这剪铰
羊毛的宴会上来，好叫你的羊群
繁荣昌盛。

袁笛达 ［向包列齐倪思］老伯伯，欢迎！我父亲
要我当今天的女主人。［向喀米罗］您也欢迎，
老伯伯。给我那两个花束，桃卡丝。
两位可敬的老伯伯，这里有两束
迷迭香和芸香[16]给你们；这些花儿
一冬天都保持花形美好和花香：
致你们两位以天恩和忆念，欢迎
光临我们的剪毛宴！

包列齐倪思 牧羊女郎，——
你是个美人儿，——你把冬天的花儿
配上我们的年龄很合适。

袁笛达 老伯伯，
这年景渐渐变得老了，不由于
盛夏的消亡，也无关寒战的隆冬
已经诞生，这季节里最美的花儿
是我们的石竹，和那条纹的墙花，[17]
那有人叫它造化的私生子：那个，
我们乡村的花园里不长，而我也
不想摘些来荐奉。

包列齐倪思 可爱的姑娘，
为什么你瞧不起它们？

袁笛达 因为我听说

它们斑斓的五彩一半是手艺
所形成，那人工跟造化平分了秋色。

包列齐倪思 就说有这样的手艺吧；但造化
不能被人工所改进，除非那人工
为造化所创造：因而，那手艺，你说
它对造化能有所增加，它上头
另有造化的手艺来把它创造。
你看到，亲爱的姑娘，我们将一支
比较高贵的嫩枝接入那最最
粗野的树木，使那微贱的树身
长出贵种的新芽：这就是那改进
造化的人工，或许说改变它，可是
那人工本身就是造化。

裒笛达 它就是。

包列齐倪思 那么，叫你的花园里多长些墙花，
而且莫再把私生子称呼它们。

裒笛达 我不会把小锹插进土里，即令去
栽它们一支；正好比，我若抹上粉，
我不愿这后生对我说，这样很好，
而且只为了这样，愿跟我生孩子。
这里有花给你们；辛芳的薰衣草、
薄荷、夏芳香、⑱牛膝草；和太阳同时
去入睡、也跟太阳一同起身而
哭泣的金盏草：这些是仲夏的花，
我想好把它们给中年人。极欢迎
你们。

喀米罗　　　　假使我在你羊群里的话，
我会不去吃草，凭眼睛就看个饱。
裒笛达　苦啊，唉哟！那您会瘦得恁可怜，
正月的寒飙会把您吹透又吹彻。
现在，我最最俊秀的朋友，但愿我
有些春天的花儿跟你的年华配；
还有你们的，你们的，你们的童贞
正长在你们碧碧清贞的枝桠上：
啊，泊罗漱琵娜！[19] 要说起那花儿，
如今，你当时因害怕、从地司车上
所掉，那金黄的水仙，[20] 燕子还不敢
冒寒它们已先来，使三月的料峭
寒风一见惊华美；幽静的[21] 紫罗兰，
虽素雅，却要比天后朱诺的眼睑
或爱神昔西丽亚的呼息更甜美；[22]
苍白的莲馨花，见到灿烂的日神
斐勃斯光明朗照前，未嫁而先夭，
那是处女们常遭的病恹恹的摧折；
显赫的牛唇花和皇冠似的贝母；
各种百合花，鸢尾是其中之一。
啊！我没有这些个花儿为你们
和我亲爱的朋友来编结花冠，
再把他花雨缤纷地撒得花满身！
弗洛律采尔　什么？像个尸体般？
裒笛达　　　　　　不是，要像个
花堤般好给燕侣莺俦在上面

偃卧和游戏；不像个尸体；或者，
假如像的话，——不是去埋葬，要勃勃
有生气，且在我臂腕中。来吧，拿着
你们的花儿：看来我这般形景
好像他们在降灵节演的牧歌剧㉓
中间的扮演：的确，我这件亵袍
改变了我的情性。

弗洛律采尔　　　　　　　　你这才说的，
比刚才更好。当你说话时，心爱的，
我愿你不停地说着；当你歌唱时，
我愿你买卖东西的时候也这样；
也这般施舍；也这般祈祷；而且，
在安排事务时，也把它们一声声
吟唱；当你舞蹈时，我愿你是海上
一个浪，好使你永远那样，不去做
别的；永远滉漾永远漂荡，㉔
不做其他的动作：你每桩行动，
它的每一个细枝末节都如此
无双而妙绝，以至恰好使得你
正在着手的那些事登峰而造极，
这就使你做的事桩桩和件件
都成了姬姜。

袁笛达　　　　　　　　啊，陶律葛理斯！
您过于夸奖：但您那轻轻的年岁，
以及您本真纯朴的血流使你
说时脸红红，显得你是个白玉

无瑕的牧羊人；可是用那股聪明
我恐怕，陶律葛理斯，您对我求爱
用得不正路。㉕

弗洛律采尔 我想你绝无理由
去恐惧，正如我毫无用意叫你怕。
可是，来吧；我们一起舞，我请你。
将手搀着我，我的裒笛达：雉鸠们
便这般作对成双，永远不相离。

裒笛达 我可以替它们起誓。

包列齐倪思 这是个曾在
草坪上奔跑的最美的寻常百姓家
姑娘：她这相貌和举止有味道
显得比她身份高；对这个所在
太高贵。

喀米罗 他对她说了些什么，使她
两颊泛红晕。当真，她是位奶酪
和乳脂的王后。

小　丑 来吧，吹打起来。

桃卡丝 瑁泊沙一定得做你的舞伴：你吃上
大蒜，凭圣处女，吻起她来格外好。

瑁泊沙 你挑中这时候来捣乱！

小　丑 不要吵，不要吵：我们要做得礼貌周全。来吧，吹打起来。

［乐声起。

［众牧羊人与牧羊女起舞。

包列齐倪思 请问，好牧羊老人，这个俊牧人
是什么样人，他在跟你的女儿

一起舞？

牧羊人　　　他们说他叫陶律葛理斯，
他夸口有块值价的牧地；可是我
听他自己说，而且相信他：他看来
的确像那样。他说他爱我女儿：
我也这么想；因为月亮从来不
对着水那么样凝视，像他站在
那里凝注着我那女儿的眼睛；
而且，老实说，要想在他俩亲吻中
分辨出谁更爱谁，不可能。

包列齐倪思　　　　　　　　她舞得
很利落。

牧羊人　　　她做什么事都这样，我虽说
那不用张扬。后生的陶律葛理斯
倘使到手了她，她将会带给他
他连做梦也没有梦到的东西。

［仆人上。

仆　人　啊，主人！你只要听到了门口那货郎叫卖，你决不再会要跟着小鼓和笛子舞蹈了；不，风笛不能动你的心了。他唱几支调儿比你数钱还快；他唱着它们仿佛他把山歌吃进肚里去了似的，大伙儿的耳朵变得长在他调门上的一般。

小　丑　他来得再好没有了：他该走进里边来：我把一支山歌爱听得甚么似的，若是它把伤心的事儿谱得很乐，或者把件真正的乐事唱得很悲伤。

仆　人　他有各种尺码的歌儿唱给男人也唱给女人听；没有个做

女人衣帽的裁缝[26]替主顾们缝手套能有他那么顺手：他唱给姑娘们听的情歌再美不能美了；那么一点儿不淫猥，真奇怪；有这么愉快的“底而多”[27]和“我吹小笛”[28]的叠唱，还有“摔倒她和拳打她”[29]；唱到那里有什么脏嘴巴的坏蛋要，仿佛是，起恶意，用丑话插进歌里头来时，他叫那小姑娘回答道，“嘿，别损人，好汉子”；[30]轻蔑他，用这么句话，“嘿，别损人，好汉子”，来对付。

包列齐倪思 这人对妇女颇有礼貌。

小　丑 信我的话，你讲的是个出奇的妙想天开的人。他可有什么不褪色的[31]货吗？

仆　人 他有彩虹里各种颜色的缎带；扣绦[32]他多得比波希米亚所有的律师能讲得头头是道的还要多，即使他们的案子成批地来；毛线带、毛丝带、[33]细白麻纱、上好葶麻布：[34]哎也，他叫唱得仿佛它们是上界的天神或女神似的。您会以为一件女衬衣是位女天使，他把袖口和胸前的花绣唱得那么好听。

小　丑 请你领他进来，让他来时一壁厢走一壁厢唱。

裒笛达 关照他在曲调里别用粗鄙不堪的字句。

［仆人下。

小　丑 有些小贩，他们有的东西比你所能设想到的要多，妹子。

裒笛达 不错，好阿哥，比你所极力去设想的要多。

［奥托力革厮上，唱。

“葶麻布白得像风飘的雪花；
黑绉绸[35]乌黔漆黑像乌鸦；
手套香喷喷像石竹色蔷薇；
假面用来遮俊鼻子和蛾眉；

黑水钻手镯，琥珀[36]珠项圈，
俏娘娘绣房里使用的香水；
绣金的头巾和花彩的胸衣，
小哥哥好买来送给小阿姨；
别针和烫褶绉颈衣的小钢棍，
姑娘们缺少的，从头顶到脚跟：
都来向我买；都来买，都来买；
不然小阿姨要哭着把你们怪：
都来买。”

小　丑　我若是不跟瑁泊沙要好，你便拿不到我的钱；可是我爱上了她，就不能不买点缎带和手套。

瑁泊沙　你答应剪毛宴前给我的；可是现在给我还不算太迟。

桃卡丝　他答应你的东西还不止那么多，不然的话就有人撒谎。

瑁泊沙　他答应你的都已经给了你：也许他给得你太多了，你还给他时会丢你的脸。

小　丑　姑娘们之间不讲礼貌吗？她们当着外人，可要把彼此的私事拿出来讲，[37]不顾顾面子吗？是不是没有挤奶的时间，或者在睡觉之前，熬麦芽糖的炉灶前面，去轻轻谈这些秘密，却定要在客人面前来噜苏？幸亏他们在轻声谈话：停住你们的嘴，莫再讲一句话。

瑁泊沙　我说完了。来，你答应我一串圣奥特莱项圈[38]和一副香手套。

小　丑　我没有告诉过你吗，我在路上受了骗，把钱都给骗掉了？

奥托力革斯　当真，小爷，外面确是有骗子；所以咱们要小心。

小　丑　别害怕，人儿，[39]你在这儿决不会丢东西。

奥托力革斯　俺希望这样，小爷；因为俺带着好几包值钱的东西。

小　丑　你这儿有什么？歌谣？

瑁泊沙　请你买一点：我喜欢印张上的歌曲，当真的，因为那样时我们有把握那歌曲里的事情是真的了。

奥托力革斯　这里有一支，调子很悲苦，讲个放债人的老婆怎样一胎生下了二十只钱袋；还说她只想吃烤炙过的蛇头和癞蛤蟆。

瑁泊沙　你认为是真的吗？

奥托力革斯　真得很，而且事情还只发生了一个月。

桃卡丝　祝福我不要嫁个放债人！

奥托力革斯　这里还有个收生婆的名儿哩，叫做推尔胞特老娘，还有五六个规矩老实的大娘在旁呢。为什么俺要散播人家撒的谎？

瑁泊沙　请你买下了吧。

小　丑　来吧，放过这个：让我们先多看些歌曲；马上我们再来买其他的东西。

奥托力革斯　这儿还有支歌曲，[40]讲四月八十号[41]礼拜三有条鱼[42]在海边上出现，离水面有四万呎高，唱这支曲儿说姑娘们心肠太硬不好：作曲的相好认为她原来是个女人，只因她不肯跟她的情郎要好而变成了条冷冰冰的鱼。这支歌曲很可怜，而且极真实。

桃卡丝　你想这是真的吗？

奥托力革斯　有五位法官签字证明，证件多得俺这包里装不下。

小　丑　也把这放开了：再看一支。

奥托力革斯　这是支欢乐的歌曲，可是美得很。

瑁泊沙　我们要有几支欢乐的。

奥托力革斯　哎也，这是支非常欢乐的，跟“两个姑娘追一个郎”同一个调子：打这儿往西几乎没有个姑娘不唱的：大家都要买，俺能告诉你们。

瑁泊沙　我们两个都会唱：若是你会唱一份的话，可以听我们来唱；这是三个人唱的。

桃卡丝　我们一个月前就会了这曲调。

奥托力革厮　俺能唱俺的一份；你们得知道这是俺的本行：跟你们一起来唱吧。

"你离开这里，我一定得跑，
到哪里可不好给你知道。"

桃卡丝　"去哪里？"

瑁泊沙　"啊！去哪里？"

桃卡丝　"去哪里？"

瑁泊沙　"你赌的咒怎么一点不记牢，
你把你的秘密说给我听。"

桃卡丝　"也说给我听；让我去哪里。"

瑁泊沙　"或许你去到田庄或磨坊。"

桃卡丝　"不管到哪里，都是去乱撞。"

奥托力革厮　"哪里也不去。"

桃卡丝　"什么，哪里也不去？"

奥托力革厮　"哪里也不去。"

桃卡丝　"你已经发誓做我的情人。"

瑁泊沙　"你对我起的誓更要亲昵：
那么，你要哪里去？哪里去？"

小　丑　我们自己马上来把这歌儿唱完它：我父亲跟两位大爷在认真讲话，我们不去麻烦他们：来，跟着我把你那包儿带来。姐儿们，我替你们两个都要买点东西。货郎，让我们来先挑。随我来，姑娘们。

［与桃卡丝及瑁泊沙下。

奥托力革厮 你得替她们出足价钱。

［唱］ “你可要替你的披肩
买什么飘带或花边，
俺娇小玲珑的小鸭儿，亲亲？
什么丝巾帕或线儿，
头上的什么玩意儿，
最俏丽的式样，最美，最时新？
快来吧，来找货郎要；
好管闲事的是钱钞，
它流通着天下人的货品。”

［下。

［仆人上。

仆　人 东家，有三个赶车的，三个牧羊人，三个牧牛人，三个牧猪人，都化装成了毛茸茸的毛人儿；㊸他们自称是山羊人妖仙；㊹他们会跳一个舞蹈娘儿们管它叫跳踊杂烩㊺舞，因为她们自己不在里边；可是她们认为，——若是对于她们之中的有些个，只知道玩滚球的，㊻那蹦跳不显得太粗鲁的话，——这跳踊会叫大家大乐一阵。

牧羊人 去！我们不要那个：这儿已经有太多粗俗的滑稽了。我知道，大人，我们叫您厌烦。

包列齐倪思 你叫那些个欢娱我们的人厌烦了：请你让我们看看这些个牧人的四个三人团吧。

仆　人 有一个三人团，据他们自己说，大爷，曾经在君王面前舞蹈过；三个人中最不行的一个，量尺码跳得有十二英尺半高。

牧羊人 别多话了：既然两位贵客高兴，让他们进来就是：可是快些个。

仆　人 哎也，他们就在门首等，主人。

［十二名山羊人妖仙之舞。

包列齐倪思 ［向牧羊人］啊，老人家！等一下你自会知道。
［向喀米罗］不是已进行得够久了吗？现在该
分开他们了。他单纯，讲得很多。㊼
［向弗洛律采尔］怎么样，俊俏的牧羊后生？你的心
满盛着什么东西，使你没心绪
参加欢乐。说实话，当我年轻时，
如像你这般手握着姣娃，㊽我怎把
小玩意送给我的她充怀满抱：
我会把货郎的所有丝绸宝藏，
倾倒给她请受领；你却让他走，
一点东西也没买。若是你那姑娘
对你有误解，把这叫做你对她
没情爱，不慷慨大度，你将没有话
回答她，假使你真的关心要使她
快乐。

弗洛律采尔 老封君，我知道她并不看重
这样琐屑的小东西。她指望由我
赠与她的礼品都已经包扎停当，
锁在我心中，而且我已经给了她，
不过还未曾讲出来。啊！听我来
将我的性命当着这位老大伯

宣明，他哟，似乎㊾年轻时也爱过：
我和你手搀着手订终身；这只手
像鸽子的绒毛一样软，也一样白，
或者好比埃昔屋比亚人的牙齿，
或者像扇来的白雪，两次被北风
筛到南边来——㊿

包列齐倪思 这以后还有什么？
多么可爱，这后生的牧羊子像在
洗这只原来很干净的手！我把你
窘住了：还是来你那公开的声明吧：
让我们来听你郑重宣告些什么。

弗洛律采尔 请听，还请作证人。

包列齐倪思 也请我这位
同伴吗？

弗洛律采尔 也请他，不止请他，还要请
所有的人，请皇天，请后土，请一切；
我是说，我若被加冠当上了威灵
显赫的君王，而且该受之无愧，
我如果是个自来曾摄人注目
凝眸的最美的美少年，精力弥满，
学识充沛，超过任何人，我将会
不把它们当作一回事，假使我
没有她的爱：为了她我会把它们
来使用；责令它们去为她服务，
或宣判它们去绝灭。

包列齐倪思 奉献得得体。

喀米罗 这显示有坚实的情爱。

牧羊人 可是，女儿，

你对他也这般说吗？

裒笛达 我不能说得

这样好，说不了这么好；不，用意

也不能比他好：凭我自己的思想

作模型，我雕刻他这片精醇当作

我的话。

牧羊人 搀手结姻缘；一言为定；

不知名的朋友，请你们两位作证：

我将女儿给了他，我给她的遗产

将跟他那份一样多。

弗洛律采尔 啊！那一定

是说你女儿的美德：有个人死了，

我有的将比你如今所能梦想的

还多；那时节就够你去诧异的了。

可是，来吧；在这些证人前，替我们

许下婚。

牧羊人 来，你的手；和你的，女儿。

包列齐倪思 且慢，牧羊子，请你等一下。你可有

父亲吗？

弗洛律采尔 我有；可是为什么要说他？

包列齐倪思 他知道这事吗？

弗洛律采尔 他没有知道，也不会。

包列齐倪思 据我看来，父亲

在他儿子的结婚筵席上乃是位

最相宜的宾客。再请问一声，是否
你父亲已变得不懂人情事理？
他是否年迈力衰涕泗涟，体液
突变[51]神情蠢？他能说话吗？能听？
分得清你和他？能谈他自己的事？
躺在床上起不来？跟从前一样，
回到了孩童时？

弗洛律采尔 不对，亲爱的大伯：
他健康无恙，精力比好些他那样
年岁的老人要充沛。

包列齐倪思 凭我这白须
假使事情是这样，你对他给予了
冒犯，有点儿不孝。很合乎公道，
为儿的应替他自己选一个妻子，
但同样公道那父亲，——他整个欢乐
只在有优秀的儿孙，——应在这事上
被征询意见。

弗洛律采尔 这一切我都承认；
但为另一些理由，可敬的老大伯，[52]
不便给你知道，我不曾把这事
告诉我父亲。

包列齐倪思 让他知道。

弗洛律采尔 他不能。

包列齐倪思 请你，给他知道吧。

弗洛律采尔 不行，决不能。

牧羊人 让他知道了，我的孩子：他不会知道了你这选中的娘子而悲伤。

弗洛律采尔 算了，算了，他决计不能。请听
我们的婚约。

包列齐倪思 听你们的拆散，少君。

[除去化装。

我不敢叫你儿子：你太卑鄙了，
没法使人承认你：你原本乃是位
王权宝杖的冢子，却这般立志
想执牧羊杖！你这老逆贼，我可惜
把你处绞了只能缩短你生命
一星期。而你，姣艳绝色的姝丽妖，
你定必知情相与这王家的蠢物，——

牧羊人 啊，我的心！[53]

包列齐倪思 我会要把你的美貌
让野蔷薇枝子刮得比你的家世
还丑陋。对于你，蠢小子，你若知道
你只要为了不能见到这玩意儿
而叹息，——我决意使你永不再见她，——
我们将摈斥你不许你继承；把你
不当作我们的血胤，不，不算你
是我们的宗属，远超过杜凯良：[54]
你得注意我这话：跟我们宫里去。
你啊，野老头，这回我们虽恼你，
可是且饶你，不给与致命的[55]打击。
至于你，妖姑，——给个牧羊人很配得；
不错，对他也配得，若不是挂碍了

我们高华的家世，而他的行径
却不能跟你配，[56]——假使以后你再把
这些田舍的柴门开给他进来，
或是将你的拥抱揽着他身躯，
我将设法叫你死得惨，那正好
给你去生受。 [下。

裒笛达 这就给毁了！我并不
很怕；[57]曾有一两次我几乎要说话，
对他分明讲，同一个太阳照到他
宫中，对我们的茅屋并不遮着脸，
也同样照见而放光。殿下，您高兴
去了吧？[58]我告诉过您结果会怎样：
请您对您自己的景况要留神：
我这梦——如今已醒了，我将不再
多演一忽儿王后的戏，只去挤
羊奶和哭泣。

喀米罗 哎也，怎样了，老人家？
你在死去前，说句话来。

牧羊人 我不能
说话，也不能思想，也不敢知道
我所知道的。啊，叫你声太子爷！
你这可毁了个八十三岁的老人，
他原想安然入土，是啊，死在我
父亲死去的那张床上，躺在他
诚实的骨殖近旁：可是如今啊，
一定得由什么吊绞手来替我

穿上尸衣，且把我放在没牧师[59]
铲土的穴里。啊，给诅咒的坏东西！
你知道这是王太子，竟敢跟他把
终身定。给毁了！给毁了！假使我在
这个钟点里早一刻死掉，我死得
也甘心。　　　　［下。

弗洛律采尔　　为什么你这样对我望着？
我只是伤心，并不害怕；被延迟，
并未被改变。我仍和过去一个样：
只因被拉回，更挣扎着向前；并不
跟着我那皮带[60]走，就是勉强跟
也并不。

喀米罗　　殿下吾主，您知道您父亲
性情怎么样：他此刻不容人说话，
我猜想您不会想跟他交谈；我怕
他未必能容您去见他：所以，在他
那尊威[61]的盛怒平息前，莫到他跟前。

弗洛律采尔　我不要见他。我想，喀米罗——

喀米罗　　就是他，
殿下。

袁笛达　　我告诉过您多少次，[62]结果
会这样！说过多少次我的高位
只能维持到大家知道前！

弗洛律采尔　　它不能
完结，除非我对你的忠诚被摧折；
那时节让造化压烂大地的方圆，

把里边的种子全毁灭！[63]举眼向前：[64]
抹掉我名下的继承权利，父亲；
我是我情爱的宗嗣。

喀米罗 听人的劝告。

弗洛律采尔 我听；听爱情的劝告；若我的理智
能对它服从，我能有理智；如果不，
我的心神它更喜欢的是疯癫，
会对它[65]欢迎。

喀米罗 这可真绝望了，殿下。

弗洛律采尔 就说是吧；但这样能符合我的誓言；
我一准认为是真诚老实。喀米罗，
不为了波希米亚，也不为在这里
所能获得的尊荣，也不为太阳所
照见的一切、密闭的地母之所
包容，汪洋大海隐藏在万丈
深渊里的一切，不为这种种我会
肯对我这明艳的爱人毁弃信誓。
所以，我请你，既然你一向是我
父亲所敬重的友人，当他将不见
而想念我时，——当真，我不想再见他，——
把你优良的劝告安抚他的激动：
让我去跟命运一同对将来奋斗。
这件事你可以知道而且去报告，
我和她跨海去了，因为我不能在
岸上保有她；对我们的需要最为
适合时宜，我有条船儿停泊在

近旁海上，但本非备得为这件事。
我将如何去行事将无益让你
去知晓，我也毋须来向你报。

喀米罗 啊，
殿下！我但愿您那性情和英锐
柔和得能听谆劝，或者坚强得
符合您的需要。

弗洛律采尔 听我来说，裒笛达。

［携伊至一旁。

［向喀米罗］等一下再跟你谈。

喀米罗 他不会动摇，
决心要逃亡。如今我也许会快乐，
假如能使他的出奔正合我的意，
救他免危险，致他于眷爱和光荣，
得能再见到西西利亚和那位
不幸的君王，我的故主，想见他
我这般渴望。

弗洛律采尔 现在，亲爱的喀米罗，
我手上满都是麻烦的事，以致
对礼数有亏。

喀米罗 殿下，我想您听说过
我在对令尊效忠时所尽的微劳？

弗洛律采尔 你应受恢弘的感谢：我父亲说起
你对他的义举，就如同八音齐鸣，
他不小一部分殷勤的关注是在
想到它们时便对你酬谢。

喀米罗 很好，

殿下，假如您高兴想起我眷爱
君王，以及因他而爱他的至亲者，
那便是您储君殿下，请听我指引。
倘使您那较强劲而已定的计划
可容许变更，凭我的荣誉我将
指点您前往您准会获得适合您
殿下身份接待的地方去；那里，
您可以享有您这位倩娘，——我知道
您没法跟她分离，除非是，上天
决不准！您遇到不测，——和她成婚；
当您不在时我将尽最大的奋勉，
努力去缓和您恼怒的严亲，使他
开怀畅意于您这太子妃。

弗洛律采尔 这几乎

是奇迹，喀米罗，怎样去做？那我可
真要叫你作超人，而且从此后
任何事都对你信赖。

喀米罗 您想到没有，

你们将前往何处去？

弗洛律采尔 还不曾想起；

由于这未曾想起的偶然事出于
我们一时的冲动，所以我们得
承认，我们是机运的奴隶，每一阵
刮起的风里的飞蝇。

喀米罗 那就听我说：

接着便这样；若是您决意不变动，
还是要逃跑，就到西西利亚去，
介绍您自己和您这端丽的公主，——
因为据我看她准是，——给里杭底斯；
她将会冠带衣袍穿戴齐，适合
作您的新娘。我看来，似乎已见到
里杭底斯张开他热切的两臂
流泪表欢迎；向您，您父亲的儿子，
求原谅，仿佛您便是令高尊；吻您
这朱颜公主的手；且将他自己
再三又再四剖分给苛酷与仁和：
将苛酷咒到地狱里，叫仁和日滋
又夜长，比思想和时间还长得快。

弗洛律采尔 卓绝的喀米罗，什么堂皇的托辞
我将为我的拜谒陈展在他跟前？

喀米罗 奉您父王的谕旨，差您去向他
致敬意，并存问安好。殿下，您对他
如何去举止，以及仿佛您父亲叫
传的话，我们三人间所共知的事，
我会替您写下来：那将会指点您
每次面见时您该说什么话；使他
不能不见到您在那上头有您
父亲的心里话，诉说他的真情意。

弗洛律采尔 我对你感激不尽。这里头有希望。

喀米罗 比较将你们自己胡乱委身于
没路的海上，未曾梦见过的岸滩，

一定无疑去遭受够多的灾祸，
我这条前程可要较为有把握：
由你们自己去乱闯，没有希望
帮得了你们的忙，当一个灾祸
刚摔掉，又去捡起另一个；还不如
你们的船锚般可靠，它们只要
能使人待在不愿待的地方，就算
尽到了它们最好的作用。⑯而况，
您知道昌隆是恋爱不可少的胶漆，
痛苦却能改变它的红颜与情意。

裒笛达 两件事里一件说得对：我想痛苦
也许会使容颜憔悴，但不能征服
人的心。⑰

喀米罗 是哟，你这么说吗？在多少
年之内，你父亲屋里不会再生
你这样的孩子了。⑱

弗洛律采尔 我亲爱的喀米罗，
她远远超越她的教养，正如出身
远在我之后。

喀米罗 我不说可惜她缺少
教训，因为和好些教师相比时，
她好像是位女教师。

裒笛达 请你原谅，
老伯伯；为这个，我红着脸向你多谢。

弗洛律采尔 我最最明艳的裒笛达！不过，啊！
我们是站在荆棘上。喀米罗，救过

我父亲，如今是我的救命恩公，
我们一家的医生，我们将怎么办？
我们穿戴得不像个波希米亚
王子，在西西利亚时也将不像是。

喀米罗 殿下，请不用担心：我想您知道
我所有的财产都在那边：我准会
设法好叫您衣冠显焕，仿佛您
表演的这场戏是我的。比如，殿下，
为让您知道您不得缺少，说句话。

［两人旁语。

［奥托力革厮上。

奥托力革厮 哈，哈！“老实”真是好一个傻瓜！而“信赖”，他的把兄弟，是位脑筋多简单的相公！俺把俺这些哄人的小玩意儿全卖了：不留一块假宝石，一根缎带，一面镜子，一个香球，[69]一块帽镇，一本日记本儿，一支歌曲，一柄小洋刀，一根毛线带，一双手套，一副皮鞋带，一只手镯，一枚牛角戒指，好叫俺这货色不空着肚子：他们挤拢来抢先买，仿佛俺这些小玩意儿是神圣的，[70]买了它们能得天父赐福似的：就用那手段俺瞧见谁的钱包儿最好；[71]而且俺把瞧到的就记在肚里派最好的用处。俺那乡下佬儿，——他只少了点儿东西成为个懂事的人，——那么爱上了娘儿们的歌曲，在他把曲调和歌词都学到手以前，他干脆不肯把脚蹄移动；这样一来，就把其余的头口都引到了俺身旁来，而且把他所有其他的感觉都聚到了耳朵里去：你可以手捻一条女裙，它一点知觉也没有；往裤子遮阳[72]里去摸一只钱包，一

点不费劲儿；俺尽可以用锉刀锉掉挂在链儿上的成串的钥匙：没耳朵，没感觉，只有俺那相公的歌儿，把它那不值一个屁崇拜得五体投地；结果是，在这无知无觉的当儿，叫俺摸了他们大伙儿的节日口袋，剪了钱包儿的绺；若不是那老头儿进来吆喝他女儿和那王子，把俺这群穴乌从稃糠堆上吓走了的话，俺在这一大伙里要来个一网打尽，掏得一只钱包也不剩。

[喀米罗、弗洛律采尔与哀笛达上前。

喀米罗 不，可是我的信，这么样送到了
那里，一等您到达，将扫除那疑虑。

弗洛律采尔 而那些你将从里杭底斯国王处
得来——

喀米罗 准使您父亲满意。

哀笛达 乐了你！
你说的一切都显得合适。
[见奥托力革厮。] 是谁在
这里？我们来利用一下吧：凡是能
帮我们忙的，且莫放过。

奥托力革厮 [旁白] 若他们在旁听到了俺说话，哎也，会给绞死。

喀米罗 怎么样，好人儿？你为什么这样发抖？不用害怕，人儿；不会来伤害你。

奥托力革厮 俺是个穷人哪，大爷。

喀米罗 哎也，还那样好了；没有人会把你那个偷起走；可是，你那穷苦的外貌，我们得交换一下；因此上，马上把衣服脱下，——你得认为这件事有需要，——跟这位相公掉换着穿：虽说他得到的不上算，可是你拿着，这儿还

有点好处给你。　［给他钱。

奥托力革斯　俺是个穷人哪，大爷。——［旁白］俺挺认得你。

喀米罗　莫那样，请你，要快些：这位相公已经脱掉了一半衣裳。

奥托力革斯　您可是认真说吗，大爷？［旁白］俺嗅到这里头有花样叫俺上当。

弗洛律采尔　赶快，我请你。

奥托力革斯　当真，俺拿了定钱；可是俺拿它有亏良心。

喀米罗　脱下来，脱下来。——

［弗洛律采尔与奥托力革斯交换衣服。

交运的姑娘，——让我的预言对你
能应验！——你得退到什么树丛里：
拿着你意中人这顶帽子，把它
盖住了你的双眉；遮着你的脸；
您把衣服脱下来，若能够的话，
装得不像您自己的模样；那样
您就能，——因为我怕有人睃着您，——
上船不给人看破。

裒笛达　我见到这出戏
演到这田地，我一定得扮个脚色。

喀米罗　没办法。您好了没有？

弗洛律采尔　我现在碰到
我父亲的话，他不会叫我是儿子。

喀米罗　不行，您不能戴帽子。　［将帽授与裒笛达。］
来吧，小姐，
来吧。再会了，朋友。

奥托力革斯　　　　再会了，大爷。

弗洛律采尔　啊，哀笛达，我们两个人忘记了
什么哟？请你，说句话。　　［彼等至一旁低语。

喀米罗　［旁白］接下来我将去禀报君王这逃跑，
以及他们到哪里去；在这件事里，
我的希望是要能达到我的目的，
逼得他追赶去：跟着他一起，我将
重新见西西利亚，想见那乡邦
我像个妇人般渴慕。

弗洛律采尔　　　　幸运保佑
我们！便这样，喀米罗，我们去海边。

喀米罗　愈快愈好。　　［与弗洛律采尔及哀笛达下。

奥托力革斯　俺懂得这桩事；俺听到了。耳朵敞开，眼睛尖，手脚灵活，是个扒手少不了的本领：一个好鼻子也是必需的，去替其他的感觉把工作嗅出来。俺见到这回可是不老实的人儿交了运。若没有补偿，这是够多好一笔交换！有了这笔交换，这是够多好一注补偿！准是的，天神们今年对咱们眼开眼闭，所以咱们能不用先动脑筋随便做什么。那王太子本身便差不多是一片罪恶；打他父亲那儿逃走，脚跟上还拖着那拖累的石头。若是俺以为去告诉国王是件老实事；俺就不去报：俺认为把它瞒着不报倒更是桩坏事情，在那行止里俺对俺这行业尽忠。站开，站开：这儿又有点事儿要动动热脑筋。每条小径的尽头，每家铺子，每座教堂，每回审判庭，每次行绞刑，都对用心思的人提供活儿。

［小丑与牧羊人上。

小　丑　　瞧，瞧，你现在是怎样的一个人儿！没有别的办法只能告诉国王她是个捡来的女孩儿，不是你的亲骨肉。

牧羊人　　不，听我说。

小　丑　　不，听我说。

牧羊人　　你去讲，那么。

小　丑　　她既然不是你的亲骨肉，你的亲骨肉便没有得罪国王；所以你的亲骨肉不该受他的责罚。把你在她身上找到的那些东西给他看；那些秘密东西，除掉她身上带着的东西之外的所有的东西：这事做了以后，法律动不了你一根毫毛：我向你保证。

牧羊人　　我要把一切东西都告诉国王，每句话，是的，他儿子捣的蛋也讲；那孩子，我可以说，对他父亲，对我，都不老实，想叫我去做国王的亲家公。

小　丑　　当真，亲家公是你跟他最天差地远的事了，不过假使是真的话，我不知道你的血每盎司要贵起多少来。

奥托力革斯　［旁白］很聪明，巧驴儿们！[73]

牧羊人　　很好，让我们去见国王：这包袱里有东西会叫他搔他的胡须。

奥托力革斯　［旁白］我不知要是他们这么说了

会不会妨碍我那主人的逃走。

小　丑　　希望他在宫里。

奥托力革斯　［旁白］虽然俺生性并不老实，俺有时却会碰巧变得老实：让俺来把咱这货郎的毛毛放在口袋里。［将假须拉去。］什么事，乡下佬儿们？你们上哪儿去？

牧羊人　　上王宫里去，您老爷若是高兴。

奥托力革斯　你们上那儿有什么事，去找谁，那包袱是怎么回事，你们住在哪儿，叫什么名字，多大岁数，有什么家财，是什么家世？还有该给知道的什么别的东西，讲出来。

小　丑　我们只是两个简单的小百姓。

奥托力革厮　胡说；你们不简单，头发长得毛茸茸的。莫对俺撒谎；那只跟做买卖的合适，他们常给俺们当军人的上当；可是俺们为了这个付给他们的倒是打印的洋钱，不是戳人的刀尖；因此上他们就不再给俺们上当了。[74]

小　丑　您相公几乎对我们撒了一个谎，若是您没有把话缩回去的话。[75]

牧羊人　您可是位朝廷官员吗，您若是高兴说的话，老爷？

奥托力革厮　不管俺高兴不高兴，俺反正是位朝廷命官。你不见这些衣装上有朝廷气概吗？俺穿着它走起路来，没朝廷上的官派模样吗？你鼻子嗅不到俺身上的朝廷味道吗？俺不把你这身家低贱当作藐视朝廷官员吗？你可是以为，因为俺管了你的闲事，[76]或者把你的事情拉出来，俺便不是朝廷官员吗？俺确是朝廷官员，从脑袋一直到脚上，而且是个会把你那事儿推上去或拉下来的主儿：因此上，俺命令你把事情说出来。

牧羊人　我的事情，老爷，是去见国王。

奥托力革厮　你对他可有什么代言人？

牧羊人　我不懂，若是您高兴的话。

小　丑　代言人是朝廷上叫一只野鸡[77]的说法：你就说你没有。

牧羊人　没有，老爷；我没有野鸡，公的母的都没有。

奥托力革厮　俺们脑筋不简单真天赐宏恩！
但造化也可能把俺造成跟这些
一个样，所以俺不去鄙视。

小　丑　这不能不是位朝廷大官儿。

牧羊人　他的衣服是富丽的，[78] 可是他穿着它们不怎么体面。

小　丑　他这么怪模怪样更显得高贵：是一位大人物，我敢保证；我从他剔牙齿[79] 上看得出来。

奥托力革斯　那边那包袱？包袱里有什么东西？那只箱子是做什么的？

牧羊人　老爷，这包袱和箱子里有这样的秘密，除国王外任何人不能知道；而且他就在这个钟点里准会知道，若是我能跟他说话的话。

奥托力革斯　老头儿，你白辛苦了。

牧羊人　为什么，老爷？

奥托力革斯　国王不在宫廷里；他上了一条新船[80] 去排解郁闷，透透空气：因为，假使你能感受到什么严肃的事情的话，你一定知道国王心里很忧愁。

牧羊人　听人这么说，老爷，说起他的儿子，说是差点跟牧羊人的姑娘结了亲。

奥托力革斯　若是那个牧羊人如今还没有给看管起来，[81] 让他逃走吧：他准会有的诅咒，准会吃到的苦楚，会叫人的脊梁给压断，妖怪的心都碎掉。

小　丑　你以为是这样吗，老爷？

奥托力革斯　不光他一个人将遭受机灵所想得出来的最重要的和报复所施的最苦的刑罚；而且凡是跟他关着亲的，即使相隔有二十重，也准会逃不掉吊绞手的手掌：这虽然很可怜，可是不能不这样办。一个吹羊哨子的老流氓，一个看羊的家伙，想要叫他的姑娘沾到王恩！有人说他准会给用石头来砸死；可是那样死法对他太便宜了，俺说：要把俺们的君王宝座吸引到牧羊人茅棚里去！各种各样的死法一起来还嫌太少，最凶的死法还是太轻松。

小　丑　这老头儿曾有个儿子吧，老爷，你听说过没有，若是您高兴的话，老爷？

奥托力革斯　他有个儿子，那准会给活剥皮；然后给涂上了蜂蜜，放在胡蜂窠顶上；在那里给放到死掉了四分之三多一点儿；再用火酒或有些别的热药汁灌醒回来；接下来，他的皮剥得精光的，在历书里所预言的最热的日子，他将被斜倚在一堵砖墙上，南面的太阳晒着他，就在那太阳光里他将给苍蝇用臭粪玷死。可是咱们何必去谈这些谋反叛逆的恶棍呢？他们吃的苦头该当做笑料，他们犯的罪这么该杀。告诉俺，——因为你们看来是老实的简单的小百姓，——你们去见王上有什么事：你们只要对俺送一点私礼，[82]俺能把你们带到他船上，引到他面前，凑着他耳朵低声替你们说句话儿；假使除掉国王自己之外有另外的人能替你们打关节走门路的话，咱家就是能干这件事的人。

小　丑　他像是权力很大：跟他约定了吧，给他黄金；权力是头粗暴的熊，可是用黄金可以牵着它的鼻子走。把你钱包里头的东西亮给他的手外头去看，别再多噜苏了。记住，“砸死”和“活剥”！

牧羊人　您若是高兴，老爷，替我们承揽这件事，这里是我有的那黄金；我还有这么多给您，现在把这小伙子押给您，等我再把它拿来向您领赎。

奥托力革斯　等俺把答应你的做了之后吗？

牧羊人　是啊，老爷。

奥托力革斯　很好，给俺一半。你是这件事里的一方吗？

小　丑　差不多，老爷：不过，虽然我的境况[83]很可怜，我希望我不会给活剥。

奥托力革厮　啊！那是这牧羊人的儿子的境况：绞死他，他会被当作一个榜样。

小　丑　安慰，多好的安慰！我们一定得去见国王，给他看我们这值得他看看的东西：他一定得知道这不是你姑娘，也不是我妹子；不然的话，我们可完了。老爷，事情办好以后，我会送给您跟这老人给你的一般多；而且留给您，正如他所说的，作抵押，直等到东西交给了您。

奥托力革厮　俺相信你们。在头里走，对着海边；靠右手边走；俺在这矮树丛里小便一下，就跟你们来。

小　丑　我们碰到这人算交了运，正如我说的，简直交了运。

牧羊人　让我们先走，正如他关照我们的那样。他是老天爷安排好叫指引我们的。

［牧羊人与小丑同下。

奥托力革厮　俺若是有心要老实的话，俺如今却见到命运不叫俺那样：她把赃物落在俺嘴里。俺如今给使出双重机会来招惹，用黄金，而且还有办法使得俺主人太子爷有利；这件事谁知道也许会回过来又叫俺能得升迁？俺要把这两只瞎眼的地老鼠带到他船上去：若是国王认为把他们放回岸上来合适，而且觉得他们对他告的状和他没有关系，让他去叫咱流氓好了，说俺狗颠屁股瞎忙；因为俺对那称呼已经皮老得满不在乎，再也不怕什么害臊了。俺要引他们去见他：这件事里也许有把戏好做。

［下。

第四幕　注释

① 原文作“十五年”，Hanmer 本校改为“十六年”。Capell 指出，就在上一景里“时间”老人刚说过“十六年”；Steevens 则指出，第五幕第三景里宝理娜在三十一行与喀米罗在五十行都说是“十六年”。但一些现代版本仍作“十五年”。

② “The heaping friendships”，Heath 与 Johnson 的解释差不多。意思是，我对你好，你也就会对我更好，所以对我自己也有好处。

③ 奥托力革斯是个小流氓，痞子，瘪三，偷儿，扒手一类的脚色。在这里和景末他唱这两支歌，粗看起来似乎并无多大意味和情趣可言，但在这出牧歌风喜剧的整个气氛里，一经品味，却显出他是个新颖可喜的欢乐的光棍。他嘴里唱不完接二连三的歌儿，“唱几支调儿比你数钱还快”，叫唱他的货色“仿佛它们是天界的天神或女神似的”；他爱自然景色，爱春天，爱花，爱鸟；他爱偷东西与其说为东西本身，倒不如说更为了捣蛋、好玩。不错，他是流氓习性与欢乐、玩笑的化身，为诗人晚年作品中惊人的、常春的音乐性的性格。

④ 此行根据 Deighton 所解，“春天的红血取代了冬天的白血，通行全身”。

⑤ “Pugging”，Steevens 与 Nares（后者为 Halliwell 所征引）都解作“偷窃的”，Collier 谓系“prigging”（偷窃的）之误。Deighton 引 Wise，谓 pugging tooth”即“pegging tooth”或“peg tooth”，意即“虎牙”，又谓这一说法在华列克郡方言里还流行着。按，奥托力革斯是个小偷和扒手，没有问题，但什么叫做“偷窃的牙齿”殊费解，而小偷见了白床单他的虎牙会被“惹得活痒痒”也难于懂得。（是否“熬不住非偷不可”？）倒不如 Johnson 直截了当，说“pugging”这字的意义现在已不懂得，唯据 Thirlby 云，系流浪的吉卜赛人之惯用语。

⑥ Deighton：这一行假使跟上一行有真正的关系的话，应解作“卖掉了偷来的床单，我能买一夸脱麦酒来喝”。

⑦ 桱，读如“卡西”，是个日本字。

⑧ 起三层绒毛的厚天鹅绒，最富丽贵重。

⑨ 原文“to horne-pipes”，Deighton 解作“他唱圣诗有角笛伴奏”。但 Furness 问道，有谁为他伴奏？——毋宁解作“他唱圣诗跟［乡下］角笛舞的活泼调子相和”，——那种风习，我们知道，在当时法国很盛行，而从现在这样的暗指里我们可以推断，那种跳舞在英国当时也不是不知道的。

⑩ “Troll-my-dames”（“弹穿拱门”）据 Brand 与 Farmer 征引 John Jones 所纂《勃克司东（Buckstones）古温泉的好处》（1572）一书云，是一种夫人、娘娘、小姐们玩的游戏，本来名叫“troule-in-madame”（“滚进去–夫人”）是用铅，或紫铜，或锡，或木头制的球，球分大、中、小三式，滚进十一个洞，作比赛游戏。Steeffens 谓，这种游戏的老英文名称叫“鸽子洞”，因为那些小圆球滚进去的拱门有些像鸽子笼的窟窿。

⑪ 原文“hent”可解作“抓住”，也可解作“越过，跨过”。

⑫ Hudson：以单纯的精醇与甜蜜而论，表露王子与公主的恋爱与性格的这一景，在莎氏作品里再没有超过它的了。任何东西在风流韵事上是销魂的，在天真纯洁上

是可爱的，在情致上是高超的，以及在信念上是圣洁的，都集中在这里；整个地形成为这些事物中之一，对于它们我们永远是欢迎的，如我们欢迎春天的回来，而在它们上面我们的情感可以永远恢复它们的青春。只要花还会开。心还会爱，它们将会以这一剧景的精神那么做。

⑬ 这里初版对开本原文“sworne I think, To shew my self a glasse”，在 Furness 的新集注本上有将近二十家的校订疏解，但疑难仍未能满意解决。Theobald 校改原来文气上当用以指弗洛律采尔的“sworne”（发誓）为改指哀笛达自己的“swoon”（昏晕）。这正如好几位学者所指出的，与哀笛达的性格不谐和，而且如果作者当真用“swoon”这字的话，排印初版对开本本剧的手民多半会排成“swownd”，如在五幕二景 101 行里的“some *swownded*, all sorrowed”那样。此外另有 Collier 校改“sworne”为“so worn”（这样被穿着），Ingleby 校改“sworne”为“and more”（而且），Bailey 校改全部九个字为“sorely shrink（或 more, I think）To shew myself i'th'glass”（大大地萎缩，把我自己照在镜子里），以及 Hudson 采取 Ingleby 与 Bailey 二人的校改各一部分。Collier 的校改，Dyce 说得好，根本讲不通，——英文里不能容忍这样违反“worn”这字的适当用法的这一结构。至于其他两、三个校读法，对于“myself”也丝毫未曾解决问题，因为，Dyce 谓，哀笛达不可能说“you ... sworn to shew *myself* a glass”，她只能说“to shew *me* a glass”。若不加校订，Warburton，Malone，White，Cowden-Clarke 等人的解释都只能非常勉强地讲得通。总之，初版对开本上的原文显然有欠缺，而“myself”（我自己）特别成问题。译者相信这里准是脱漏了一行，而且又有误排，故本来面目已无法恢复。但如果要作一大胆的试探，是否可以这样校补?

[you] sworn, I think
[To trip the heels of the world's practices,
And] show [me in] a glass。

“使人间的习俗摔一跤”乃是把贵贱尊卑颠倒过来，“叫我面对菱花见龟鉴”是使我知道您和我的地位多么悬殊，我打扮成女神而您化装成牧羊子何等不相称。

⑭ 天王巨璧特（Jupiter，古罗马宗教中诸天众神之长，相当于古希腊之宙斯——Zeus）爱上了菲尼西亚（Phoenicia）国王艾琪诺（Agenor）的公主欧罗巴（Europa），当将他自己变成一头美丽的白公牛，杂在国王所刍牛群里，公主见而喜爱，骑上它的背，公牛即腾空飞到克理特岛（Crete），那里巨璧特和她生了三个儿子 Minos，Sarpedon 与 Rhadamanthus。海龙王奈泼钧（Neptune）和 Theophane 恋爱时变成一头公羊。太阳神阿波罗（Apollo）则变成一个牧羊人，替阿特米德斯（Admetus）国王看守了一年羊群。

⑮ Cowden-Clarke，Rolfe 与 Deighton 解释哀笛达“Or I my life”这话为她将丧失她的生命。Furness 说不然，他不信她会那么悲观。她相信，若弗洛律采尔坚持他的意向，国王一定会分开他们，强迫弗洛律采尔回家，而让她去以哭泣度以后的日子。当打击实际到来时，她对她的情人说道：“我告诉过您结果会怎样”，“我将不再多演一忽儿王后的戏，只去挤牛奶和哭泣。”

⑯ 迷迭香叶子常青，芳香可爱，采摘后久久不萎，故象征追忆、思念或回想。芸香

味奇苦，又名悔恨草，也叫天恩草（Herb of Grace），因上帝的恩慈与悔恨罪辜密切相关。

⑰ “Carnations”（荷兰石竹），据 Ellacombe 云，在 Lytei《群芳谱》（1578）上名之为“Coronation”或“Cornation”（王冠花），形、色、香俱臻上乘；它有个专名叫“Caryophyllus”（丁香属），通俗名称则有“Pink，Carnation，Gilliflower，Clove，Picotee，Sops-in-wine”等六个之多。“Gilly-vors”或“Gilly' vors”或“Gilly vors”，是否即“Carnations”，颇难确定。不过看莎氏这里的行文，显然是另一种花，虽然荷兰石竹除紫红、大红、洋红、粉红、素白的而外，也有一种我们叫做洒金的（streak'd，条纹的）。Roach Smith（《莎士比亚之乡间生活》，1870）谓，哀笛达所不喜欢的“streaked gillyflowers”当是“墙花”，就在今天莎氏故乡霭汾河上之司忒拉福镇（Stratford-on-Avon）居民们所了解的“gillyflower”即为普通的墙花，学名叫“Cheiranthus 属”，野生于古墙石砌之上。Prior（《英国植物的通俗名称》，1863）则谓，花草名称的混乱是由于模糊使用法文名词“Giroflée，Oeillet，Violette”所致，这三个名称原来都可以应用到“Pink”（石竹）族的花上，但后来广泛应用于，而最后在英文里限制使用于，很不同的植物。“Giroflée”变成了“Gilliflower”，再限制使用于“Crnciferae”（十字花科）的花上；……这十字花科有“丁香”（Clove-）、“沼泽”（Marsh-）、“流氓”（Rogue-）、“冬日”（Winter-）、“普通”（Stock-）、“墙头”（Wall-）、“水上”（Water-）等许多类别。

⑱ “Sauory”（savory），为南欧所产的一种香薄荷，学名叫“Satureia hortensis”，俗名又叫“summer savory”。

⑲ 拉丁文“Proserpina”之希腊文原名为“Persephone”（哀赛丰妮）。她是天王宙斯（Zeus，相当于罗马之巨擘特——Jupiter）与地母地弥透（Demeter，相当于罗马之西吕姒——Ceres）之女，幽冥王海隶士（Hades，即迫鲁陀——Pluto，罗马人称之为地司——Dis）乘车出游，见而喜爱，把她抢去做了王妃，当时她正在西西利亚之埃那山（Enna）山谷间采花游戏。她母亲走遍大地寻访她，杳无踪影。在地母殷求之下，宙斯答应让她回来，不过有条件她须在下界没有吃过什么东西。不幸她吃过一只石榴。为安慰她母亲起见，宙斯准她每年六个月回到地上来，六个月在幽冥界，——这象征种子埋在地里与生长成谷物的季节变迁。她回到奥灵坡斯（Olympus）山上时温蔼慈祥，在阴曹地府里则森严可怕。（Brewer，Harvey.）

⑳ 对开本原文作“Daffadils”，译文从 Coleridge 将显而易见的脱漏补上。Coleridge 云：这里缺少个表示性质的形容词，不仅仅或只是主要在音步上显得欠缺，而且在句子结构的平衡上，在美学的逻辑上也有短少。也许“golden”（金黄的）是个能把“violets dim”相映衬托的字。按，这是个无可置疑的建议，虽然几乎所有的校订本都兢兢业业谨守着对开本原文不加校补。

㉑ 原文“dim”，Schmidt 解作“缺乏美丽，质朴”，Gollancz 训“颜色素静，不显耀，”Onions 释为“不光耀，暗晦，无光彩”。

㉒ 这里把紫罗兰的温馨可爱跟天后朱诺（Juno）的眼睑和昔西丽亚（Cytherea，即爱情女神维纳丝——Venus）的呼息相比，不论在原文或在译文，读者若想充分体会到，必须多用一点想象，观剧的听众要能领略到，当必更加困难。Littledale

云：在“Violets dim”（幽静的紫罗兰）一辞里，紫罗兰气味的芬芳被拿来跟战胜三月寒风的水仙的灿烂之美相对比，“dim”（幽静的）这字是用来使颜色居于比香味稍次要的地位，它的意义也许是“一半从目光里遮掩掉的”，退隐的，含羞的。Furness 则谓，跟灿烂金黄的水仙相比，紫罗兰很可以称之为“幽静的”和“一半从目光里遮掩掉的”。当无法言传的情爱与温柔在眼睛里表露出来时，眼睑会本能地低垂下来；正在那时候，当这样的情爱之瞥视从天后半闭的眼睛里照射出来时，她的眼睑便变成了情爱的一种风味，正如昔西丽亚的呼息变作甜蜜的一种风味一样；而在这两件事上，紫罗兰都胜过了两位女神。

㉓ “Whitson-Pastorals”，意即圣灵降临节的一周间（Whitsuntide，降灵节在耶稣复活节后之第七个星期日）所演出的牧歌剧。Furness 谓：查不出降灵节时所特别演出的牧歌剧。只知道有奇迹剧在那个节期演出，以及各种喧闹的杂要。可是这没有多大关系。可以说几乎不大合适，由哀笛达去把她自己的言语和动作与任何不及牧歌剧那么优美的东西相比，而只有在降灵节时她也许会有任何机会去观看什么戏剧表演。

㉔ 原文这一行“Nothing but that：move still，still so”：在音调的起伏与淹滞上真可说是妙到极点。两个“still”（永远）于吟诵时都须延长了缓缓地念，各占两个“半拍子”（半音步）；所以这一行，骤看时或机械地分析音步起来虽似缺少了一拍子（一音步），但只要诵读得对，把意义与节奏合成一个有机的整体，它仍然是一个完整的五音步韵文行。Cowden-Clarke 夫妇指出得一点不错：莎士比亚把“still”这字跟两个单音字“move”与“so”一起特别这么样重复运用，造成了音乐上的这样一个声调，这个交替的起与落，水的往复的波动，浪头的动荡，它对读者或听者耳朵上产生了一种效果，那只有一位赋有精绝的感觉的诗人才会想得到。Abbott（《莎士比亚文法》，§509）则谓：这里“still”这字，解作“永远”，要特别着重，也许可以被念成一个准双音字。译者按，应延长，迁缓，淹滞了念，把一个单缀音字念成两个缀音那么长，这才对；特别着重或念得特别响并不能多占据时间。Abbott 的《莎氏文法》论音步部分的大病即在机械的计数主义和不懂节奏的根本性质，不了解重读（ictus）的作用，以及误以为读得越重占据的时间便越长。Hudson 也是个机械的计数主义者，所以他把原文煞费苦心地校补了一番，将下一行首两字“And own”移到本行末尾来补足他认为本行所阙漏的最后一音步，在下行阴性行尾“your doing”之后加上个“is”，将下下行的“Crowns”改为“Crowning”，“are doing”改为“have done”，“deeds”改为“deed”。他这样校改只使文字更合乎散文的味道，大可不必。关于将“deeds”改为“deed”，Furness 说得好：似乎任何哪一位批评家都没有想到，弗洛律采尔在这几个字（“in the present deeds”）里是说起哀笛达如今正在把花束分赠给她的客人们以及她对他们的言谈举止等那些事情。

㉕ 哀笛达微微怪他用谀辞夸张过度，对她近于不忠实。

㉖ Malone：在作者当时和嗣后好久，做女人衣帽的裁缝都由男子充当。接，时下都由妇女担任。

㉗ 此系“Dildos”之音译。据 Murray（《牛津大辞典》）云，这是个在歌谣和歌里用到

的来源不明的字。Furness 则谓，它也有个粗俗的含义，有时为和歌提供要点。

㉘ “Fading”，Theobald 谓为一种轻快的舞蹈歌曲，Gifford 说这字原来是一支爱尔兰民间歌曲的和歌或叠唱，因而即以之名有一种舞蹈，那歌和舞都有点淫荡。Malone 自某些爱尔兰好古家那里得知：此舞在爱尔兰叫做“Rinca Fada”，意即“长舞”，十九世纪初年在爱尔兰好些地方还流行着；“faedan”则解作“小笛”，又训“我吹小笛（或口哨）”；这舞蹈在五月节（五月一日）举行，参加的都是年轻人，选一对舞得最好的男女作舞王与舞后，舞时在晚上烧起了祝火摆一长蛇阵，舞后用一支流行的爱尔兰歌曲欢迎夏天的重返，歌辞首句云：“我们领着夏天，——看啊！她跟在我们后面。”Malone 与 Chappell（《古代流行乐曲》）都征引一支俗歌，它的和歌或叠唱是“有一支小笛”；Chappell 谓，这似乎是句没意义的叠句，像“Derry down，Hey nonny，nonny no”之类。Henry Bradley 在《牛津大辞典》里说，“fading”这字字源不明，有人建议来自爱尔兰语“feadán”，意为“笛子、口哨”，但在西康渥（W. Cornwall）郡方言里“fade”解作“从城里舞蹈到乡下”。

㉙ “Jump her and thump her”（摔倒她和拳打她），跟“底而多”和“我吹小笛”一样，也是古代流行歌曲与歌谣里的一句叠唱。

㉚ 这也是支古俗歌里的叠唱句。Furness：当真，小丑这整段话里的滑稽会被伊丽莎白时代的一场观众所认为很有趣味，对于他们，小丑称赞这些歌曲的庄重不猥亵，会马上引得哄堂大笑。按，这整段话为牧羊人的仆人所说，不是小丑的话；以 Furness 这样细心的学者偶尔也会弄错。

㉛ 对于“unbraided wares”，学者们议论纷纷，大体上有三种意见：Steevens，Malone 等解作“不是辫结的（或编织的）货色”，比如缎带、细白麻纱，上好薄麻布等，那些是纺织品；Tollet，Singer，Staunton，Mackay，Murray 等释为“不褪色的货品，真货，好货”，Collier，White 等则建议“embroided”（刺绣的），乃是说小丑本想用此字，因记不分明故误说了“unbraided”。

㉜ 这里有一双关谐语：“points”作为货郎所备的货品，本解作花边吊带（花边末端缝一钩子，用以将紧身短裤吊在紧身上衣上），亦可译为“扣绦”；但在这里亦被用作律师争辩的论点、案情或法律问题。很抱憾，此双关无法满意译出。

㉝ “Caddysses”，Murray（《牛津大辞典》）谓系“caddis ribbon”之简称，是一种毛丝带，供做吊袜带用。

㉞ “Lawnes”，Schmidt 之《莎氏用字全典》说是“细麻”，韦勃斯脱之《新国际英语字典》谓，从前叫做“laune lynen”，大概是法国 Laon 城的制品，是一种极细的麻织物（有时是棉织物），质地比较稀，英格兰教会的主教官服的袖口即用此稀薄细麻布做。十行后奥托力革厮唱的叫卖歌第一行为“荨麻布（Lawne）白得像风飘的雪花”，可知此麻布极细极白，质地上好。《辞海》“荨麻”条下云，“茎皮之纤维纯白色，有绢光。”苎麻恐不对，因据说“为吾国特产”。

㉟ “Cyprus”（对开本作“Cypresse”），据 Wright 研究，是一种绉绸或绉纱，最初在 Cyprus 岛上所制，也有可能从东方运到欧洲是经过 Cyprus 岛的。

㊱ Peck（《密尔敦之新传记》，1740）谓，琥珀有六种：一、生琥珀，用一只小猪的油脂把它弄透明以前的自然生长状态；二、红琥珀；三、白琥珀；四、黑琥珀，

最坏的一种，含有沉香、暗黑色软树脂、苏合香和这一类作香丸原料的芳香药用植物的杂质；五、黄琥珀，平常作念珠用的“祈祷琥珀”，莎士比亚剧中奥托力革斯叫卖的“琥珀珠项圈”即是；六、灰色琥珀（最好的一种），可作珍贵的食用香料，融化得和牛乳脂一样，烧、烤或烘肉上用得到，布丁上可以放一块。

㊲ 直译原意当作“她们要（当众）穿着胸衣（或衬裙）”。

㊳ Nares：“tawdry”为“Saint Audrey”或“Auldrey”的发音之讹读，后者系“Saint Ethelreda”（圣埃塞丽达）之俗呼。东西被这样称呼，意思是它们是在圣奥特莱市集上买来的，那里有各种花俏的小玩意儿出售。那市售是在伊拉岛（Isle of Ely）上这圣女的节日，十月十七日，举行。按，“lace”则为“necklace”（项圈、颈环）之俗呼。

㊴ Furness：可能奥托力革斯假装着看有没有骗子，实际上是贼头鬼脑向四面张望，看和他一起的是些什么样人。假使我们不在“戏世界”里，我们会奇怪怎么奥托力革斯会不认识弗洛律采尔王储，有如包列齐倪思那么容易地认识他。

㊵ Steevens：也许在晚近时散文对诗歌赢得了一场胜利，虽然是在它的最低微的部门内；因为一切临终前的谈话，忏悔的言辞，凶杀故事，正法目睹记等，在古时候似乎都是用韵文写的。谁若是被处绞刑或火刑，一支欢乐的或悲伤的歌曲（因为这两个表性状词有时是加在这些作品上的）马上被登记在书业公会（the Company of Stationers）的登记簿上。

㊶ “The fourscore of April”与“forty thousand fathom”这两下胡扯都难以索解。如果“说新闻来话新闻”的目的是造些小谣言作为噱头以哄人骗钱，则这样胡诌，说什么“四月八十号”和“离水面有四万呎高”，只会戳穿西洋镜，叫人不去上当买那些歌曲。

㊷ Malone：1604年书业公会登记簿上有这样一则登记：“一条骇怪的巨鱼的极真而希奇的目击记，它在海上西方上空以一个女人的形状出现。”非常可能莎士比亚在这里是暗指这件新闻。Furness谓，《冬日故事》作成于1611年，莎士比亚记忆着这条“骇怪的巨鱼”经过七年还没有忘掉。

㊸ Johnson：“毛人儿”就是半人半山羊的神仙。中世纪时山羊人妖仙舞不是一个反常的娱乐，在法国有一次欢庆一个大节日时，国王与几位贵族装扮成山羊人妖仙，穿着紧身的衣服，上面都是毛茸茸的，以模仿羊毛。他们开始一场狂欢舞，而当他们狂欢极乐时，有一个人靠近一支蜡烛，火头燃上了他的妖仙衣服，马上散布开来，蔓延到他前后左右的妖仙们身上去；结果许多参加舞会的人都被灼伤，因为他们既来不及脱去衣服，又没法把火弄熄。国王幸亏将他自己投在浡庚岱公爵夫人的怀抱里，她把她的长袍裹在他身上，救了他得免被烧伤。

㊹ 原文“Saltiers”，Malone谓是“Satyrs”（山羊人妖仙）之讹，牧羊人的仆人因弄不清楚所以叫别了的，他们的衣服也许是用山羊皮做的。Collier则谓，真正的原字也许是“saultiers”（i.e. vaultiers，跳踊者们），因为这仆人后来说到，这些三人团中最不行的一个，“量尺码跳得有十二英尺半高”。但也许“saltiers”是牧羊人仆人的误读。Halliwell：“Saltiers”或“sanltiers”解作“跳踊者们”或“翻筋斗的人们”。

㊺ Furness引Cotgrave（《法文英文字典》，1632）云：“Hochepot”解作“a hotch pot”

（一锅杂碎）或“Gallimaufrey”（杂烩）；一堆杂七八糟的东西混合在一起乱煮一通。

㊻ “Bowling”，Johnson 说是“舞蹈的顺溜动作，不用太费精力”。Mason 则谓，不是如 Johnson 所推测的那样，暗指一个顺溜的舞蹈，而是指抛掷滚球（bowling-green）那样顺溜［不蹦跳］。

㊼ Cowden-Clarke 夫妇：国王一直在盘问老牧人，如他所计议的那样，而且获得了他所预期的成功。按，见四幕一景之末。

㊽ “And handed love”，Warburton 说是“跟我的恋人嬉戏。”Cowden-Clarke 夫妇则谓，解作“与情爱厮熟”，又含有“握着我姣娃的手”之意；显示弗洛律采尔一直握着衰笛达的手不放，自从他开始携着她的手，当他们将要起舞那时他说“将手搀着我，我的衰笛达”（本景一五四行）。

㊾ Furness：两人中，喀米罗要比包列齐倪思更不能隐藏他对衰笛达的叹赏；那是他说的，假使他在她羊群里的话，他会不去吃草，凭眼睛就看个饱；而当包列齐倪思不再能控制他的惊奇，对喀米罗赞叹衰笛达是个曾在草坪上奔跑的最美的寻常百姓家姑娘时，喀米罗回答道，她是位奶酪和乳脂的王后。在这情人眼里，看出了一个老人的爱慕。译者按，有人也许要提出疑问，以弗洛律采尔这样一位二十岁左右的王子，智能很健全，可以说每天要见到他父亲与喀米罗好多次，不管他们化装得如何巧妙，即令不见面，光听说话声音，也能马上辨认出那是他父亲和恩相（父王的救命恩人）喀米罗在讲话，怎么他会毫不怀疑这两位贵客的身份，而口口声声称呼自己的父亲“old sir”，“ancient sir”（我译为“老封君”，“老大伯”），仿佛从未谋面过的一位贵人一样：这可不是莎士比亚功夫不到，老马失蹄吗？我们的答复是：在诗人当时的宫廷社会中，以及传播到中上层社会里，化装舞会之类的欢娱是极普通的一回事；戴假面的对手不论装得怎样光眼看认不出来，等到相偕舞上了一圈，交谈过三言两语之后，没有不彼此相识或至少是相知的。但虽然相知或相识，彼此仍继续以化装着的身份舞蹈着，决不会互相把花脸壳扯去，袍衫拉掉：这就叫做有趣的“假装”（make-be-lieve）。我们要用这样的心情来了解并欣赏剧情，体会弗洛律采尔何以会一本正经跟一位素不相识的“老大伯”讲话，才不致感觉到这是作者功力不到的一个“大破绽”。在诗歌、戏剧或任何其他艺术里，这样的“假装”是很重要的一种成份。如果有人提出疑问当然在情理之中，经说明后未必见得再会有人坚持。

㊿ Furness 谓，这里应当是个悠长的停顿，以“——”这符号来表示，因句子尚未结束。包列齐倪思告诉了我们它的原因。对于弗洛律采尔，碰着那只柔荑似的手，整个世界都消隐掉了。Walker 则主张这半行与下面半行应合成一行。

51 原文这里的“altring Rheumes”，Furness 谓系指体液本身之变动，并非说它们变动人体的健康。按，据古医学人身内有四种体液，配合得彼此分量合适即身体健康，若有失调即形成疾病。老年人因体液失调，患鼻黏膜炎，鼻涕经常流出来，其他的症状有风湿症等老年病。

52 Furness 谓，弗洛律采尔在这里反映他父亲的殷切的语调。

53 Theobald：既然国王在前面和后面的说话里都在斥责衰笛达，我当真认为这短小的、苦恼的惊叹应归属于她。而况，从后面的对话里看来，显得老牧人受到了大震惊，或者如俗话所说，吓破了胆，喀米罗看到了这情形，所以对他说，“怎样了，老人家？你在死去前，说句话来。”

㊴ 据古典神话，杜凯良（Deucalion）为大神普鲁米修士（Prometheus，意即“先见”）之子，为赛撒利（Thessaly）国王，王后辟拉（Pyrrha）为大神晏壁米修士（Epimetheus，意即“后见”）之女。天王宙斯（Zeus）因见人类不敬神明而恼怒，用洪水浸淹大地。幸有普鲁米修士的预示，杜凯良先造了一只船，洪水一来他和王后乘舟漂去，登上了巴纳塞斯（Parnassus）山顶。洪水退去时，杜凯良和辟拉求请女神西密慈（Themis，意即“自然现象之规律与和谐”）之神谕，怎样才能弥补人类的损失，因为除他们夫妇外所有的人都已淹死。神谕指示他们向背后丢石头。他们照办了，杜凯良丢的石头变成了男子，辟拉丢的变成了女子。因此，杜凯良是我们现有人类的始祖。

㊵ Clark 与 Wright：有一佚名批评家校改对开本原文“dead”（致命的）为“dread”（可怕的）。

㊶ Deighton 解这两行云：不错，对他也配得，（假使我的家世的荣誉不被牵涉的话）显得他自己不配你。C. B. Mount 问道：在什么可能的意义上弗洛律采尔在使他自己不配哀笛达？他用心并不坏；事实上，正是他要结婚的这意向使他父亲勃然大怒；假使他已经使他自己不配她了，怎么“我们的荣誉”能在这件事上减少或影响他的不配？ H. C. Hart 答道：弗洛律采尔目前的不孝行为显得他不配哀笛达——假使我们家世的高华不集中在他身上的话。在包列齐倪思胸中伤痛他的心的，乃是对一个父亲的欺骗，而就是这欺骗使弗洛律采尔（他在别的方面都堪与哀笛达相匹配，只除了在家世高华上，在他的王族血统上）不配她。

㊷ Warburton：这性格在这里得到很巧妙的支持。假如使她对国王显示他自己身份表现得惊惶失措，就会跟她的家世身份不合适；假如她毅然回答了国王的话，那便对于她的教养有亏。

㊸ Furness：哀笛达是心碎了；她知道弗洛律采尔一定得去，而这一别离是过去得愈快愈好。

㊹ Grey：意即他将被埋在绞刑架下面，没有牧师替他举行葬仪。据 1549 年爱德华六世所颁英格兰国教第一祈祷文式的朱文教仪典（莎士比亚大概是暗指这个），有这样的指示：“然后牧师投土在尸体上，应说‘我荐引你的灵魂……’。”

㊺ 这两行内所用的暗喻是，将他自己比作一条猎狗，他父亲用皮带向后拉着或在前牵着他。

㊻ 对开本原文“his Highness”（他御座），Capell 拟改为“his highness”（他尊威）。Delius 谓，不仅王位的尊号，而且是包列齐倪思的尊威，受到了弗洛律采尔向牧羊女郎求爱的凌辱。Furness 谓，嗣后除 Keightley 仍保持原来的“his Highness”外，所有的校订本都从 Capell。

㊼ Cowden-Clarke 夫妇：对王子这般重复她这句殷切的、回想起来的话，说她曾屡次努力向他言明过，他的目的不见得会成功，显示哀笛达对国王的斥责，说那是她主动吸引弗洛律采尔对她求爱，有何等高贵的愤慨，而且和她庄严的性情绝对相

融谐。她最挂虑的是要使她自己不受这谴咎的羞辱；最侮慢她、触伤她自尊心的就是这责难；她沉肃地沮丧着，含一派缄默的尊严，不愧为候妙霓的女儿。

⑥③ 类似的意象在莎氏以下两部悲剧里曾见过。《麦克白》四幕一景、五十八至六十行：

“即令造化的种子整个儿
宝藏全被洒散在地上，直等到
毁灭也感觉厌倦。”

又，《黎琊王》三幕二景九至十二行：

“还有你，你这个震骇万物的雷霆，
锤你的，锤扁这冥顽的浑圆的世界！
捣破造化的模型，把传续这寡义
负恩的人类的种子顿时捣散！”

⑥④ 这是在对哀笛达说，叫她莫低眉垂视，沮丧忧郁。

⑥⑤ “它”指疯癫。意即，如果我能爱她，我可以保持我的理智；假若不然，我将发疯。

⑥⑥ 刚摔掉一个灾祸，又去捡起另一个，倒不如去冒险忙乱为得计，因为多费一番劳累而一无收获，还是不动为妙。在这一个意义上，比如有条船在海外某处港湾里抛下了锚避风，即令船上人不愿待在那里，可还是待在那里的好，那些被抛下了的船锚就算尽到了它们最好的作用。

⑥⑦ Mrs. Jameson：哀笛达有另外一个特点，那在她性格描画的诗的美妙上又加了一层力量与道德的高超，这是特别引人注目的。是那真理与正义之感，那心神的正直的单纯，鄙夷着一切欺骗与邪曲的手段，一会儿也不肯降格去假装，而且是和对她的爱情、对她的情人的高贵的信心调融合一的。她对喀米罗的回答是用这个精神作的。

⑥⑧ 原文这一行半，直译可作“在这七年内，你父亲屋里不会再生你这样的（孩子）了”。Furness 引两种德文翻译供读者们理解与欣赏的参考，煞是有趣。Schmidt（在他的译文注解里）取笑 Tieck（按，Tieck 为十九世纪德国之莎作名译者，诗人）的译文：Es wird wol deines Vaters Haus nicht wieder in sieben Jahren solch ein Kind sebären（好在你父亲屋里不会在七年内再生［你］这样个孩子了）。“仿佛”，Schmidt 说，“七年过后或然性会大一点似的！‘七年’在莎氏是解作无定限的、相当长的一段时间［并非不多不少确指七年］。”Schmidt 之德译则是这样的：“Viel Wasser fliesst von Berg, eh’Eurem Hause Ein zweites Kind [gebären] .”（很多［泉］水将从山中流出来，在你们家里会生出第二个［你这样的］孩子前。）汉译因而作“在多少年之内”，而且口气也是奖赞哀笛达的正气与坚强的。

⑥⑨ 据 Grey（《批评的、历史的与解释的注子》）云，香球是用香料做的小圆球，放在口袋里或挂在颈上，在疫疠流行时防止传染。

⑦⓪ Johnson 谓：此系暗指往往为罗马教徒所出售的念珠，据说因为跟某些神圣的灵宝接触过而变得特别有灵验。

⑦① “Best in picture”，Hunter 谓系指钱币上的印纹，Rolfe 解作“有最好的样子”，Deighton 释为“看起来最好，即装得最满”。

⑦② 在莎氏当时，男人裤子前面下部缝或挂一片很不雅观的、吊儿郎当的东西名叫

"codpiece"，可以做成一只放钱包的袋子；我们没有现成的名称可译，姑名之曰"遮阳"。

⑬ Schmidt：这是句鄙蔑的反话，意即"愚蠢之极"。按，"puppies"意为"自以为了不起的小狗们"。但在我们语文里，分明不能这样说法。

⑭ "Give us the lie"这成语原来的意义是，"把我们说成不老实"。但这里并不拘泥于原义，而是可以有几种不同的说法。Heath谓，诗人的意思是要造成困惑以及开玩笑，甚至使奥托力革厮也自相矛盾，这可以在小丑对他的回答里见到。Johnson谓，这意义是，他们［做买卖的］是被出了钱叫撒谎的，所以他们不是把谎话给了我们，而是把它卖给了我们。Hudson云，奥托力革厮显得是在"to give one the lie"这句成语上说双关话，用作"以谎话作交易"解，或者用假话来欺骗；如他自己在出售他的货品时所常做的那样。撒谎在这一意义上是被付了钱的，而不是被付与刀戳的，如在另一意义上那样。而且，用撒谎把他的主顾们的钱骗出来，奥托力革厮在他的谎话出卖中收到了很好的代价；因此，他没有把谎话白送给他们。Rolfe解释道：当奥托力革厮说"tradesmen"（做买卖的）"常给咱们当军人的上当"，他大概是说他们那么做是在卖货时所进行的撒谎中（这诡计他自己是充分熟悉的）；但是，他又说，"我们为此付给他们的倒是打印的洋钱，不是戳人的刀尖"——如他们所应受的，或你们所会猜想的那样。做买卖的可说不会得惯于责备军人们，把他们说成不老实，如将"to give the lie"这句成语解作它本来的意义那样。此外，还有Daniel与Deighton认为"stamped coin"（打印的洋钱）与"stabbing steel"（戳人的刀尖）二语被手民误排得次序颠倒，这里就不加详述了。Furness则认为，这是奥托力革厮故意说得暧昧不明，以困惑两头"巧驴儿们"的，同时，也可以给他们一个很深的印象，他自己是多么重要。

⑮ 译文小丑此语系据Capell所释义。Rushton则谓，"to be taken with the manner (mainour)"是句老法律用语，意即"被当场捉到（人赃俱获）"；若据此说，则下半句当作"若是您没把您自己当场捉到的话"。

⑯ 原文"insinuate" Malone解作"用巧言引诱，低声下气说话"。译文据Schmidt所训义。

⑰ Kenrick谓，原文"Pheazant"（野鸡）疑系"Present"（礼物）一字之误，虽然不敢一定说对。Walker与Furness都认为Kenrick的校改一点不错。对于"野鸡"的原文，Steevens作这样的解释：既然他是个从乡下出来的请求者（或告状人），小丑猜想他父亲总要带一点野味来送礼，所以当奥托力革厮问他，他有什么"代言人"时，小丑以为"代言人"就是一只野鸡。

⑱ White：显然这是诗人记忆疏忽了。这瘪三固然跟王储对调了衣服；但王储是穿着个"牧羊子的衣着"［见本景第九行］。Gildmeister建议，《冬日故事》上演时，也许莎士比亚正住在司忒拉福镇上；假使他在场，他不会不去改正这失误。

⑲ Johnson谓，这显得剔牙齿在当时被认为是装模作样表示自己高贵或文雅的一种特征。

⑳ Stearns：为什么是条新船？因为在一条新船里空气要比一条旧船里干净得多；为的是舱底的污水不会积污太多而发臭。

㊶ 原文“hand-fast”严格讲来，据 Staunton 云，解作“mainprise”（取保释放，随传随到），又叫作“handling”。译文从 Schmidt 的说法，泛训为“任何束缚、拘禁或看管”。

㊷ 即贿赂。

㊸ 这里有个双关，“case”解作“境况”，又解作“皮张”。D. H. Madden 谓，在打猎用语里，狐狸皮被叫作是它的“皮张”。

第五幕

第一景

［西西利亚。里杭底斯宫中一室］

［里杭底斯、克廖弥尼司、第盎、宝理娜与仆人等上。

克廖弥尼司 王上，您做得已够，已经尽到了
圣徒一般的悲伤；不可能犯过
什么样罪辜，您尚未赎尽前愆；
当真，您所付的忏悔已超过咎戾。
最后，跟上天似的，请将那邪恶
忘怀；和上天一样，宽恕您自己。

里杭底斯 只要想起她和她的美德，
我便不能忘掉我自己的过错，
所以总想起我自己铸成的枉曲；
那是这么多，以致使我的王国
没有了后裔，而且摧折了人自来
所曾寄托希望的最亲密的同伴。

宝理娜 果真，太对了，吾主；假使您跟
举世一个个女子都结婚，或者从
所有的女子身上都采取一点儿

优良，① 去造个白璧无瑕的良妻，
曾被您杀死的她，仍将独绝而无双。

里杭底斯 我也这么想。杀死的！② 我杀死的她！
我确曾如此；但你说到这上头
打得我很痛：在你唇舌间道出，
跟在我思想里想着，同样奇苦。
如今，请你，要少说为是。

克廖弥尼司 好夫人，
一次也别说：您说一千桩别的事，
会对那事有好处，使您的温蔼
更能增光彩。

宝理娜 你也是那些个愿他
再婚的人中的一个。

第　盎 你若是不愿
这般，您对于邦国便不存怜爱，
对于他至尊的名声的忆念也没
顾惜；未曾考虑到，因王上子嗣
空虚，什么样危难会降落到邦中，
把犹豫不定的旁观者悉数毁灭。
什么事能比庆贺旧时的王后
健好无恙，更清纯圣洁？什么事
能比欢庆王统的更新，同时为
目今的慰藉，也为将来的福绥，
去祝贺御榻上又有了亲密的同伴，
更清纯圣洁？

宝理娜 与去世的娘娘相比，

没有谁堪供匹配。而况，天神们
将会要完成他们那秘奥的计划，
因为神灵的阿波罗不是说过吗，
他那神谕的用意不是曾明言，
说国王里杭底斯，他失去的孩子
找到前，不会有后嗣？假使有的话，
那真和我们人类的理智不相容，
正如我的安铁冈纳施破开坟墓
到我跟前来；他呀，凭我的生命，
已和那孩婴同归于尽。你想劝
主上乖天心，违逆天神们的意志。——
［向里杭底斯］不必为后嗣多顾虑；宝祚自会
找到后继人：伟大的亚历山大
将他的大宝遗给堪当其位者，
故而他的继承人该是最好的。

里杭底斯　亲爱的宝理娜，我知道你是耿耿
怀念着候妙霓；啊！但愿我采取了
你的谏诤去行事！那样时，到如今，
我尽可举目凝望我王后的明眸，
从她那唇边得到无穷的宝藏，——

宝理娜　哦，她唇边的宝藏，取之无尽而
用之不竭。

里杭底斯　你说得极是。再没有
这样的妻子了；所以，不再要妻子：
一个不如她而能得较优待遇的，
会使她已成为神圣的亡灵重据

她的尸骸，而在这舞台上，——这里
我们如今都有罪，——现形，③且愤激
难禁地问道，“为什么你对我如此？”④

宝理娜 她若能这样做，自有充分的原因。

里杭底斯 她很有原因；且将激得我性起，
凶杀那新妇。

宝理娜 我当会那么做：假如
我是那还魂的幽灵，我会叫您
注视她的眼瞳，看了对我说您可
看中她那里边的什么迟钝部分，
所以选中她；然后我将发锐唳，
而您的耳鼓会破裂；接着我还会
对您说，“记得我的眼睛”。

里杭底斯 星星，星星！
别的眼睛全都是熄了火的焦炭。
你不用害怕我娶妻；我将不再有
妻子，宝理娜。

宝理娜 您可肯宣誓吗，决不
再结婚，除非得我的同意？

里杭底斯 宝理娜，
我决不：让我的灵魂得福！

宝理娜 那么，
亲爱的贵人们，对他这誓言作证。

克廖弥尼司 您使他过于奋激。

宝理娜 除非又有位，
好比画像般与候妙霓一模一样，

为他所目击。

克廖弥尼司 亲爱的夫人，——

宝理娜 我的话

已说完。可是，主君如果要结婚，——

若是您要的话，吾王，毫无办法，

您准要，——给我那任务为您选一位

后妃，她定得不如您先前的那位

那样年轻；但她将是这样的人儿，

假使您先前的王后的幽灵在此，

她将乐意见她在您的臂抱中。

里杭底斯 真诚不假的宝理娜，在你叫我们

结婚前，我们将不结。

宝理娜 那将会是在

您那第一位王后⑤重复呼吸时；

不到那时候决不会。

［一近侍⑥上。

近　侍 有一位自言是弗洛律采尔亲王，

包列齐倪思的儿子，同他的妃子，——

我从未见过这样的美人，——愿求

王驾对他们赐见。

里杭底斯 谁和他在一起？

他到来不像他父亲，车水马龙

旗幡拥；他这下来到，仪从清简

又仓猝，告诉我们这不是预先

计议来相访，而是为需要与偶然

所促使。有什么随从？

近　侍　　　　　　　　　　　只少数，而且

也寒伧。

里杭底斯　　　你说有他的妃子一同来？

近　侍　是啊，那该是，我想，从来太阳曾

照亮的最绝的一块土。

宝理娜　　　　　　　　　　啊，候妙霓！

既然每一刻现今总夸耀它自己

超迈了较好的过往，你的坟墓⑦

也就一定得让位于此刻之所见。

先生，您自己曾说过、写过这句话，——

但您那大作如今已比那话题⑧

还要冷，——“她，人中绝，再也无人能

相比”；便这般您诗中曾一度流过

她的美：要说您曾见姣好的美人，

这话已时过而境迁，不堪再回忆。

近　侍　请原谅，夫人：那一位我几已忘掉——

望你原谅——这一位您一经目注，

将无不心仪而舌赞。这是这样

一个人，只要她开创一支教派，

所有其他教派里的信徒的热诚

都会被她熄灭掉，只要她叫谁

跟她，谁就会成她的皈依者。

宝理娜　　　　　　　　　　　　怎样？

不是女人吧？⑨

近　侍　　　　　　女人会爱她，因为她

是个比任何男子更宝贵的女人；

男子会爱她，因为她是个女人中
最登峰造极的。

里杭底斯 你去，克廖弥尼司；
你自己，你的荣誉的同僚们帮着，
将他们带来入我们的怀抱。还是
很奇怪， ［克廖弥尼司与余众下。
他会这样偷偷地来访。

宝理娜 若我们的王子——孩子中的宝——见到
这时辰，他会跟这位殿下成一双：
他们的生日相差不到一足月。

里杭底斯 请你莫说了：住口吧！你知道一经
提起他，对于我，就是再死了一遭：
当我见到这位少君时，你的话
准会使我想起那情事，那许会
叫我丧神而失智。他们已来了。

［弗洛律采尔、哀笛达、克廖弥尼司与余众上。

你母亲何等精贞于婚媾，亲王；
因为她将你怀孕时，把你的父王
印版一般地打印了出来。我此刻
假如是二十一岁，令尊的形象在你
眉宇间丝毫不爽，这气概跟他
一模一样，我会像以前称呼他，
那么，叫你作王兄；且跟你谈起
我们从前轻率地一同做的事。
最最亲爱的欢迎！美好的妃子，
还有你，——天仙！啊，唉哟！我失掉了

儿女一双，若他们在天上和人间，
会引得神仙与下界都赞叹，正和
你们，尊荣的贤伉俪，一个样：[10] 另外
我也失掉了——都因我自己的愚蠢——
你堂堂父王的友伴和友爱，对他，
我挨着衷心的惨痛，愿在此生中
再见他一面。

弗洛律采尔 奉着他的命，我在
西西利亚登了岸；为他尽敬礼，
问安好于君王，这乃是一位国君
怀着友情能致他王兄的至意：
若不是衰颓，——那跟老年一同来，——
有点制服了他愿有的能力，他会
迈越过您和他御座之间的海陆
相距亲自来见您，他爱您——他要我
对您这么说——甚于爱一切王权，
和活着的君王。

里杭底斯 啊，我的王兄啊！——
亲爱的君子，——我对您所行的不义
重复在我心中内疚，而您的这些
周章斡旋，这么样无比地亲仁
恳挚，只能说明我多拖延迟滞，
多疏懈怠忽！欢迎你来到此间，
如欢迎春来大地。而他还竟然
促使这位琼绝的天人，冒着那
可怕的奈泼钧的可畏之威——至少

不温柔，来敬礼一个不值她麻烦，
更不堪她冒逆生命危险的人吗？

弗洛律采尔 亲爱的吾王，她来自利比亚。

里杭底斯 是否在
那里，那勇武的司马勒，高贵与光荣
两全之主，为人所畏惧而敬爱？

弗洛律采尔 至尊的伯父，是从那方来；来自他
那边，他流泪与他的爱女道别：
我们打那里过海来—— 一路是南风
友好地顺送——执行我家父给我，
叫拜谒尊颜之命：我最好的扈从
我自西西利亚海边已解散回家；
他们已转向波希米亚去，不仅去
汇报我在利比亚的成功，大伯父，
也为去陈禀我与妃子的安全
到达了此间我们如今之所在。

里杭底斯 愿众位神圣的天神将空中疫气
清扫尽，当你在此作客时！你有位
清纯圣洁的尊亲，一位懋德而
获天佑的君子；对他的福体，那是
如此地神圣，我犯过罪戾：为那个，
上苍心怀着恼怒，使我无子嗣；
而令尊却得福——他应受天恩呵护——
有了你，堪当他的盛德。我若现今
能眼望儿女双双在眼前，如同
你这样的佳儿，我将多么心情爽！

［一贵人上。

贵　人　至尊的明君，我待禀报的将不邀
信任，假使凭证不来得这么近。
您许会高兴，大王，波希米亚王
御驾亲自命我向尊座致问候；
愿您将他的王子逮捕住，他把
高位、名分都抛弃而不顾，打从他
父王，打从他的希望逃遁，而且是
和个牧羊人的女儿一同出奔。

里杭底斯　波希米亚在哪里？快说。

贵　人　他在您
这城中；我此刻是从他那里来此：
我出言慌乱，这正和我的惊愕
与传言相符契。当他赶来您宫中，——
看来是来追这俊俏的一双，——路上
被他撞见了这个像千金的父亲
和她的哥哥，他们都随同这位
年轻的王子背离了他们的乡井。

弗洛律采尔　喀米罗出卖了我了；他的荣誉
和他的诚实到此为止，还能够
经受住一切风波云雾。

贵　人　将这事
归罪于他吧：他和您父王在一起。

里杭底斯　是谁？喀米罗？

贵　人　正是喀米罗，君王：
我刚和他说过话，他现在正跟这

两个可怜的人儿在打话。[11] 我从未
见过遭际狼狈的家伙这么样
颤抖：他们下着跪，叩着头请罪，
每说一会话便诅咒一下自己：
波希米亚手掩着自己的耳朵，
用各种各样的死法威吓他们。

袁笛达 啊，我可怜的父亲！天公差密探
跟随着我们，不叫我们的婚事
庆合欢。

里杭底斯 你们结过婚吗？

弗洛律采尔 我们没，
大伯父，看来不见得成功了；星星，
我看来，要先吻过了山谷才成：
中彩头对于位高位低都一样。[12]

里杭底斯 我的亲王，这是位国王的女儿吗？

弗洛律采尔 她是的，[13] 只要一做了我的妃子。

里杭底斯 那个“一做了”，我看来，只因你父亲
来得太快，恐怕要延宕。我抱憾，
非常抱憾，你打破了他的喜爱，
挣脱本分的维系走出来；我同样
抱憾的是你这选中的偶俪品位
敌不上美貌，好叫你得能消受她。

弗洛律采尔 心爱的，抬头望：虽然命运，如今
显得是敌人，同我的父亲一起来
追我们，她却没有一点点力量
来改变我们的爱情。恳求您，伯父，

请回忆从前您和我如今一样，
那年轻时节；回想到这样的情爱，
请您站出来替我作主张；在您
申请下，我父亲会给珍宝如草芥。

里杭底斯 若果真如此，我讨要你这位
宝贝的姑娘，他会把她当草芥
来给予。

宝理娜 王上，我的主君，您这双
眼睛里还太多青春的光焰：王后
过世前不满一个月，她更配领受
您此刻眼端端所投的凝视。

里杭底斯 就在
这些顾视中，我想起了她来。[向弗]可是
我还未回答你的恳请。我要去看
你父亲：你的荣誉若未被欲念
所推翻，我愿为它们，愿为你尽力；
去求情，我现在要看他。所以来吧，
看我的成就如何：跟我来，好贤侄。

[同下。

第二景⑭

[王宫前]

[奥托力革厮与一士夫⑮上。

奥托力革厮 请问您，大人，讲那经过情形时您在场吗？

士夫一　打开那包裹时我在，听到那牧羊老人讲起他是怎样捡到的：诧异了一会之后，我们被吩咐离开那房间；不过我似乎听到牧羊人说，他是捡到那孩子的。

奥托力革斯　俺倒挺乐意知道那事情结果如何。

士夫一　我传报这件事可说不齐全；不过我看到国王和喀米罗脸色变了，一派的惊奇：他们彼此互相瞪着，好似要瞪破眼眶似的；他们不说话中间有话，光那姿态里就有言语；他们那神情里像是听到了整个世界得救了，或是给毁了：一阵异乎寻常的诧愕的激情在他们形容间透露出来；可是即使最聪明的旁观者，只凭眼看，不知道内情，也说不上那是什么意思，是欢乐还是悲哀；不过总不出这两桩里的一桩，且准是到了极点。

［又一士夫上。

这里来了位士夫，也许会多知道些。有什么新闻，罗格罗？

士夫二　什么也没有，只有祝火：神谕是应验了；公主是找到了：这么多惊人的奇事在这一晌发生出来，小曲家们还来不及编造歌曲呢。

［又一士夫上。

宝理娜夫人的家宰来了：他能多给你些消息。现在怎样了，先生？这新闻据说是真实的，但跟个老故事一样，它的真不真很有点可疑：国王找到了他的胤嗣⑯吗？

士夫三　千真万确，假使真情能叫一些情况的细节充实而坐证的话：你听到的一些事你可以发誓你看到过，证据是这么完全一致。候妙霓王后的斗篷，挂在孩子颈上的那颗宝石，和它一起捡到的安铁冈纳施的信件，那个他们认得是他的笔迹；那姑娘的气概举止庄严宏大一如她母亲，天生成性情高贵远超过她所受的教养，还有许多其他的证据宣明她毫无疑问是国王的女儿。你看到两位国王彼此相见吗?

士夫二 没有。

士夫三 那你就损失掉一场奇观了，那是要眼睛看的，嘴巴说不像。那里你能见到欢乐之上又加欢乐，以致，且到了这般模样，看来像"悲哀"离开他们时哭得不可开交，因为他们的"欢乐"是徒涉着眼泪互相拥抱的。他们眼睛往上望，手臂高举着，仓皇混乱做一团，你只能分辨出衣袍，不能凭眉眼面相辨认他们了。我们的王上，为了找到他女儿而狂欢，几乎要跳起来，乐极生悲，叫道，"啊，你母亲，你母亲！"跟着就请求波希米亚对他宽恕；接下来便拥抱他的女婿；再就是去搂抱他女儿；然后去感谢那牧羊老人，他站在一旁像个经过了好多代王朝的喷泉上的石人儿似的。我从未听说过这样的相会，这真是传报会蹩着腿跟不上，描画会变成哑巴说不出来。

士夫二 安铁冈纳施，是他把这孩子送去的，请问你，他怎么样了?

士夫三 还是像个老故事那样，那想要把事情说出来，可是没有人会相信。⑰他给一头大熊撕烂了：牧羊人的儿子肯定地这样说，而他则不光有他的蠢拙——那好像很厉害——证明他不诳，而且还有他的一方手帕和几只戒指宝理娜认得出来。

士夫一 他那条船和他的随从们怎样了?

士夫三 船破了，跟他们主子的死是同一个时刻，而且牧羊人还看到：所有帮同他抛弃那孩子的所有的人手就在她给捡到的那一刻都给消灭了。可是，啊！那狂欢和极痛在宝理娜心中那场严肃的搏斗可真了不起！她为她丈夫的死低垂着一只眼睛，为神谕的应验高举着另一只：她把公主从地上举了起来，拥抱她得这么紧，仿佛要把她钉住在心上似的，好使她不再遭失掉的危险。

士夫一　这个动作的庄严是值得君王们、太子公主他们观看的，因为那就在他们面前表演。

士夫三　在一切情状里最可爱的，而那是来钓我的眼睛的，——钓到了眼泪，不是鱼，——是正当讲起王后的死的时候，说到她怎样会死，——那件事国王自己勇于认罪而悼伤，——他女儿非常注意听，那可真伤了她的心；等到，悲伤的征象一个接着一个来，最后她叫声“唉哟”！我愿说，哭出的眼泪似流血，因为我敢肯定我心里的血也像眼泪在泉涌。谁在那里就是最铁石心肠的也会脸上变色；有人昏晕过去了，大家都哭了：假使全世界的人能来看到，那悲哀就会是普天下的了。

士夫一　他们回到王宫里去了吗？

士夫三　没有；公主听说了她母亲的雕像，那是宝理娜保管着的——一尊雕了好多年，现在才由那位卓越的意大利大师巨利奥·罗马诺新完成的杰作；⑱他若是有永恒把握，能把呼吸放进他作品里去的话，他会把造化的主顾抢走，竟能模仿她到这么一丝不爽：他把候妙霓雕刻得这么像候妙霓本人，他们说人们能对她说话而站着等她回答：他们都怀着满腔热爱去到了那里，预备在那里进晚餐。

士夫二 我想她在那里当有什么大事情在做，因为自从候妙霓死后，她总是一天两三回独自一人去到那隐僻的房屋里去。[19] 我们也到那里，凑着伴儿跟他们一起去欢庆如何？

士夫一 能给进去的谁愿意不去？眼睛每一霎，就会有什么新的恩福会产生：我们不在那里使我们的闻见减少。一块儿走吧。

［三士夫同下。

奥托力革厮 如今，俺若是没有以前生活里的那点儿缺德的话，升官发财会能掉到咱头上来。俺把那老头儿和他儿子带上太子爷的船：告诉他俺听到他们讲起一个包裹，不过俺不知道是怎么一回事；可是他在那时节，太迷恋着那牧羊老儿的姑娘，——那一晌他以为她确是那样个人，——她开始晕船晕得很凶，他自己稍微好一点，风浪不断地很厉害，这秘密便没有给发现。不过这对俺是一样的；因为如果俺发现了这秘密的话，这不会同俺的丢脸事一起被当作 [20] 好事儿的。这儿来了两个俺违背自己的意愿去讨好的人儿，他们已经鸿运高照。

［牧羊人与小丑上。

牧羊人 来吧，孩子；我是不会再有孩子的了，不过你的儿子女儿会都是大户人家的儿女了。

小　丑 碰到您很高兴，您家。您那天拒绝跟我决斗，因为我不是大户人家子弟：您看到这些衣服吗？您若是还说没见到它们，还把我当作不是大户人家子弟：您最好还是说这些锦袍不是大户人家做的。侮辱我一下，说我撒谎，来呀，试一下，看我现在是不是一位大户人家子弟了呢？

奥托力革厮　俺知道您现在是，大爷，一位大户人家的子弟了。

小　丑　是呀，我这四个钟头里随时都是的。

牧羊人　不错，是我生下了你的，儿子。

小　丑　是你生的：可是我父亲没有生我时，我就是个大户人家的子弟了；因为那国王的儿子拉着我的手叫我哥哥；跟着两位国王都叫我父亲亲家；下来那王太子我的兄弟和公主我的妹子叫我父亲作父亲；我们大家便这么哭起来：那是我们第一次流相公式的眼泪。

牧羊人　我们这辈子，儿子，还会流好多次呢。

小　丑　是呀；不然的话就是运气不好，眼见到我们如今景况这么乖戾。[21]

奥托力革厮　俺恭恭敬敬恳求您，大爷，饶了俺对您大相公所犯的过错吧，请您对太子爷俺主人要讲咱的好话。

牧羊人　请你，儿子，就那么办；因为我们是相公官人了，我们便得文雅温存些。

小　丑　你会改过自新吗？

奥托力革厮　是的，若是您大相公高兴的话。

小　丑　把手伸给我：我会对太子赌咒，你是个在波希米亚比不拘那个真正老实人还要忠厚的人。

牧羊人　你说就是了，可不要赌咒。

小　丑　不得赌咒，为了我如今是个士子了？让野汉[22]和乡下佬[23]去说这话，我要赌咒。

牧羊人　若这话是假的，那怎么办，儿子？

小　丑　不管它多假，一位真的士子可以替他的朋友赌咒：而我要对太子赌咒，说你是个能干有胆量的人，[24]又说你不会喝醉；可是我知道你并不能干有胆量，而且会喝醉：

不过我会赌咒，而且愿意你是个能干有胆量的人。

奥托力革斯 俺要尽量那么做，大爷。

小　丑 是啊，无论如何要成个能干有胆量的人：若是我不奇怪怎么你敢冒险喝醉，且不去做个能干有胆量的人，就不要相信我。听！两位国王和太子公主他们，我们的自家人，正在去看王后的像了。来吧，跟我们来：我们可以做你的好主人。

［同下。

第 三 景

［宝理娜府中小教堂］

［里杭底斯、包列齐倪思、弗洛律采尔、哀笛达、喀米罗、宝理娜、贵人数人、侍从数人上。

里杭底斯 啊，可敬而亲爱的宝理娜，我从
你那里得到多大的安慰！

宝理娜 什么事，
君王，我做得不好，我用意却美。
我所效的辛勤，您已充分酬报；
您能和您的王兄，与你们两座
王国的联姻宝胄，都屈尊下顾
蓬荜，这便是恩宠逾盈，尽我这
一生也休想能报答。

里杭底斯 啊，宝理娜！
我们前来打扰你：可是我们来

是要看我们王后的雕像：我们
走过了你的行廊，很欣赏许多
珍奇的宝器，但我们还未曾见到
我女儿特来参拜的她母亲的像。

宝理娜 正如她在世时没有匹敌，故而她
死后的造像，我很相信，超过了
您所曾见过或是人的手所能
做到的任何东西；所以我将它
单独安放着。但它在这里：请准备
来看那生人给仿造得活灵活现，
仿如沉静的睡眠模仿着死亡：
看吧！您说，多好。

［宝理娜拽启帷幕，显候妙霓为一雕像。㉕

我爱您的沉默：
这更显得您在赞赏；可还是说吧：
首先请您，主君，这有点像真的吗？

里杭底斯 是她自然的姿势！将我呵责吧，
亲爱的石像，好使我说道，你当真
就是候妙霓；或者更也许，因你
不呵责而正就是她，因为她温柔
和煦，如婴稚与仁慈一样。可是，
宝理娜，候妙霓还没这般皱纹多；
并没有这样衰老。

包列齐倪思 啊，没衰老得
恁厉害。

宝理娜 这更显得我们的雕刻师

多卓越；他使得几乎十六年流过，
而将她雕成如今还活着的一般。

里杭底斯 像她如今还活着般，那真是好不
令我安慰，正如它如今却刺入
我灵魂。啊，她当时也这般站立着，
也正像这样庄严地活灵活现，——
暖乎乎满是生气，它如今却冷冷
站立着，——当我初次向她求爱时。
我感到惭愧：这石像不骂我比它
更冥顽甚于石？啊，石雕的王后！
你这庄严里有魔法，将我的罪恶
咒召得重新记起来，且从你又惊
又喜的女儿身上摄取了生气，
她和你并峙着，石头一般。

裒笛达 准许我，
请别说这是迷信，我要跪下来，
且这么[26]请求她祝福。亲爱的王后，
娘亲，当我入世时你便已逝去，
你那只手给我来吻。

宝理娜 啊，莫性急！
这石像还只新放下，色彩还没干。

喀米罗 吾王，您这悲伤太漫羡宽广了，
十六个寒冬还不能吹去，十六个
炎夏也不能使它干：不见得有欢乐
活得这么久；再没有悲哀不自行
早已殒灭。

包列齐倪思　　　　我亲爱的王兄，让我，
这悲伤的因由，能从您身上分去
如许多，来增加我衷心的负担。

宝理娜　　　　　　　　　　　当真，
吾主，我若能意想到给您看见了
我这么可怜的造像，——石头是我的，——
会使您这么激动，我不会来陈展。

里杭底斯　莫拉拢幔幕。

宝理娜　　　　　您不能再定睛凝望，
否则您那幻想会以为它就要
行动。

里杭底斯　　　让它去，让它去！我愿意死掉，
若不是，我看来，已经——[27]那造像的人
是谁？看啊，王兄，您不以为它
在呼吸，而且那些血管里果真
有血液在流？

宝理娜　　　　　　雕得真出色：就在她
唇边像是暖乎乎有生气。

里杭底斯　　　　　　　　　　她那
目光的凝注里有颤动，[28]想我们该是[29]
被绝艺所欺罔。

宝理娜　　　　　　我要把幔幕拉上；
君王差一点要这么神飞而心动，
不久他会以为这像是活的了。

里杭底斯　啊，亲爱的宝理娜！让我去这么
"以为"它二十年：我想世间不可能

有甚静定的思想，能和那疯狂
比愉快。让它去。

宝理娜 对不起，王上，我竟
使您激动到这地步：但我能使您
更苦恼。

里杭底斯 来吧，宝理娜；因为这苦恼，
它的滋味跟任何爽心的乐事
一般甜。可还是，我看来，有阵气息
飘下来：自来有什么神妙的凿子
能雕刻呼吸？莫让谁来嘲笑我，
因为我要和她接吻了。

宝理娜 别那样，
亲爱的主上。她嘴上的红色还潮：
您若去接吻，会把它弄坏；把油彩
沾在您嘴上。我好来拉上幔幕吗？

里杭底斯 不行，这二十年里不能拉。

裒笛达 我能够
站得那么久，在旁观看着。

宝理娜 您如果
不引退，立即离开这小教堂，就请
准备看更多的惊奇。您若能看着，
我会叫这石像当真来移动，下来，
搀着您的手；不过那时节您会想，——
那个我可要反对，——我有魔法
帮助我。

里杭底斯 你能使她做的事，我乐意

来观看：说的话，我乐意来听；因为
使她说话跟行动同样地容易。

宝理娜 那就需要您振奋起精诚。然后，
大家都立定；或者，什么人以为
我正要做的是不法的事，让他们
就离开。

里杭底斯 进行：不许有脚步移动。

宝理娜 音乐声，鸣醒她：奏响！ [乐声起。
时间已到；
下来；莫再是石头了：㉚这里来；震惊
所有看的人，叫他们大家都讶异。
来吧；我要把您的坟墓封起来：
移动；别那么，走下来；将您的麻痹
遗留给死亡，因为亲爱的生命
救您离开他。你们见到她在动了：
[候妙霓下降。
莫畏缩；她的行动将会都圣洁
而清纯，一如您所听到的我这些
咒辞全合法：莫要回避她，除非您
见到第二回她又死去后，因为，
假使那样时，您便双重杀死了她。
别那样，把您的手伸出来：当她
年轻时，您向她求爱；如今年老了，
要她做求爱者？㉛

里杭底斯 [拥抱伊]啊！她身上是温暖的。㉜
假使这算是魔法，当它跟吃东西

同样是一种合法的巫术好了。

包列齐倪思 她在拥抱他。㉝

喀米罗 她围着他的脖子：

她如果活着的话，让她也开口。

包列齐倪思 是啊；让她说明她一向在哪里

过活，或者怎样从死人处偷出来。

宝理娜 说她是活着的，只要告诉您，就会被

嘲骂，像个老故事一般；这样子

却显得她是活的，虽然还没说话。

再看上一会。请您来居间，美小娘：

跪下来请您母亲来祝福。转过来，

亲爱的娘娘；我们的裒笛达找到了。

［引见裒笛达，伊跪向候妙霓。

候妙霓 众位天神，请向下俯视，从你们

神圣的樽中将你们的神恩向下

倾注，倾在我女儿头上！告诉我，

我的亲儿，你在哪里被确保着

安全？在哪里过的活？怎样会找到

你父亲的宫阙？因为你将会听说，

我从宝理娜那里得知了神谕

说你有希望还活着，我便将自己

保存着来看这结局。

宝理娜 有的是时间

来谈那些事；我怕在这样的时会㉞

有人会想用同样的叙述来打断

你们这欢乐。都一同去吧，你们

全是大好的得胜者：㉟ 你们的大喜
让大家分享。我呕，一头老雉鸠，㊱
会独自飞上一枝枯树枝，那里去
悼伤我永远不再能找到的老伴，
直等到我自己也亡故。㊲

里杭底斯 啊！且住，
宝理娜。你应当听我的劝告，接纳
一位夫君，如同我听你而迎一位
贤妻：这是个相约，我们双方来
起誓把它定。你找到了我的；但怎样
会找到，我要来问你；因为我见她，
我以为是死了，而且在她那墓上
徒然地作了好多次祈祷。我毋须
远觅，——关于他，我知道他心意的大较，——
去为你寻一位荣誉的夫君。来吧，
喀米罗，跟她手搀手；他的品德
和荣誉大家都知道，而且在这里，
我们两君王能证实。让我们
离此回宫吧。什么！望着我的王兄：㊳
请你们都对我宽恕，只怪我不该
在你们圣洁的顾视间妄投我那
恶劣的狐疑。这是你我的子婿，
兄台君王的儿子，——蒙上苍指引，
已和你女儿订婚。亲爱的宝理娜，
领我们离开此间，去到那所在，
我们好安闲地每人发问和回答，

他在这么一大段时间的空缺里
曾做过什么事，自从我们彼此
相互分离后：快快领我们离开。

[同下。

(剧　终)

第五幕　注释

① Johnson：这是个莎氏所喜爱的思想；它也被施之于蜜亮达与萝蕤玲。按，《暴风雨》三幕一景四十六至四十八行，斐迪南赞美蜜亮达云：

　　可是你，啊你！这么样美妙
无比，这么样无双独绝，真不愧
是造化所创万物的菁英。

又，《皆大欢喜》三幕二景一五八至一六一行，西丽亚所念奥阑陀歌辞中称颂萝蕤玲有句云：

便这般，萝蕤玲是天上神仙
　海会时撷取的各色菁英，
将锦心和绣口，花容和慧眼，
　众多美妙都荟萃以成形。

② Furness：宝理娜必须单身独自将整个宫廷的影响抗御住，而且，或许，据她所知，还要抵挡住国王自己的隐秘的意向。不光里杭底斯须得被阻止再去结婚，而且他的悔悟必须不被“时间的强有力的钟点”的影响所侵蚀，同时，过去的经过必须被时刻放在他眼前，——要做到这些，没有话能显得太锐利，没有刺戳能穿得太深。我们还没有跟他和解。我们须得见到他在鞭挞之下震颤。宝理娜所能对他说的任何话应当不会像他自己的回忆那样使他苦楚。当我们见到他不能宽恕他自己时，——要那样了我们才能开始对他宽恕。

③ 对开本原文“Stage (Where we Offenders now appeare)”分明有印误，White & Furness 都认为要加以澄清是绝望的。新集注本上汇录得有九种校读法，我们没有必要一一介绍。译文根据 Clark 与 Wright 二氏之剑桥本（1863，1891）所录佚名氏之校读法，通行的环球本（亦二氏所刊）与 Craig 之牛津本等俱据此，不过后者将插入语用“——”这符号来标明，作“stage，——Where we're offenders now，——appear”，译文即取此形式。

④ 原文这里多半又有印讹。译文或可作：“开始问道，‘为什么’？”接下来宝理娜打断里杭底斯的话，说道，“据我看，她若能这样做，自有充分的原因。”Mason，Rann，Spence 校改“why to me？”为“why？ 'to me，”仍作为里杭底斯的话；后者且加以解释道，“在上天面前，我们都是犯罪者；不过她若出现，她会（他想）

单独对他责怪‘为什么？’”译者觉得“单独对他”云云有蛇足之嫌；里杭底斯设想候妙霓会出现，且许会问他“为什么？”当然只是问他而不会问旁人，故里杭底斯说“to me”未免辞费。倒不如作为宝理娜的话，“To me, had she such power, ...”，比较单纯而含意流畅。

⑤ Lady Martin：这里提供了第一次暗示，显得候妙霓还活着。这怎么能够，以及那秘密怎么能保守得这样好，莎士比亚没有给过我们暗示。人们便这么被迫去自己解决问题。我的见解素来是这样的：候妙霓听到她儿子死讯时所堕入的死亡似的昏迷状态持续得那么久，而且那么完全和死亡一样，以致她丈夫、她的伴娘们，甚至宝理娜，都以为她当真死了。当那孩子曼密留诗安放在他母亲身旁后，那不可避免的变动开始在他身上显见，而不在她身上显见时，宝理娜才开始怀疑到她或者尚未毕命，也许只是生机暂歇。宝理娜不欲声言她的怀疑，怕会造成个虚假的希望，可是她设法把王后秘密搬运到她自己家里去，且利用她的高位与当时她所能运用的极高的权势作出安排，使光是那孩子和他母亲的空灵柩被运载去入葬。当好多天以后那阵昏迷过去时，宝理娜就近在旁边能看到那眼睑的第一次闪烁，血色的初次微红回上了两颊。谁能说那个对于神经与大脑的可怕的震荡要多久才能在一阵麻痹中离开候妙霓？——她还说不上一半活着，对于她周围的一切事物毫无知觉，像一只受伤的、被击中了的、没有声音的野兽似的，她那一双明眸（宝理娜如此热爱它们）流露着可悯的神情。然后那些空无事故的岁月便这么过去了，如那些个他们的生命只是空白的人那么，会让那样的岁月过去。渐渐地，时间向前推移时，候妙霓会认识她的忠诚的宝理娜和其他参与这秘密的伴娘们。她们那温柔的关怀体贴会终于感动她，使她愿意活着，因为她们要她活，也因为宝理娜能用那神谕所给的希望，说她的失掉了的女儿有一天还会给找到，去安慰她。在这一微弱的希望上，用她自己的话来说，她“便将自己保存着来看这结局”。里杭底斯这名字，没有人提起。有一晌他显得根本从她记忆上仁慈地给抹掉了。她不是不肯宽恕，但是她的心对他已经死了。宝理娜觉得她不敢说起他的名字，那可能会太可怕地唤醒他所带给她主母的惨痛的那阵回忆，而在她身心微弱的当儿也许会对于她变得致命。她们的王后还活着的这一秘密被神奇地保守着，虽然不是没有人注意到宝理娜“自从候妙霓死后，她总是一天两三回独自一人去到那隐僻的房里去”，——那幢她被秘密搬运去的房屋。如今看到了里杭底斯的真诚的悔恨，宝理娜便不愿放弃候妙霓终于会和他重归于好的那个希望。她因而有最坚强的理由对他的廷臣们敦促他结婚的计划提出抗议。

⑥ 对开本作“仆人”。这角色的吐辞属语与他的身份不相称。Theobald 校改为“近侍”。

⑦ Edwards：意即葬在坟墓里的你的美艳；此为修辞学上的外包代表内容格。佚名氏（Halliwell 所引）谓：[除 Edwards 所提供的解释外，] 莎士比亚有个绝妙的理由将这样一个说法放在宝理娜嘴里。这是她在整个剧情里的目的，去着重地，而且蓄意为实行她即将体现的企图，使候妙霓之死在大家心里保持着新鲜，也不让她的坟墓哪怕是仅仅顷刻间被封闭起来。

⑧ Malone：“那话题”系指候妙霓的没有生命的尸体。

⑨ Macdonald：这是由宝理娜说出的多么意义深长的一句话，她是个彻底帮女人反对

男子的女党中人，而在这件事里她主母所遭于她丈夫的待遇更增强了她的见解！等她听到了确言说“女人会爱她”之后，她便没有话说了。在所有的校刊本上，前一问有校改为惊叹语作“怎样！”的（如 Craig 之牛津本），后一问都从对开本原文不加变动。Furness 主张将意含怀疑的后一句问话改变为肯定的断言或着重语，易问号为句号或惊叹号。这就是说，这位新的美人也许能使男子成为她的皈依者，但要叫女人动摇信念，改变宗仰——那就决无一人会那么做！按，关于前一问“How？”改为惊叹语“How！”，译者认为是不适当的，正如在许多其他地方，不论在本剧或在其他剧本里，牛津本（以及它的耶鲁本）一律改对开本原文“How now？”或“How？”为“How now！”或“How！”，都不很适当。

⑩ 译文自“我失掉了”起至此止，系据 Theobald 之诠释。

⑪ “In question”，Schmidt 训作“审问”，Furness 谓毋须这样解，只释为谈话即可。

⑫ 原文这一行内的“high and low”，如 Capell 所云，系指“位高与位低”，即他们的身份是王子与公主时以及是牧羊子与牧羊女郎时。“Odds”为成功的希望，Furness 所谓“或然性的程度，有利的余剩”，或胜算，优势，上风，把握，顺差，乃至译文这里所用的“中彩头”。整个意思是说，他们位高位低都一样，发不出利市来，不妙。Furness 谓，命运不会施恩于弗洛律采尔，正如她不会施恩于陶律葛理斯；事情是这般毫无希望，甚至可以说星星们将先吻过了山谷［事情才可能有转机，因为］命运不肯居间来调停。

⑬ 原文这里有一双关。里杭底斯以调侃的口吻问弗洛律采尔，“我的亲王，这是位国王的女儿吗？（你不是说过，‘她来自利比亚’，是司马勒的爱女？如今怎么样？）”弗洛律采尔自我解嘲地巧辩道，“她是的（是位国王、我父亲的儿媳妇），只要一做了我的妃子。”在英文里“daughter”解作“女儿”，亦可解作“儿媳妇”。

⑭ Gildon（《莎剧卮言》，1710）：最后一幕里对于发现［失去了的公主］的讲述，不仅趣味盎然，而且动人心魄，这里［莎氏］似乎偶然深得了古戏剧家的三昧，他们剧中的灾变往往出之以讲述。Johnson：这只是为，我猜想，节省他自己的劳力，故而诗人使这整场剧景出于讲述，因为虽然经过的事情的一部分已为观众所知，所以不能适当地再表演出来，可是两位国王还是可以在舞台上相见的，且经过盘问老牧人之后，年轻的公主可以当着观众被辨认出来。Harness：或许这一景出之以讲述，是要使这剧本的最高兴趣寄托于，且似乎也应当这样，候妙霓的归来上头。Hartley Coleridge：莎士比亚本可以用表现来使剧情这么样凄恻动人，而他却用讲述［按，即我们评话、弹词、小说里的“表”］来传达，他的动机是什么？更奇怪而逗人发问的是，讲述并不是他的擅长，除非是连结着动作与激情；而那些口出丽辞雅语的士大夫们所说的无非是机警语与对句法，他们极像是，我敢说，那时候喜欢传播新闻的人物，他们当时该言辞古雅，好比现在该凡庸陈腐一般。我疑心莎氏在他的后来几景里有点匆忙，他能写这样的对话毋须什么灵感帮忙。Gervinus：诗人聪明地把这辨认裒笛达的情景放在幕后，否则这剧本会变得强有力的场景太多了。……叙述这一场会见，它本身就是散文描写的一篇杰作。Guizot：很容易看到莎氏在这里是急于结束；假使这里所讲述的被放在舞台上演出来的话，这剧本就会是圆满了［下一景变成了多余］。Delius：莎士比亚只给了我们里杭底

斯与包列齐倪思之和解，和哀笛达之辨认的一个描写，或者因为照顾到这剧本的设计方面，那已经拉得很长，或者是要避免减弱最后一景的效果，假如在它前面放一景意味差不多的东西。作为仅仅的讲述，散文在这里是完全足够的了，但是为适应这讲述的凄恻动人的题材起见，需要有一篇装点着风格上一切美妙的丽辞雅语的散文，正如莎氏当时的风尚认为，这出之于有教化的朝臣们口中为合适而自然。显然，诗人对他戏剧里这一部分颇费了一番经营；那些对句法与平行结构是安排得极优雅精致的，那些隐喻与那风格是调匀得极圆融和顺的。对于这一景起初部分的仪态端庄与优雅精致的散文，我们在两个丑角自矜新贵的可爱的简单的爽直散文里得到一个可笑的对消。Furness：是否可以允许我们猜想，莎氏是害怕他的伶人们［“做戏”“做”得过火］？他知道（没有人能及得到他），深湛而悲剧性的情感能被一下失错的表情多容易地变成不光是喜剧，而且是滑稽戏。……这里，只要让我们逼真地想象一下简直可以叫作是里杭底斯欢乐的、沸腾的滑稽，首先是请求包列齐倪思原谅，跟着是拥抱弗洛律采尔，接下来搂紧哀笛达，然后绞扭着老牧羊人的手，他因而大声叫喊，也许会叫得太响，——我想我们得明白，除非这些个角色全由能力高强的伶人们扮演，那场景会堕落成一出滑稽戏，而以鼓噪的嘲弄结束。

⑮ 这导演辞里的“Gentleman”，还有本景其他两个相似的角色，译文作“士夫”。《奥赛罗》二幕一景里有对于剧情起类似作用的四个“Gentleman”，我译为“士子”。士夫与绅士差不多，年纪可以从四五十岁到六十岁左右，这里应剧情需要大概是四五十岁；士子在《梵洛那二士子》里是范仑淡痕与泊罗典欧斯两个二十来岁的青年人，在《奥赛罗》里应剧情需要大概也是二三十岁，洛窦列谷为一受骗的士子，年纪也差不多，——士子还不能称为绅士，因为年龄不够。Schmidt 在《莎氏用字全典》里分析莎氏剧作里的“Gentleman”一字有五种意义：（一）世家子，虽非贵胄；（二）有荣誉与教养者；（三）任何人被礼让称呼时；（四）王家贵族之侍从；（五）军队中之下级军官。世家子总要讲些荣誉体面，且往往有教养，但也不一定（如《梵洛那二士子》中的泊罗典欧斯能造谣污蔑，见该剧三幕二景三十一至四十八行，《奥赛罗》里的洛窦列谷想买通了伊耶戈与有夫之妇私通等等）；他们常与显要相接触，王家贵族的侍从总是由他们充任的。如果能力高强，机缘凑巧，他们可以贵为上卿，没有呆板的成规定律。本剧一幕二景三九〇至三九四行包列齐倪恩对喀米罗说的一段话可资参考。这里的三个“Gentleman”不能是里杭底斯或包列齐倪思的近侍，因为身份相等的三个人中间的一个是宝理娜的家宰（见本景二十七行），——既为贵族的家宰，当非国王之侍从。

⑯ Schmidt 谓“heir”这字解作“承继人”，对男性与女性都适用，莎氏不知道有“heiress”这字。按，因而里杭底斯之女，一旦据阿波罗的神谕找到了，就是当然的胤嗣。

⑰ 这里“那想要……会相信”，原文作“虽然相信［信以为真］睡着了，一只耳朵也不敞开”。

⑱ Theobald 谓，Julio Romano 生于 1492 年，卒于 1546 年。莎氏将他放在异教时代，当时人们还在求请阿波罗的神谕，乃是可惊地荒唐的。不过这是个任性的时代错

误。Warburton 指出，罗马诺是个名画家，不是个雕刻家。Capell 则谓，诗人原没有说他是雕刻家，只说这件作品已“雕好了好多年”（“many years in doing”），如今刚“新完成”（“newly perforn'd”），意即由罗马诺加上颜色。按，这是强辩，但看四行后“He so neere to Hermione, hath *done* Hermione”，明明说罗马诺是雕刻家。但十九世纪德国莎氏学者 K. Elze（《莎士比亚论文集》，英译本，1874）有篇论文，考据出（284 页）莎氏曾到意大利去游历过，可能到过罗马诺生前居住过、死后留得有许多作品的 Mantua 城；Elze 又从伐沙利（Giorgio Vasari，1511—1574）的《意大利最卓越之建筑家、画家与雕刻家传》里举出所引的罗马诺的拉丁文墓志铭，其中说他兼精这三种艺术，而且所说他的作品深得造化与生命之真也和莎氏的“能把呼吸放进他的作品里去”一语相符。

⑲ Hudson 注这三行云：没有其他的片段比这句话更能暗示那宁谧、平静的交往的历史了，那交往自有它富于耐心而不另求酬报的侍奉的漫长记录；那是这样一种亲交，它并不要求说什么话，因为彼此都知道对方心里想的是什么，而互通款曲是比言语更好的语言来达意的。这是这样一种友情的意境，倚在上面能使一个人心旷神怡。……准是有力量无比大的一股挚爱与忠诚的魔力投射到宝理娜的情感冲动的唇舌上，所以她竟能保守着她满腔的忠义，沉默不言，经过那么多年！

⑳ Furness：被两位国王和弗洛律采尔当作……

㉑ 小丑觉得身价高了许多，想转点文，要把“顺利”说得文雅些，当即说成了“乖戾”。原文他把“prosperous”（顺利）误说成“preposterons”（荒谬）。

㉒ “Boores”（野汉）衣衫褴褛，形容可怕，赤腿赤脚，追奔在车子旁边以乞讨为生，但有房子地皮可以自谋生活，——据 Halliwell 所引 Coryat's *Crudities*（1611）与 Taylor's *Works*（1630）。

㉓ Johnson：“Franklin”（自由民）是个自由保有的不动产之所有者，或乡士，其地位较自由农民为高，但较绅士（或士夫）为低。

㉔ “A tall Fellow of thy hands”，Gifford 引 Cotgrave《法文英文字典》（1632）云，解作“一个能干而有胆量的人”。

㉕ 此导演辞为 Rowe 在他的 1709 年刊印的校订本——亦即四个对开本后的第一个近代刊本——上所加，为各版对开本上所无，但嗣后的近代现代版本都从他。在 Collier 所用的一本二版对开本上，有一佚名氏以手笔注上这样一句导演辞：“音乐奏响。——暂停片刻。”Lady Martin（《论莎士比亚的几个女角》，1891）：有需要宝理娜应着重这雕像的着色，因为那活的候妙霓，不论装扮得怎样巧妙，必然跟一座普通的雕像大不相同。我演这一景时的服装是安排得专为造成这一效果的。它是用软的纯白开司米羊毛料子做成的，长裾与边缘上用御紫色镶边，以金线缀绣，这样便与雕像的嘴唇、眼睛、头发等的色彩相调和。……在舞台后部，当我在这剧中演出时，有一只坛坫，有六到八步梯级到上头，也用和闭着的幔幕同样材料与殷红的天鹅绒蒙起来。幔幕被宝理娜渐渐拉开时，在后面不远处显露出候妙霓的雕像，她身旁有一只大理石台座。让我在这里说，我每次走近这场景，内心即不免大为震动。你们可以想象，站在同一个地位，强烈的灯光照射着，在这样长一段时间内不能动一下眼睑，那必然是多么困难。我从未想过要把时间计量一下，

但我得说那该要十分钟以上，——却像是十分钟的十倍。我心里作着准备，设想候妙霓的情感将会怎样，当她听到里杭底斯的声音时，那已对她沉寂了那么多年，而且听见他以悔恨、温爱的言语对着他认为是她的雕像而发。在这以前，她的心里满怀着她两个失掉了的孩子。她以为她任何别的情感都已经死了，但她发现自己把别的一切都忘了，只注意到他声音的调子，那曾经那么为她所爱，如今被悔恨与伤痛的悲愁之音所打得哽咽欲绝。她自己也奇怪起来，她的心，空了，没有爱、冷了这么久，开始又跳动了，当她听到她相信早已灭绝了的忠诚又在倾注时。她会记起她自己对他说的话，当他那被听惯了的可爱的音调变成恼怒与几乎是诅咒时："我从未愿望过你伤心，现在我相信我却将如此。"关于她这么愿望过的他的伤心，她现在亲眼见到了，而这个几乎使她胆怯。宝理娜曾经，照我看来，恳求候妙霓去装成她自己的雕像，以便她可以听到自己被里杭底斯当作一尊石像而致辞；且成为他知道她的存在以前、他的悔恨与未曾减弱的爱情的沉默的见证人，而于是可以被感动得对他予以宽恕，如果没有这样的证实，她可以缓缓地不轻容易给他。她是这样地被感动了；但为了那拳拳的朋友，从她那里她受恩无既，她一定要克制自己，且完成她被约定的任务。但是，尽管我已充分想到了这种种，我还是不能听见这一惊奇的场景里所经过的而不受激动。我的第一个里杭底斯是麦克吕台先生（William Charles Macready，1793—1873，名伶），而这一景既是他演的，要装出雕像般静谧的神气之困难变得几乎无法克服。当我现在想起这一剧景时，他的仪态、动作、声调和我自己当时的情感，都回来了。当幔幕渐渐被宝理娜拉开时，有一阵死寂的、怕人的沉寂。她须得鼓励里杭底斯说话。

㉖ 原文作"and then"（且接着）。Collier 谓，原本上作"and then"，那也许是对的，但假使衰笛达说，"我要跪下来，且这么（and thus）请求她祝福"当较自然，因为她马上对那假定的石像致辞了。按，细察语气文意当为"and thus"，"and then"想为印误或付印录上的笔误。

㉗ 原文"would I were dead，but that me thinkes alreadie"，经稍加标点，意义便很清楚。译者从 Pierce 本上先把它译出，那里后半句未全，因里杭底斯太兴奋，将他自己要说的话打断，成为"but that，me thinks，already——"，"——"我理解为代表"it is breathing"。"我愿意死掉"是加重后半句的语气而说的，等于打赌；就是说，"除非，看来，（它）已在（呼吸了），我愿意死掉。"译好后核对新集注本时，见 Furness 列得有九家笺注，只有 Staunton 的解释最中肯，恰好与译文完全相同，他并且举了莎氏作品里其他三个例子与莎氏同代人的三个例子为证，并引了 Florio 的辞典《字世界》（1598）的析义加以说明。Lady Martin 所记麦克吕台和她自己的了解也跟 Staunton 的相同：我决不能忘记麦克吕台先生的神态与声调，当他叫道，"莫拉拢幔幕！"以及随后的"让它去，让它去！"，那调子是激动、威凌、无法拒绝的。"我愿意死掉，"他接着说，"若不是，我看来已经——"他看见了什么东西使他以为这石像是活的吗？麦克吕台先生显示这一点，急急又说"那造像的人，……"他眼睛盯住在像上，因而他见到旁人所没有看见的，就是那上头有雕刻艺术所无法达到的东西。他继续说道——"可还是，我看来，有阵气息……"

㉘ Edwards：这里的意思是，虽然她的目光是凝注的（如一座石像的目光总是那么

样），可是那里边似乎有行动：那震颤的行动，在一个活人的眼光里可以看得到，不论他怎样致力于凝注它。

㉙ “As we are”之“as”，据 Abbott 云应解作“for so”，——因为我们这么被艺术所欺罔。

㉚ Mrs. Jameson（《莎剧中妇女的特性》，1833）：这里我们又有了一个例证，显示剧中人的性格是经作者运用了特殊的艺术手法使适于它所处的情境的，——那种对她自己情绪的绝对的控制，那种对付这异乎寻常的局部所需要的完全的镇定，是跟我们所想象于候妙霓的一切相适合的；这如果见之于任何别的一个女人就会这么样难以令人置信，以致会震动我们对于或然性的全部的看法。

㉛ 对开本原文，这里“Is she become the suitor？”是句问话。自 Rowe 在他的第二版校订本（1714）里改问号为句号后，所有的校刊本除六种外都从他。Dyce 解释道，这肯定不是句问语；宝理娜是说，“您以前向她求婚，现在她向您求婚了。”原版本的手民在句末加上了问号，因为“Is she”将宾辞里的助动词放在主辞之前，听起来像句问语。Furness 对此说颇表同意。现代版本，为 Craig 之牛津本，则有改为惊叹号者。译者对 Rowe 等人之标点及 Dyce 的说法不能同意，认为原文并无印讹。这整句句子乃是宝理娜在对里杭底斯说话。候妙霓从坛上徐步下来后，宝理娜一直在对里杭底斯说话，叫他“莫畏缩”，说“她的行动将会都圣洁而清纯，一如您所听到的我这些咒辞全合法”（咒辞系指她在她下坛前对她所说的从“时间已到”到“离开他”的那五行多），原因是里杭底斯一方面固然惊喜欲狂，另一方面见石像能走或死人复活，又非常害怕；她接着叫里杭底斯不要回避她，除非他“见到第二回她又死去后”，可是那是不会的，除非他第二次把她杀死（因他以前曾将她杀死过一次，但如今她已死而复生）。宝理娜虽这么敦促壮胆，里杭底斯还是畏缩惶恐，不敢拥抱移近她、或已立在他面前的候妙霓，甚至不敢握她的手。这岂不成了个僵局。宝理娜于是提醒他把手伸出来，且问他，“当她年轻时，您向她求爱；如今年老了，（难道您）要她做求爱者？”她这一问，使他回忆起年轻时的求情日子，扫除了他的恐惧，他当即伸手握住她的手，两手一接触觉得是软而暖的，他就马上将她拥抱起来。Dyce 说宝理娜的意思是，“您以前向她求婚，现在她向您求婚了”；这样颠倒一下并无意义或作用，花样玩得莫名其妙。何况，他们夫妇人鬼相隔十六年，错误都在里杭底斯方面，如今要破镜重圆，宝理娜有充分的理由劝他对她求爱，却毫无理由由她对他求爱。至于 Dyce 说手民把着重语气误会成问句故而在句末误加了问号，乃是根据错误看法所下的，用以使那看法变成合理的臆测，不能成立。Craig 之牛津本（以及 Pierce 之耶鲁本）在句末改用惊叹号，那是想使那文法结构根据 Dyce 的说法看来显得较为合理，故也与剧情相刺谬。

㉜ Lady Martin（《论莎士比亚的几个女角》，1891）：你们可以设想当那庄严的音乐的最初音调释放我，使能自由呼吸时我所感到的安弛！在我身旁有一架台座，我就靠在上面。除了能让我去站成那个最初打动里杭底斯、而也就不会是严格地有雕像风味的“自然的姿势”之外，这样做在神经与肌肉的长时间紧张中也对我稍有帮助。将身体的平衡目不能见地掉换过来，使它的重量转移到伸在前面的脚上，

我能站成以便开始行动的最舒服的立态。仍旧安然搁在台座上的手与臂膀大大帮助了我。音调将近结束时头慢慢转过来，那“明眸”转动了，而在最后一个乐音上就停在里杭底斯身上。这个行动，加上面部的表情，被许多年悲伤与虔信的沉思所神化，如我们可以想象它势必致于那样，——默不作声，可是说着无法言传的事，——总是对大家产生一个招致震惊的、夺人心魄的效果，——对于舞台上的观众和对于台下的观众都如此。惊愕的猝发静定下来之后，在宝理娜的示意下，那庄严和谐的乐调又开始了。臂膀与手轻轻地从台座上举起来；接下来，有节奏地跟随了音乐，那人体走下了通向坛上的梯级，徐徐前进着，就停在离里杭底斯不远处。啊，我怎能忘记这一片刻的麦克吕台先生！起初他站着一言不发，似乎已化成了石头；他脸上有一抹畏惧的神情。这个真正是他王后的对手，可能是一座令人惊奇的机械装置吗？艺术能这样嘲弄人生吗？他曾看见她横陈着已经死去，葬仪已为她行过，她心爱的儿子在她身旁。这么样凝注于惊奇之中，他不作声，也无行动，等到宝理娜说道，“别那样，把您的手伸出来。”颤抖着，他走上前来，轻轻地碰那只对他伸出的手。跟着便来好一声叫喊，“啊，她身上是暖的！”不可能描写这一顷刻间的麦克吕台先生。他简直就是里杭底斯自己！发现候妙霓果真活着时的那激越的狂欢，他似乎已不能控驭。这时候他已匐伏在她跟前，便以两臂围抱着她。我头上与颈上本来罩一层轻纱，假定为使石像显得较老相些。这纱此时立即掉落。我的头发散了下来，披满在肩上，被虔诚地亲吻着，抚弄着。这整个变动来得这么突然而势不可当，我想我当是情不自禁地惊呼了出来，因为他对我轻声耳语道，“不要害怕，我的孩子！不要害怕！控制你自己！”这一切发生时，台下的掌声密如冰雹。啊，他放松我时我多高兴，这时候喝彩声稍止，宝理娜手牵着裒笛达，上前来说道，“转过来，亲爱的娘娘，我们的裒笛达找到了。”我的声音，我确信，是间断而颤抖的，当我说道，“众位天神，请向下俯视，……”这对我是这样一个松弛的安慰，同时也对自然的情感极为真实，莎士比亚不叫候妙霓对里杭底斯说什么话，而只让她用神情与态度去对他表示欢乐与宽恕，当她在他臂抱中感觉到旧时的生命，停歇了那么久，重复回到了她身上来时。

㉝ Mrs. Jameson：这尊活的石像对于剧中不同人物所产生的效果，——这效果同时是，又不是一个幻象，——观众的情感变成了缠结在对于死之确信与对于生的印象之间的情状，一个欺罔的意念与一个现实的感觉；还有这整体所借以形成的诗的美妙的渲染与自然情感的笔触，等到惊奇、期待与强烈的愉快，将我们的脉搏与呼吸空悬在这件事的上头，——是无可伦比的。

当候妙霓从坛上相应着柔和的乐声下来，且无言地将她自己投入她丈夫的臂抱中的时候，是个有无法言宣的意趣的时刻。据我看来，她在这整个剧情里的沉默（除了当她祈求对她女儿降神福的一段话外），对于诗的美，趣味可说高到了绝点，另外在性格描写上也是个极可赞佩的特征。候妙霓的不幸，她的漫长的宗教式的退隐，她刚扮演过的那可惊叹的、几乎是超人的角色，赋与了她一派神圣的、令人肃然起敬的吸引力，以致任何话由她口里说出来，一定会，我想，损害这情景的庄严与深沉的动情力。

㉞ Delius：假使衰笛达，在这里和此刻，将她过去的际遇作一完全的叙述的话，在场的所有其他的人，被同样的冲动所刺激，都会想提出及回答类似的询问。“Upon this push”，Schmidt 训为“这样一发动”，Hunter 解作“这样一刺激”，Cowden-Clarke 夫妇释如译文。

㉟ Johnson：就是说，你们从这一发现里已经得到了你们所想望的，可以一同去欢庆，可是我，已经失去了永远也无法恢复的东西，在那里头没有份。

㊱ “Turtle”即“turtle-dove”，雉鸠，为坚贞与忠诚的情爱的象征。

㊲ Furness 问道：那殉难者，安铁冈纳施，被回忆起来，这是好的，——但小曼密留诗在哪里？可能这缺失是故意的。任何暗指他的话对于候妙霓的自我控制会显得受不了。

㊳ Staunton：这显露候妙霓的一个可爱而优美的特性；记起了伤心的十六年前她对包列齐倪思的纯洁的自由怎样被误解，而且敏锐地感到，即使在她这重得孩子与丈夫的欢乐里，他们曾遭受了多么惨痛的惩创，她如今，当他们再见时，便不禁以混和的羞怯与危惧之情，掉头回避着他。

一九六四年九月三十日开译，
一九六五年一月八日译完。
一九六五年三月二十三日晨四时许
抄录一遍又稍作修改完。
用 Horace Howard Furness 之
New Variorum 本 *The Winter's*
Tale（1898）及 Frederick E. Pieree
之 Yale 本（1923）。